BASTEI
LÜBBE
TASCHENBUCH

Kate Stewart

# DIE TOCHTER DES VIKARS

Erotischer Roman

Aus dem Englischen von
Sandra Green

BASTEI
LÜBBE
TASCHENBUCH

BASTEI LÜBBE TASCHENBUCH
Band 16 095

1. Auflage: Mai 2011

Vollständige Taschenbuchausgabe

Bastei Lübbe Taschenbuch in der Bastei Lübbe GmbH & Co. KG

Deutsche Erstausgabe


Titel der englischen Originalausgabe: »Liberty Hall«
Published by Arrangement with Virgin Books LTD.,
London, England
Dieses Werk wurde vermittelt durch die
Literarische Agentur Thomas Schlück GmbH; 30827 Garbsen


Titelillustration: © istockphoto/Konrad Bak
Umschlaggestaltung: Gisela Kullowatz
Satz: Urban SatzKonzept, Düsseldorf
Gesetzt aus der Palatino
Druck und Verarbeitung: CPI – Ebner & Spiegel, Ulm
Printed in Germany
ISBN 978-3-404-16095-2

# *Erstes Kapitel*

Mein Vater hatte immer schon gesagt, dass es mit mir ein böses Ende nehmen würde, aber ich habe nie geglaubt, dass er Recht haben könnte – bis zu diesem Abend, als ich mich mit gefesselten Handgelenken in einem gusseisernen Bettgestell wiederfand. Bis dahin hatte ich geglaubt, dass ich unter meiner aufsässigen Fassade wirklich ein liebes Mädchen war, ganz egal, welche Aufgabe ich in dieser alles anderen als idealen Welt übernehmen würde. Nur ein böses Mädchen konnte ein solches Bild abgeben, die Beine derart gespreizt, dass die Schenkelmuskeln schmerzten. Ich schien mich also tatsächlich geirrt zu haben.

Aber zu diesem Zeitpunkt war dies meine geringste Sorge. Ich wimmerte, als sie die Spreizstange anhoben und in die Ketten hingen, die an der Decke befestigt waren. Jetzt konnte die ganze Welt meine Pobacken sehen. Die gierig zuschauenden Männer hatten eine ungestörte Sicht auf den eingeölten, jungfräulichen Arsch.

Der Mann, der die Hände nach meinen Brüsten ausstreckte, hatte die beste Sicht, und sein Gesichtsausdruck verriet, dass er sich darauf freute, mich quälen zu können. Sie richteten die Kameras ein, damit jeder Moment meiner Schande festgehalten werden konnte. Ja, ich befand mich in einer kläglichen Bredouille, und es half überhaupt nicht, dass ich genau wusste, wie ich in diese Situation geraten war.

All das wäre nicht geschehen, wenn Imo am Samstagmorgen, am Ende meines zweiten Uni-Jahres, nicht ein paar Aspirin hätte haben wollen. Sie strahlte ein zufriedenes Lächeln aus, das man bei Mädchen nur nach einer durchvögelten Nacht sieht. Ich dagegen konnte nur eine Hand voll Rechnungen vorweisen, die längst fällig waren, und Rückforderungen meines Studentenkredits sowie den Brief eines wütenden Bankmanagers, der meine Kreditkarte zurückhaben wollte.
»Was ist denn los?«, fragte sie, schlenderte herein und fläzte sich über mein Bett, als gehörte die Wohnung ihr.

Ich habe Imogen Hall nie verstanden, und ich glaube, ich werde sie auch nie verstehen. Sie ist eine zierliche Blondine, die eher wie eine Porzellanpuppe aussieht und nicht wie ein Mädchen aus Fleisch und Blut. Dabei ist sie alles andere als zierlich und delikat, wie ich herausfand, als sie mich anmachte, zwei Tage, bevor wir uns im ersten Jahr ein Zimmer teilten.

Damit man mich nicht falsch versteht – ich habe nichts gegen Lesben und auch nichts gegen heiße Spiele und ganz viel Spaß. Es ist nur so, dass ich auf schlichten Spielen stehe, und mit einem Kerl. Ich bin nicht prüde, und ich habe einige experimentierfreudige Jahre hinter mir, doch das bizarre Zeug ist nichts für mich.

Im Gegensatz zu Imo. Es gibt nichts, was sie nicht schon probiert hat, und ihr ist es egal, wer davon weiß.

Nun ja, was kann man auch bei einer Mutter wie ihrer erwarten, würde meine Mutter mit einem verächtlichen Schnaufen sagen.

Selbst eine Vikarsfrau vom Lande hatte von Imos Mutter gehört. Jeder, der in den 80er und 90er Jahren eine Zeitung las, konnte Liberty Hall nicht ignorieren. MÄDCHEN AUS DEM HINTERHOF VERDIENT EIN VERMÖGEN lautete eine der Schlagzeilen. Die Boulevardzeitungen trauten sich nicht, deutlicher zu werden, denn sie fürchteten Beleidigungsklagen und Schadensersatzansprüche.

Die schlichte Wahrheit war, dass Liberty Hall Ende der 70er Jahre ein Pornostar war, sehr attraktiv mit einem schönen Gesicht und einem sündhaft attraktiven Körper.

Einige Leute, die ich kannte, hielten sie für eine Kultfigur, vielleicht sogar für eine feministische Heldin, aber die Leute an der Uni quatschen alles mögliche Zeug, deshalb nahm ich diese Ansichten nicht ernst.

Sie mochten vielleicht behaupten, Liberty Hall zu bewundern, aber ich halte jede Wette, dass sie das nicht in der Gegenwart von Mummy und Daddy sagen würden; sie würden nicht einmal zugeben, Libertys Tochter Imogen zu kennen. Ganz abgesehen davon, dass Imogen keinen Wert auf die Ansichten ›solcher‹ Typen legte. Imogen schien niemanden zu brauchen, auch mich nicht, was mich nicht störte.

Nun ja, was immer Liberty Hall in ihrer Jugend getan oder nicht getan hatte, war längst Geschichte und ging mich nichts an, auch wenn ich – wie jeder andere auch – die Andeutungen und Gerüchte in den Sonntagszeitungen mit heißen Ohren gelesen hatte. Oft ging es um das Geschehen in einem Luxushotel, das ihr inzwischen gehörte und ihren Namen trug. Vielleicht war ich ein wenig zu neugierig, aber nicht, weil in diesem Landhaushotel angeblich die wildesten Phantasien der Reichen und Berühmten umgesetzt wurden.

Nein, ich will Journalistin werden, deshalb habe ich anderes zu tun, als an solchen Unsinn zu glauben. Aber Dreck bleibt hängen, und so musste sich die arme Imogen mit einem Ruf herumschlagen, bevor sie auch nur einen Fuß ins College gesetzt hatte. Die folgenden zwei Jahre tat sie alles, um ihrem Ruf gerecht zu werden. Imo kümmerte es nie, was andere über sie dachten. Sie nahm nichts ernst und glitt durchs Leben wie ein Schwan übers Wasser.

Aber sie konnte es sich auch leisten. Sie hatte eine reiche Mummy, die eine Kaution stellte, um sie aus dem Gefängnis herauszuholen, und die ihr jeden Monat einen stattlichen Scheck schickte. Ich dagegen musste für mich selbst sorgen. Ich wollte mein Studium so schnell wie möglich abschließen, damit ich Geld verdienen konnte.

»Du hast wieder den Blick der Vikarstochter drauf«, sagte Imo kichernd, und ich sah sie finster an.

Es war nicht meine Schuld, dass ich in eine Familie hineingeboren worden war, in der es sparsam zuging und in der man nach Moralvorstellungen lebte, die selbst in der rückständigen viktorianischen Zeit als überholt angesehen worden wären. Dad und ich vertrugen uns nicht gut, und das war noch beschönigt. Nach dem letzten Streit … nun, er sagte zwar nicht, dass ich seine Haustür nie wieder mit meinem Schatten verdunkeln sollte, aber das war genau das, was er meinte.

Das hieß, dass es keinen Sinn hatte, ihn um Geld zu bitten, und es hieß auch, dass ich in den Semesterferien kaum nach Hause gehen konnte – was ohnehin kein verlockender Gedanke war. Doch nun stand fest, dass ich keinen Penny besaß und auch kein Zuhause mehr hatte. Gut war anders.

»Ich hole dir die Aspirin«, war alles, was ich sagte. Aber Imo ist ein kluges Mädchen. Wir beide sind es, sonst wären wir nicht an dieser angesehenen Universität.

»Was ist denn los?«, wiederholte sie und folgte mir ins Bad. Ihre hohen Absätze klackten auf dem Linoleumboden.

Typisch Imo. Selbst um acht Uhr an einem Samstagmorgen sah sie wie aus dem Ei gepellt aus; Designerjeans, die tief auf ihren schmalen Hüften saßen, und ein weißes T-Shirt, so schlicht und elegant, dass man sofort wusste, dass es nicht aus einer Ladenkette stammte. Sie war fertig gestylt, als hätte sie was Großes, Matinee oder Gala, vor.

Ich trug schwarze Leggings, die ich auf dem Markt gekauft hatte, dazu ein Top, das ein bisschen an eine Zigeunerbluse erinnerte; ich hatte es im Ausverkauf erstanden, und frisch waren beide Sachen nicht. Es ist nicht so, dass es mir egal ist, wie ich aussehe, aber an diesem Morgen hatte ich mir die ersten Sachen gegriffen, die ich in die Finger bekam, als Imo an die Tür geklopft hatte. Jetzt wünschte ich, mich besser gekleidet zu haben, denn je länger ich sie ansah, desto verlotterter kam ich mir vor.

Meine langen dunklen Haare waren nicht gekämmt, und die einzelnen Strähnen schoben sich in alle Richtungen, und mein Gesicht war so ungeschminkt wie am Tag meiner Geburt. Also, ich habe einen guten Körper, und ich sehe auch ganz gut aus. Die meisten Männer halten mich für sexy, und daraus will ich das Beste für mich machen, denn mein Leben hat zwar arm begonnen, aber ich hatte nicht vor, dass mir dieser Zustand erhalten blieb.

Dad sagt, das wäre ein weiterer Beweis für meinen Mangel an Moral. Ich bin der Meinung, dass Moral ein Luxus ist, den ich mir im Moment noch nicht erlauben kann. Eines Tages wird mir das gelingen, wenn ich all diese Dinge habe, die andere Frauen besitzen. Bis dahin lebe ich in einer harten Welt, und ich muss sehen, wo ich bleibe.

Ich weiß, dass sich das so liest, als wäre ich ein materialistisches Luder, aber kann es Sünde sein, ein Leben führen zu wollen, in dem ein Imbiss bei Marks and Spencer nicht als besonderer Glücksfall zählt?

Ich will mir Klamotten kaufen, ohne auf den Ausverkauf warten zu müssen, und ich will den besten Champagner schlürfen, statt das Pils in der Studentenbar. Ich will irgendwo wohnen, wo es nicht so schmuddelig ist wie in diesem Wohnheim, wo die Wände so dünn sind, dass jeder weiß, was du gerade tust – und mit wem. Ich will doch nur, was

Leute wie Imo als Selbstverständlichkeit ansehen. Ich hatte mir das verdient, deshalb war es mir egal, was ich tun musste, um es zu bekommen.

»Sind es wieder Geldprobleme?«, fragte Imo.

»Zeige mir einen Studenten, der nicht pleite ist.« Ich versuchte, die Situation ins Lächerliche zu ziehen, denn ihr Mitleid konnte ich gar nicht brauchen. »Mal abgesehen von dir.«

Wir wussten alle, dass Imos Scheck im Jahr sechsstellig sein musste. Sie gab nicht an damit, aber wir wussten es eben. Wie wir auch von ihrer Mum wussten.

»Glaube mir«, sagte sie, ungewöhnlich ernst, »ich verdiene jeden Penny von dem, was ich bekomme.« Sie betrachtete mich so bewundernd, wie ich sie eben angesehen hatte. Dann überraschte sie mich mit dem Satz: »Und das könntest du auch.«

»Wie meinst du das?« Beinahe wäre mir die Packung mit den Aspirin aus der Hand gefallen. Sie war nicht verlegen – sie ist nie verlegen. Alfred Hitchcock wäre von ihrer blonden Kaltblütigkeit begeistert gewesen.

»Du könntest viel Geld verdienen, wenn du wolltest.«

»Und wie?« Ich reichte ihr das Päcken mit den Aspirin und tat so, als hätte ich absolut keine Vorstellung von dem, auf was sie anspielte. Ich war mehr Tochter eines Vikars, als mir bisher bewusst geworden war, denn ich war schockiert. Aber das hinderte mich nicht daran, mich ernsthaft für Imos Vorschlag zu interessieren.

»Überlege doch mal.« Imo sprach in jenem Tonfall, den manche Leute draufhaben, wenn sie mit Kindern oder Schwachköpfen reden. »Du schläfst doch mit einigen Kerlen?«

»Nun ja, ich habe sie lange nicht mehr gezählt.« Ich war nicht die College-Matratze, aber ich wollte auch nicht jede

Nacht allein schlafen oder in einem Buch lesen. Ich stehe auf dem Standpunkt, dass man lebt, weil man was erleben will.

Es war beinahe umwerfend, aber das erste Mal versuchte Imo, taktvoll zu bleiben. »Und manchmal kennst du sie nicht einmal gut«, sagte sie.

»Und manchmal bin ich so zugedröhnt, dass ich sie überhaupt nicht kenne, und manchmal ...« Ich schloss rasch meinen Mund, denn mir fiel ein, wie ich meine Klausur vor Weihnachten gerettet hatte. Ich glaube nicht, dass sonst irgendjemand Bescheid wusste, und so sollte es auch bleiben.

Ich hatte es getan, weil es keinen anderen Ausweg gab, aber ich hatte jede Sekunde gehasst. Es war nicht so, dass der Lehrer besonders unsympathisch war; er sah gut aus, aber seine Vorlieben waren ziemlich abgefahren. Ich war seither damit beschäftigt, den Vorfall zu vergessen, und ich wollte nie wieder zulassen, dass mich jemand derart manipulieren konnte. Aber jetzt musste ich das Thema wechseln – schnell.

»Was schlägst du vor?«, fragte ich, bevor Imo auf den Trichter kam, dass ich etwas zu verbergen hatte. »Soll ich in den Ferien zur Hure werden? Stell dir vor, das spricht sich an der Universität herum.«

Unsere geschätzte *alma mater* ist die Bewahrerin der Traditionen und hat kiloweise Geschichte geschrieben. Aber es handelt sich auch um eine Meute von Heuchlern, die den Weg ins zwanzigste Jahrhundert noch nicht gefunden hat, ganz zu schweigen vom einundzwanzigsten.

Kerle, die sich durch fremde Betten wälzten, erhielten ein Augenzwinkern oder einen Schulterschlag, und wenn ein Mädchen sich durch fremde Betten wälzte, war sie eine Schlampe. Trotzdem – der Name der Universität allein würde Türen öffnen, deshalb ignorierte ich die alten Böcke. Auf diesem Gebiet hatte ich viel Erfahrung – ich habe meinen Vater mein ganzes Leben lang ignoriert.

»Ich hätte es nicht so direkt ausgedrückt«, murmelte Imo und musterte mich immer noch abschätzend, »aber wenn es eine Möglichkeit gäbe, sagen wir …« die abschätzenden Blicke wurden intensiver, und als sich ihre blauen Augen verengten, wusste ich, dass sie Zahlen addierte … »Ich kann dir keine Garantie geben, aber was sagst du zu zehntausend in den langen Semesterferien? Du tust etwas völlig Legales, wenn auch Vertrauliches.«

»He, brauchst mir den Mund nicht wässrig zu machen. Du weißt ganz genau, dass ich fast alles tun würde, wenn ich auch einige Grenzen habe.« Aber das ist ein Wort, das man in der Familie Hall nicht kennt. Aber wenn ich mich innerhalb meiner Regeln hielt, würde ich immer noch das ›liebe Mädchen‹ sein, als das ich gern gesehen wurde, auch wenn ich nach außen so tat, als wäre mir egal, was man von mir dachte.

»Ich kann dir nichts versprechen.« Imo schienen Zweifel zu kommen. »Aber ich kann mit meiner Mutter reden. Ich weiß, dass sie nach einer Auffrischung des Personals sucht.«

»Und sie würde mir zehn Mille zahlen, wenn ich bei ihr acht Wochen lang als Kellnerin arbeite? Komm schon, Imo, ich bin doch nicht blöd.« Ich war nicht sicher, ob ich es tun wollte, aber neugierig war ich schon.

»Sie würde dir zehntausend zahlen, wenn du für sie das tust, was du bisher für lau gemacht hast«, sagte Imo.

Das war der Moment, in dem ich lachend hätte abwinken sollen. Sie hatte ihr Aspirin, also würde sie den Tag überstehen. Aber ich brauchte die Kohle, und sie hatte ein gutes Argument. Mit zehntausend Pfund in der Hand konnte ich meine journalistische Karriere mit einem Knaller beginnen.

Vor ein paar Monaten hatte ein bekannter Journalist von einer der Boulevardzeitungen einen Vortrag über die große Welt des Journalismus bei uns im College gehalten.

Sie kennen seine Zeitung; sie berichtet lieber über wer mit wem schläft als über die Nachrichten aus aller Welt. Er machte den Eindruck eines kleinen schmierigen Reporters, was er später bestätigte: Er lud mich zum teuren Essen ein und wollte mich über Imo löchern.

Ich hatte ihm so gut wie nichts über Imo erzählt, denn einmal verkaufe ich meine Freunde nicht, und zum anderen wusste ich so gut wie nichts über meine Freundin. Er hatte mir seine Visitenkarte dagelassen. Ich sollte ihn anrufen, falls mir doch noch etwas einfiele.

Wenn ich jetzt meine Karten richtig spielte, könnte ich einen Exklusivbericht schreiben, der mich ein paar Stufen auf der Karriereleiter nach oben brachte. Und ich würde auf Anhieb meine Schulden bezahlen können. In meinem Bericht würde ich den Namen Imo nie erwähnen, schließlich habe ich mir Grenzen gesetzt. Aber wenn ich nun eine Freundin wegen eines Artikels, den ich verfasst hatte, verlor – hart, aber unvermeidlich. Ich war ein erwachsenes Mädchen, ganz allein in der großen Welt, und Freundinnen sind ein Luxus, den sich eine wohlhabende Frau, wie ich eine werden wollte, manchmal nicht erlauben konnte.

»Was müsste ich alles tun?«, fragte ich.

Imo grinste und schluckte ein Aspirin. »Wie ich schon sagte – ich kann nichts versprechen. Zuerst müsstest du das Interesse meiner Mutter wecken.«

»Ich mache nicht auf lesbisch«, erinnerte ich sie. Sie lächelte großmütig.

»Ja, ich weiß, das sagst du immer, meistens, wenn du betrunken bist.« Ich beobachtete sie genau und fragte mich, ob ich sonst noch etwas von mir gegeben hatte, als ich betrunken war, aber sie fuhr nur fort, mein sexuelles Mantra aufzuzählen. »Du machst nicht auf lesbisch, du hältst nichts von anal, und du willst nichts mit Schmerzen und Erniedrigung zu tun haben.«

Diese Liste hatte ich aufgestellt, nachdem der Lehrer mich auf eine Weise erniedrigt hatte, die mir ein Leben lang reichen würde. Aber weil ich seine kranken Spiele mitgemacht hatte, konnte ich an der Uni bleiben. Er hatte nicht weniger zu verlieren als ich, wenn die Wahrheit herauskam, deshalb war ich ziemlich sicher, dass er den Mund halten würde. Also wusste keiner davon – und deshalb zählte es nicht. Manchmal konnte ich mir sogar einreden, dass es nie geschehen war.

»Hast du damit ein Problem?«, fragte ich.

»Überhaupt nicht, aber es ist so schade. Was für eine Verschwendung«, sagte Imo.

Ich weiß, ich hätte sie zum Teufel schicken sollen, aber ich lachte nur. So war das mit Imo. Sie mochte zwar eine schamlose Schlampe sein, aber sie war auch ein netter Mensch, und beinahe schämte ich mich dafür, was ich ihrer Mum antun wollte. Aber nur beinahe.

»Wenn du jetzt schnell eine Bewerbung schreibst, könnte ich sie ihr geben, denn wir sehen uns nachher zum Mittagessen«, fuhr sie fort. »Dann könnte sie dich am Nachmittag treffen, falls sie Interesse hat.«

»Bewerbung?« Ich weiß, ich hörte mich wie ein Papagei an, aber man steht nicht jeden Tag vor der Aufgabe, sich als Hure zu bewerben. »Was soll ich denn da schreiben?«

»Du bist doch die zukünftige Journalistin. Du musst ihr Interesse wecken. Überzeuge sie, dass du es kannst.«

»Was soll ich können?«

»Rate mal.« Mit dieser rätselhaften Antwort und ohne hilfreichen Kommentar ließ sie mich zurück. Ich hatte über einiges nachzudenken.

Gute zehn Minuten dachte ich über meine Möglichkeiten nach, dann fand ich die Visitenkarte und rief Dickie Lawrence an. Dads Gott musste diesmal auf meiner Seite gewesen sein, denn Dickie hielt sich im Büro auf, und er ging ans Telefon. Er erinnerte sich nicht an mich, aber was ich zu sagen hatte, interessierte ihn sehr.

»Liefere mir wirklich schmutzige Geschichten, dann sorge ich dafür, dass du deinen Anteil kriegst«, versprach er. Aber ich bin nicht naiv. Ich würde ihm gar nichts sagen, bevor ich nicht einen richtigen Vertrag in der Tasche hatte. Falls ich mit jemandem ins Bett ging, um eine gute Story herauszuholen, dann wollte ich anständig dafür bezahlt werden.

»Was meinen Sie mit ›schmutzigen Geschichten‹, und was springt für mich dabei heraus?«

»Was soll ich mit schmutzigen Geschichten schon meinen, Tess? Die Hälfte der Politiker und der Stars aus dem Showgeschäft lässt sich da verwöhnen. Himmel, wenn Sie sich nicht vorstellen können, welche Storys ich haben will, sind Sie nicht geeignet. Und was für Sie herausspringt, entscheidet die Qualität der Geschichten. Da Sie ganz am Anfang stehen …«

»Ich lasse mich nicht billig abspeisen«, warnte ich ihn, aber ich wusste, dass ich Recht hatte. Wenn ich diese Story wirklich mit Leben füllen konnte, würden sich die Londoner Redaktionen um sie reißen. »Ich melde mich bei Ihnen«, sagte ich, nachdem er dargelegt hatte, wie wichtig er für meine Karriere sein konnte. Ich legte den Hörer auf und schaltete den Computer ein.

Ich musste eine Bewerbung schreiben, mit der ich Liberty Hall überzeugen würde. Nun, Worte und Überzeugungen sollten ja später zu meinem Gewerbe gehören, also durfte es nicht allzu schwer für mich sein.

»Mein Name«, schrieb ich mit wachsendem Selbstbewusstsein, »ist Tess Morgan.« Eigentlich heiße ich Teresa, aber mit diesem Namen sind einige meiner schlimmsten Erinnerungen verbunden. Wenn mein Vater vorwurfsvoll meinen vollen Namen aussprach, wusste ich, dass ich wieder eine seiner kostbaren Regeln gebrochen hatte. Ich fuhr fort, dass ich zwanzig Jahre alt und die Tochter eines Vikars war. Ich versprach mir von diesem ungewöhnlichen Detail eine besondere Beachtung. Ich verschwieg nicht, dass ich mir selbst Grenzen gesetzt hatte, aber ich sagte auch, dass ich bereit war, alles mal zu probieren.

Ich wollte gerade hinzufügen, dass ich schon mal als Kellnerin gearbeitet hatte und die Hotels auflisten, aber dann wurde mir bewusst, dass dies vielleicht keine besondere Empfehlung sein musste. Es wäre sinnvoller, wenn Liberty einen Blick auf mich werfen könnte, dann konnte ich sie überzeugen, dass ich ein Gewinn für ihr Unternehmen war. Ich glaubte fest daran, denn ich war jung und sah gut aus, und weil eine große Karriere vor mir lag, suchte ich den Skandal ebenso wenig wie sie.

Dies alles waren Punkte, die für mich sprachen, denn was sie verkaufte, war Sex. Nicht der normale Blümchensex, den man überall haben konnte, sondern der harte, extreme Sex. Nicht, dass er illegal wäre, aber es war auch nichts, worüber deine Freunde und deine Familie Bescheid wissen sollten, ganz zu schweigen die große britische Öffentlichkeit.

Plötzlich wusste ich genau, was ich schreiben musste. Es war schon komisch, eines meiner dunkelsten Geheimnisse zu Papier zu bringen, aber es geilte mich auch auf. Ich habe natürlich schon Erotika gelesen, aber dies hier war anders. Realer, direkter und eben viel geiler.

»Ich kann in den Sommerferien nicht nach Hause gehen, weil ich den Namen meiner Familie im letzten Sommer mit

Schande belegt habe«, schrieb ich und hackte die Buchstaben auf die Tastatur, um sie dann auf dem Monitor zu verfolgen.

»Als ich zuletzt in den Ferien zu Hause war, fiel mir gleich auf, dass Dad einen neuen Hilfsgeistlichen hatte. Er war groß, blond und schlank und hatte unschuldige blaue Augen, die ein manchmal böses Mädchen, wie ich eins bin, auf wunderbare Gedanken brachten. Es musste eine Herausforderung sein, ihm die Flötentöne beizubringen. Es fiel mir nicht schwer, ihn wissen zu lassen, dass ich interessiert an ihm war, und je häufiger er in meine Richtung schaute, wann immer er glaubte, dass es niemand bemerken würde, desto härter wurde er!

Es war ein heißer Sommer, der mir die Vorwände für leichte Kleidung bot, kurze Shorts und leichte T-Shirts. Nigel starrte immer mehr. Dad hasste meine kurzen Klamotten, aber er konnte nichts sagen, weil er sonst hätte zugeben müssen, dass ihm meine körperliche Entwicklung aufgefallen war. Ich sah, wie er innerlich litt, und das erhöhte meinen Spaß noch.

Er sieht mich immer noch als das reine, unschuldige Mädchen. Ich bin ziemlich sicher, dass er längst begriffen hatte, wie wenig diese Einschätzung der Wahrheit entsprach, doch das würde er niemals zugeben, weil er dann hätte einsehen müssen, dass seine gehütete Illusion einer glücklichen Familie eine Lüge war. Also gibt er vor, nicht zu wissen, wie ich wirklich bin, und ich gebe vor, dass ich ihn liebe, und wenn wir uns auch nicht großartig verstehen, schaffen wir es wenigstens, uns gegenseitig zu tolerieren. Jedenfalls bis zu diesem Sommer.

Nach ein paar Tagen hatte Nigel begonnen, jede meiner Bewegungen zu verfolgen, bis ich begriff, wie sich ein Stalker fühlen musste. Er selbst traute sich nicht, irgendwas zu zeigen, aber das wunderte mich nicht. Er gab sich wie ein richtiger braver Pfadfinder – das erhöhte noch die Herausforderung für mich. Als er die Brombeersträucher auf dem Gelände vor der Kirche zurückschneiden wollte, sah ich meine Gelegenheit.

»Ich helfe«, sagte ich. Dad schniefte.

»In diesen Sachen? Du wirst den Stoff zerreißen. Außerdem ist solche Arbeit nicht wirklich dein Ding, oder?«

»Klagst du nicht immer darüber, dass ich nie etwas Nützliches mache?«, fragte ich mit honigsüßer Stimme. Er knurrte laut, aber wie ich gehofft hatte, schaltete sich Nigel als guter Christ ein und kam zu meiner Rettung.

»Ich könnte ein bisschen Hilfe gut gebrauchen«, sagte er und lächelte mich an.

Ich lächelte zurück und dachte an all die wunderbaren Dinge, die ich mit ihm anstellen würde. Vieles sprach dafür, dass er noch unschuldig war. Ich wusste, dass er nicht schwul war. Zu oft hatte ich sein Gesicht gesehen, wenn er nicht wusste, dass ich ihn dabei beobachtete, wie er mich beobachtete.

Nein, ich hatte keinen Zweifel, dass er scharf auf mich war, aber er gehörte eben nicht zu den Typen, die jeden Abend eine andere Braut aufreißen. Wenn er schon mal eine Freundin gehabt hatte, dann würde es ein Mädchen sein, wie Dad sich seine Tochter vorstellte.

Ein gutes Mädchen, das jeden Sonntag den Gottesdienst besuchte und seine Unschuld für den Bräutigam aufbewahrte. Jedenfalls würde Dad sich nicht mit einer Tochter anfreunden können, deren Vorstellung einer guten Nacht darin bestand, sich komplett zuzudröhnen, weil sie sich erst dann auf eine anonyme Nummer mit irgendeinem Typen einlassen konnte.

Aber ich schätzte, dass Nigel in Wirklichkeit ein böses

Mädchen wie mich bevorzugte, und ich hatte das Gefühl, dass ich das noch an diesem Nachmittag herausfinden würde.

»Also gut«, sagte ich, streckte mich und achtete darauf, dass er einen ungehinderten Blick auf meine strotzenden Brüste hatte, während ich das Starren im blaurot angelaufenen Gesicht meines Vaters ignorierte. »Ich bin bereit, wann immer du sagst, dass es losgehen kann.«

Zuerst sah Nigel so aus, als hätte er sein ganzes Leben lang keinen unkeuschen Gedanken gehabt, und ich begann zu fürchten, dass ich meine Zeit vergeudete. Ich würde mir Blasen zuziehen und von Dornen gekratzt werden. Aber dann sah ich, wie er mich betrachtete. Ich legte meine Schere hin.

»Himmel, ist mir heiß«, murmelte ich und fragte mich, wie deutlich ich werden musste, um ihn auf die richtigen Gedanken zu bringen.

»Ja, es ist ein heißer Tag«, stimmte er zu und sah mich lächelnd an.

»Du solltest dein T-Shirt ausziehen«, sagte ich und strich mit einer Hand über den Stoff. »Ich verspreche auch, dass ich nicht über dich herfalle.«

Er starrte mich an, dann schluckte er und kam etwas näher. Ich wusste, dass ich scharf auf ihn war.

»Es sei denn, du willst es«, murmelte ich und ging näher auf ihn zu. Er roch nach Schweiß, und ich nahm auch den moschusartigen Geruch wahr, den Männer ausströmen, wenn sie angetörnt sind. Aber er hatte noch ein schlechtes Gewissen. Was mich nicht störte, denn es würde mich noch mehr anmachen, wenn ich seine Skrupel bearbeiten musste.

»Du hast es noch nie gemacht, was?«, wisperte ich und war so erregt, dass meine Nippel sich wie harte Kieselsteine anfühlten, als sie sich gegen mein enges T-Shirt drückten.

»Was habe ich noch nicht gemacht?«, murmelte er, aber ich wusste, dass ihm klar war, worauf ich anspielte.

»Du hast noch kein Mädchen gevögelt.«

Einen Moment lang dachte ich, dass meine Direktheit ihn abgestoßen hatte. Dann zog er das T-Shirt über den Kopf, und ich konnte nur denken, was für eine Verschwendung es wäre, wenn er wirklich noch unbeleckt war. Er hatte einen breiten Brustkorb, und sein Waschbrettbauch wurde von zarten hellen Härchen bedeckt. Seine schlanken Oberschenkel steckten in einer alten Jeans, in der sich eine Beule abzeichnete.

»Willst du?«, fragte ich und blieb auf Distanz, um ihn durch meine Nähe nicht zu erschrecken.

»Du meinst doch nicht …?« Er sah so ungläubig drein, dass ich lächeln musste.

»Ja, doch. Hier. Es ist ein wirklich stiller Platz.«

Einen besseren Ort konnte es gar nicht geben. Der Dschungel, den wir roden sollten, bot uns einen Sichtschutz und sogar ein komfortables Bett. Die Unverfrorenheit, Dads Stellvertreter in seinem eigenen Kirchhof zu verführen, ließ mich zittern vor Lust. Über uns erhob sich der Kirchturm, und von seinem Arbeitszimmer konnte er über den weiten Rasen schauen. Ein perfekter Ort.

»Aber …« Nigel schien sein Glück nicht glauben zu können. »Bist du sicher?«

»Sehr.«

Einer musste den ersten Schritt gehen, und ich wusste, dass ich auf ihn nicht warten konnte. Ich trat auf ihn zu und strich mit meiner Hand über die Beule in der Jeans. Er keuchte, und ich dachte schon, er wäre sofort gekommen, aber da irrte ich mich. Stattdessen griff er nach mir, und ohne Geschick drückte er mir einen hungrigen Kuss auf den Mund. Seine Zunge stieß tief in meinen Rachen, und seine

Hände schoben die schmalen Träger meines T-Shirts nach unten.

»Du bist wunderschön«, murmelte er und starrte auf meine Brüste wie ein dürstender Mann auf einen Humpen Wein. Nie hatte ich mich so sexy gefühlt.

Er hatte es noch nie getan, deshalb konnte ich ihm zeigen, wie ich es am liebsten hatte. Mir blieb der ganze Sommer, um ihm alles beizubringen. Dad würde verrückt werden, wenn er das herausfand, aber ich hatte nicht vor, es ihm zu sagen, und Nigel würde auch den Mund halten. Das Bewusstsein, meinen Plan quasi unter seinen Augen umzusetzen, machte alles noch viel spannender. Für mich war es die Revanche für die vielen Male, die er mich gedemütigt hatte. Wie oft war ich mir wie ein zehn Zentimeter großer Wicht vorgekommen, wenn er mich wieder einmal zusammengestaucht hatte. Und immer wieder hatte er darauf bestanden, dass aus mir nichts wird.

»Du bist auch nicht schlecht«, murmelte ich und musterte seine Muskeln aus der Nähe. Seit ich nach Hause gekommen war, hatte ich diese Muskeln bewundert. Sie waren so hart, wie sie aussahen, und als ich den Reißverschluss seiner Jeans aufzog, sprang sein Schaft heraus, als wollte er meine Erwartungen nicht enttäuschen. Er ruckte aufwärts, hart und rot und geschwollen, als fragte er danach, gedrückt und geküsst zu werden.

Er war so glitschig, dass ich wusste, ich würde meine Pläne ändern müssen, sonst würde es vorbei sein, bevor es begonnen hatte und bevor Nigel etwas gelernt hatte und vielleicht kalte Füße bekam.

Ich kniete mich vor ihn, schob seine Jeans ein Stück hinunter, damit ich ungehindert an ihn herankam. Ich zog sie ihm nicht ganz aus; für den Fall, dass sich sein Gewissen meldete und er plötzlich davonlaufen wollte, sollte er das können.

Aber es sah nicht so aus, als müsste ich solche Reaktionen befürchten. Er starrte mich wie betäubt an, doch als ich nach seinem Geschlecht griff, walkte er meine Brüste. Ich stieß einen Schrei aus, aber nicht laut genug, um ihn zu irritieren. Ich mag es gern ein bisschen rau, wenn ich in der richtigen Stimmung bin. Außerdem wusste Nigel es nicht besser.

Ich leckte ihn langsam, schmeckte seine Lust und genoss die Art, wie sein Körper bei jedem Lecken vibrierte, bis er geschüttelt wurde, als wäre er high von irgendeinem Zeug. Meine Zunge koste seine Bälle, und als er zu stöhnen begann, nahm ich sie nacheinander in den Mund. Ich wollte ihn lange und genüsslich saugen, aber sein Körper hatte andere Vorstellungen. Ich hatte nur einmal über seine Kuppe geleckt, als er plötzlich zu zucken begann, und dann schoss seine Ladung in meinen Rachen. Ich schluckte.

»Tut mir leid«, keuchte er, vermied es aber, mich anzusehen. »Du bist einfach viel zu sexy.«

»Schon gut so«, sagte ich.

Das war nicht gelogen. Ich hatte gleich gewusst, dass er kommen würde, sobald mein Mund seinen Schaft berührte. Ich wusste auch, dass er jung und fit war, und er würde in wenigen Minuten wieder einsatzbereit sein. Und bis dahin konnten wir uns die Zeit mit vielen anderen Dingen vertreiben. Ich wischte mir die Lippen sauber und legte mich zurück ins weiche Gras. Meine Schenkel fielen auseinander, und ich war gespannt, ob er jetzt die Initiative übernahm.

»Lachst du mich nicht aus?« Er war völlig verunsichert, als er sich neben mich legte. Er sah so geil aus, dass ich wusste, er würde alles tun, was ich ihm sagte.

»Warum sollte ich?« Ich küsste ihn und fühlte, wie er die Zunge rollte, als er sich selbst in meinem Mund schmeckte.

»Weil ich noch nie ...«

»Du hast auf das richtige Mädchen gewartet«, neckte ich

ihn. In den nächsten Minuten schon würde ich ihm zeigen, was für ein Mädchen ich war. Er gehörte bestimmt zu den Typen, die beim ›richtigen Mädchen‹ an Heirat und viele Babys dachten. Aber ich war nur an hartem Sex interessiert, viel und oft. Und in diesem Moment war ich ganz heiß darauf.

»Soll ich dir sagen, was du tun sollst?«, fragte ich leise. Er lächelte.

»Du willst den Ton angeben? Das gefällt mir bestimmt.« Seine Hand griff wieder an meine Brüste, aber diesmal war er zärtlicher.

»Ich mag es, wenn du meine Nippel küsst.«

Er beugte den blonden, kurz geschorenen Kopf über meinen Körper, und seine Zunge zeigte großen Enthusiasmus. Es war gut, aber es war nicht genug.

»Zieh mich aus«, befahl ich.

Er brauchte so lange, dass ich die Geduld verlor und ihn anschrie, er sollte endlich anfangen. Schließlich griff er an den Knopf meiner abgeschnittenen Jeans. Er öffnete den Knopf, zog den Reißverschluss hinunter und schob die enge Jeans über die Hüften. Als er meine Pussy freigelegt hatte, hörte er auf.

»Du bist nass«, flüsterte er stockend, und ich lächelte und setzte mich auf.

»Ich will dich«, sagte ich. »Willst du nicht beenden, was du begonnen hast?«

»Nein!« Ich war sicher gewesen, dass er eine Art Weichei war, aber ich hatte mich geirrt. »Du willst es!«, keuchte er und verdrehte mein Höschen, bis der schmale Zwickel nachgab und riss. »Nun, du sollst bekommen, was du haben willst!«

Er schob mich zurück auf den Boden, und ich musste meine Schätzung erneuern, wie lange er für die nächste Erektion brauchen würde.

»Nigel, bitte …« Ich ließ einen schwachen Protest hören, weil ich davon ausging, dass er ihn erwartete, aber in Wirklichkeit konnte ich kaum erwarten, dass er in meine Rolle schlüpfte und den Angreifer spielte.

Sein Gesicht verzog sich zu einer Grimasse, als er mich auf dem Boden festpinnte. Wenn er gewusst hätte, dass meine Proteste nur aufgesetzt waren, wäre sein Interesse längst nicht so begeistert gewesen.

In diesem Moment wollte er nur das Eine, und mir sollte es recht sein. Ich wollte es auch. Je schuldbewusster er sich später fühlte, desto sicherer konnte ich sein, dass er seine Missetat nicht bei meinem Vater beichten würde. Ich konnte dann das Bild des braven Mädchens aufrechterhalten, Dad würde mich in Ruhe lassen, und ich konnte wenigstens erträgliche Sommerferien genießen.

»Wenn du dich gegen mich wehrst«, knurrte Nigel, und ich begann mich zu wundern, was ich da aus dem Dunkel ans Licht geholt hatte. Nicht, dass er mich zwingen müsste, denn ich war wirklich scharf auf ihn, aber mein unschuldiger Gehilfe entwickelte sich zu einem Tiger.

»Was dann?«, neckte ich ihn herausfordernd. Er riss wieder an meinem Höschen. Ein dünnes Bändchen brach ab, und er zog die zerrissene Baumwolle zwischen meinen Beinen hin und her. Sie rieb sich auf quälende Weise an der Klitoris, was auch der Grund war, warum der Stofffetzen immer nasser wurde. Er zog ihn hervor, schaute ihn verwundert an, warf ihn dann ins hohe Gras und grinste.

»Aber du wirst dich gar nicht wehren, nicht wahr?«, fragte er. »Du willst es nicht weniger als ich.«

Ich wollte es viel mehr als er, aber dies war nicht der Augenblick für Spitzfindigkeiten. Stattdessen stieß ich noch einen Stöhnlaut aus, als er meine unteren Lippen mit seinen dicken, grasgrünen Fingern teilte.

Ich halte meinen Busch immer schön getrimmt, dann passt der Bikini besser, und außerdem bringt es Vorteile bei den verschiedenen Schlafzimmersportarten. Der Busch war jetzt schon nass, und er wurde noch nasser, als er zwei dicke Finger in mich hineinschob. Sein Mund fasste und umspannte meine Brust, und seine Zähne gruben sich in meinen Nippel. Ich grunzte vor Lust, als er zu stoßen begann.

»Du willst mich.« Seine freie Hand ersetzte seinen Mund. Er hob den Oberkörper an, um die Reaktion auf meinem Gesicht ablesen zu können. Sein Gesicht war vor Lust so dunkel geworden, dass ich ihn kaum noch wiedererkannte.

»Ich will dich«, gab ich zu und wünschte, ich würde das Risiko eingehen, ihn anzuschreien, er sollte mich fester bumsen. Meine Hüften ruckten gegen seine zustoßende Hand, aber das reichte mir nicht, und der Bastard wusste es. Er mochte zwar noch die Unschuld haben, aber offenbar hatte er einige Studien betrieben, und jetzt hatte ich das Glück, von seiner aufgestauten Lust zu profitieren.

»Berühre mich.« Ich hatte vor, kühl und gelassen zu bleiben, während ich ihn in die Geheimnisse einführte, aber ich begehrte ihn so sehr, dass meine Aufforderung sich wie eine klägliche Bitte anhörte.

»Wo?«

Ich blinzelte und fragte mich, wie jemand so wenig wissen kann, wenn er den Sexualkundeunterricht in allen Klassen über sich hat ergehen lassen. Aber es war unglaublich erotisch, wenn ich mir in Erinnerung rief, dass ich das erste Mädchen war, an dem er lernen konnte.

»Meine Klit«, sagte ich und führte seine Hand von meiner Brust hinunter zwischen die Beine. Ich teilte die Labien für ihn, aber dann hatte ich eine bessere Idee. »Küss mich«, raunte ich. »Küss mich, wie ich dich geküsst habe.«

»Ich habe die Kontrolle übernommen«, rief er mir in Erinnerung zurück, und ich stöhnte auf, als er seine Finger aus meinem Innersten zog.

»Bitte, ich werde alles tun, was du willst, wenn du mich nur ein wenig lutschst.«

»Alles?« Er hatte die Augen weit aufgerissen, und ich fragte mich, welcher Art die Träume meines angeblich unschuldigen kleinen Freundes waren. Nicht, dass ich mich von ihnen würde abschrecken lassen.

Er schob meine Jeans noch etwas weiter hinunter, und ich spreizte meine Beine so weit ich konnte, weil ich ihm helfen wollte. Trotzdem blieb kaum genug Platz, um seinen Kopf zwischen meine Beine zu stecken. Aber irgendwie schaffte er es.

Seine Zunge tauchte in meinen Busch, und ich schob meine Hand in den Mund, denn ich durfte keinen großen Lärm von mir geben. Immer wieder spazierten Gemeindemitglieder über den Kirchhof, und manch einer würde gern wissen, was wir beide denn da trieben.

Dann klemmte sich der jungfräuliche Mund um meine Klitoris und nahm sie in Verwahrung, wie er vorher meine Brust umfasst hatte. Seine Finger steckten jetzt wieder in mir drin, drei sogar. Von Zärtlichkeit hielten sie nicht viel, und ich spürte auch keine Finesse. Aber es war mir egal. Ich würde bekommen, was ich gewollt hatte – einen heißen Stich.

Ich hörte, wie er mich ausschlürfte, und ich fühlte, wie sich die Klitoris verhärtete. Mein Magen verdrehte sich zu kleinen Klumpen, aber Sekunden bevor ich gekommen wäre, setzte er sich abrupt auf und ließ mich als wimmerndes Opfer zurück, und im nächsten Moment waren die unglaublichen Gefühle schon abgeschwächt.

»Nicht so«, murmelte er und zerrte wieder an mir herum. Er wollte, dass ich mich auf den Bauch legte.

»Warte!«, rief ich. Auch wenn ich mich bisher wie eine

Schlampe aufgeführt hatte, so würde ich nicht zulassen, dass er mich ohne Kondom nahm. Ich war ziemlich sicher, dass er auf Verhütung nicht vorbereitet war, aber ich war bei den Pfadfinderinnen gewesen, bis sie mich beim Rauchen erwischt und rausgeworfen hatten. Doch nun ergab sich die Konsequenz aus meinem frühen Lernen – sei nie unvorbereitet.

Ich langte in die Arschtasche meiner abgeschnittenen Jeans und zog ein Kondom heraus.

»Du hast gewusst, dass das passieren wird, nicht wahr?«, knurrte er und griff nach der Folie. Ich lächelte nur. Natürlich hatte ich gewusst, dass etwas in dieser Art laufen würde, aber brave Mädchen, an die er eher gewöhnt war, würden sich nicht so freigiebig äußern.

»Ich hatte es gehofft«, sagte ich und bemühte mich um einen scheuen Klang meiner Stimme. Ich hörte, wie er die Folie aufriss, die den Pariser bedeckte. Den Rest stellte ich mir bildlich vor – er würde sein prächtiges Glied, das ich schon im Mund gespürt hatte, mit der Latexschicht einkleiden, und eine Minute später würde es in mir sein. Ich konnte es kaum erwarten.

Er legte eine Hand unter meinen Bauch und zwang mich auf Hände und Knie. Allmählich hatte ich Angst vor der eigenen Courage. Hatte ich mich in ihm geirrt? Wollte er von hinten in mich eindringen? Wie bei einem Jungen?

Ich öffnete gerade den Mund, um ihm unmissverständlich klarzumachen, dass es nur eine Öffnung für ihn gab, aber im nächsten Moment stieß er seinen Schaft in meine Pussy. Dieses Problem war gelöst, und ich fragte mich, warum ich jemals geglaubt hatte, ich müsste ihm etwas beibringen. Er war dick, er war hart, und er stieß so gekonnt zu, als wüsste er genau, welche Stellen er rammeln sollte. Er lehnte sein Gewicht auf mich, bis meine Ellenbogen zusammenbrachen.

Mein Po stieß hoch in die Luft, während er seine kräftigen Stöße dosierte. Er drückte meinen Kopf ins Gras.

Es war verdammt unbequem, aber ich wollte mich nicht beklagen. Eine seiner breiten festen Hände zog meine Pobacken auseinander, wodurch ich mir wahnsinnig schmutzig und verdorben vorkam. Mit der anderen Hand bearbeitete er meine Klitoris. Rein und raus stieß er; jeder Stoß kräftiger als der zuvor. Sein Grunzen war so laut wie mein Stöhnen.

Ich fühlte die ersten herrlichen Krämpfe in meinem Bauch, als ich eine donnernde Stimme fragen hörte: »Was geht hier genau vor, Teresa?«

Es war natürlich Dad. Wir hätten nicht so laut sein dürfen oder überhaupt etwas vorsichtiger, aber es konnte auch sein, dass er vom ersten Moment an geahnt hatte, ich könnte was Schlechtes im Schilde führen.

Egal wie, wir waren erwischt, wie man es sich schlimmer gar nicht vorstellen konnte, gerade in dem Moment, in dem der arme Nigel den Punkt ohne Wiederkehr erreicht hatte. Böser hätte es für ihn nicht kommen können – unter den anklagenden Blicken des Vikars seiner Gemeinde, nur ein paar Schritte von seiner Kirche entfernt, in der er sonntags predigte, und der Schwanz steckte in der jungen Tochter des Vikars. Der wackere Gehilfe stieß einen gewundenen Schrei aus und kam. Ich steckte meinen Kopf ins Gras, hin und her gerissen zwischen Lachen und Tränen. Ich war so nahe und doch so weit von einem Orgasmus entfernt, und eine zweite Chance würde ich mit Nigel nicht erhalten.

Wie zu erwarten war, erlebte Dad einen Tobsuchtsanfall. Natürlich hätte er mir gern die Verantwortung in die Schuhe gesteckt, aber die Szene, die sich vor ihm abspielte, zeigte klar, wer die Kontrolle hatte, also wartete er nur ab, während Nigel sich zurückzog und seine Jeans griff. Ich bückte mich nach Shorts und T-Shirt und zog mich an. Ich wusste ganz genau, dass Dad das zerrissene Höschen sehen konnte, das noch im Gras lag.

»Es ist nicht so, wie du denkst«, sagte ich, bevor Nigel den Helden spielen und behaupten konnte, er hätte mich gezwungen.

»Es ist gar nicht nötig, dass ich irgendwas denke, Teresa. Ich weiß genau, was geschehen ist und wer damit angefangen hat.« Dads Stimme war so kalt, dass ich wusste, er war ernsthaft wütend. »Auf dem Kirchhof, nur wenig oberhalb der Gräber, wo dich jeder hätte sehen können, der ein Grab besucht ... Nigel, wie konnten Sie nur?«

Ich war offenbar ein hoffnungsloser Fall, was mich nicht wirklich überraschte, aber Nigel war seine große Hoffnung gewesen. Nigel schaute mich an, und ich wartete darauf, dass die Wahrheit ans Licht kam, aber er musste tatsächlich den Helden spielen.

»Ich habe die Situation ausgenutzt«, sagte er, und zu jeder anderen Zeit hätte ich schallend gelacht. »Sie saß da und wollte eine Pause machen, da habe ich ...«

»Aber sie hat sich nicht wirklich zur Wehr gesetzt, was?« Dad wandte sich an mich. »Du wehrst dich nie, nicht wahr, Teresa?«

Dann kamen alle Geheimnisse heraus, von denen ich gehofft hatte, dass ich sie für mich behalten könnte. Nun, zum Glück kamen nicht alle heraus, aber es waren mehr als genug, und jede einzelne Geschichte verriet klar, dass ich als Tochter eines Vikars nicht taugte. Das war auch der Moment, in dem er mir sagte, dass ich in seinem Haus nicht mehr willkommen war.

Seiner Ansicht nach war ich eine undankbare, gefühllose Enttäuschung, die das schlimme Ende verdient hatte, das es mit ihr bald nehmen würde. Es war nichts, was ich nicht schon mal von ihm gehört hatte, deshalb brauchte ich mich nicht zurückzuhalten, und eine Entschuldigung konnte er auch nicht von mir erwarten. Ich war es satt, mein Leben nach seinen Regeln zu leben, ich war es satt, nie ein bisschen Geld in der Tasche zu haben und ihm etwas vorzulügen, wenn er fragte, was ich vom Leben erwartete. An diesem Tag verließ ich mein Zuhause, und deshalb brauche ich einen Job in diesem Sommer …«

Ich musste aufhören, denn meine Finger begannen zu schmerzen, was mich nicht überraschte, denn ich tippte fast seit einer Stunde. Zwischen den Beinen war ich so nass wie damals, als sich die beschriebene Szene abgespielt hatte, aber jetzt konnte ich mich wenigstens darum kümmern. Ich speicherte meinen Text und ging zum Bett; unterwegs blieb ich nur einen Moment stehen, um den Vibrator aus der Schublade zu holen, wo ich ihn unter Lehrbüchern versteckt hatte.

Ich zog meine Leggings aus und das Top, das ich mir rasch übergeworfen hatte, als Imo an der Tür gewesen war. Ich legte mich aufs Bett, spreizte die Beine weit und erinnerte mich an das Geschehen auf dem Kirchhof.

Kurz überlegte ich, ob ich die richtige Entscheidung getroffen hatte. Ganz egal, wie man um die Sache herumredete, wenn ich den Job annahm, war ich eine Hure. Das passte nicht einmal zu meinen Vorstellungen eines braven Mädchens, von Dads antiquierten Ideen ganz zu schweigen. Es würde ihn treffen und auch meine eigene Zukunft, wenn jemand erfuhr, womit ich in diesem Sommer mein Geld verdiente.

Dann dachte ich: Zur Hölle damit. Warum sollte ich mir nicht das nötige Kleingeld verdienen, das ich brauchte, um über die Runden zu kommen? Ich musste nur das tun, was ich ohnehin schon tat, um meinen Spaß zu haben. Dass ich nun dafür bezahlt wurde, war fast das Salz in der Suppe, und ich musste gestehen, dass auch ein Rachegedanke dabei war. Rasch stellte ich den Vibrator an.

Zuerst reichte das stete Pulsieren gegen meine Klitoris, aber bald schon brauchte ich mehr. Ich entwarf ein Bild von Nigel mit seinem verzerrten Gesicht und seiner massiven Erektion. Ich schob zwei Finger in mich hinein, dann drei, und versuchte, mich an jedes Detail auf dem Kirchhof zu erinnern. Ich hörte sein Grunzen, aber es genügte mir nicht, deshalb verblasste sein Gesicht.

Wenn ich für Liberty Hall arbeitete, konnten die Gäste alles von mir verlangen, und sie würden mich gut dafür bezahlen. Diese Kombination bescherte mir köstliche Ideen und mehrere Orgasmen hintereinander.

# *Zweites Kapitel*

Als es vorbei war, presste ich meine schmerzenden Oberschenkel zusammen und ging meine Möglichkeiten durch. Ich war nicht wirklich sicher, ob ich bei Liberty Hall arbeiten wollte, obwohl ein Teil von mir von der Idee fasziniert war – und nicht nur wegen der Kohle. Wenn ich alles durchspielte, blieb die Erkenntnis, dass ich keine andere Chance hatte. Ich brauchte das Geld, und man bombardierte mich nicht mit Arbeitsangeboten.

Außerdem konnte ich die Brocken hinwerfen, wenn es mir zu krank wurde. Nein, wenn ich es richtig betrachtete, ging ich überhaupt kein Risiko ein, auch wenn ich nicht wirklich glaubte, dass ich vorzeitig gehen würde.

He, Mann, dies ist das einundzwanzigste Jahrhundert, und kein Mädchen, das seine Guccis wert ist, verlässt das Haus ohne Handy. Solange ich mein Mobiltelefon bei mir hatte, konnte doch gar nichts passieren, also würde ich mich nicht von einem verrückten Freier als Gefangene halten lassen.

Ich hatte keine Zeit zu verlieren, denn es war fast schon elf Uhr. Imo würde bald in der Tür stehen und den Brief mitnehmen wollen. Ich wollte nicht, dass sie mich nackend vorfand, nackend und aufgegeilt, weil mich die Erinnerungen und der Vibrator aufgestachelt hatten. Irgendwie dachte ich, der Job wäre sicherer, wenn wir ein Liebespaar wären. Aber diesen Gedanken schob ich sofort ganz weit nach hinten, denn es gab Dinge, die tat ich einfach nicht, ganz egal, wie sehr ich das Geld brauchte, und zu diesen Dingen gehörte, eine gute Freundschaft ohne Not aufs Spiel zu setzen.

Stattdessen ließ ich die Rechtschreibprüfung durchlaufen, dann druckte ich den Beginn meines Lebenslaufs. Ich trat in den Schrank, der sich als mein Bad ausgab, und fluchte über das tröpfelnde lauwarme Wasser. Eines Tages würde ich eine Dusche haben, die den ganzen Tag funktionierte, ein Jacuzzi und all die teuren Klamotten, auf die ich es abgesehen hatte.

Ich würde zu all den Designer-Shows gehen und mich von Kopf bis Fuß in Versace und Armani zeigen. Die Leute auf der Straße würden sich nach mir umdrehen, wenn ich vorbeiging, sie würden sich fragen, wer ich bin und was sie anstellen mussten, um so zu sein wie ich. Wenn das bedeutete, dass sie ein paar Leuten auf die Zehen treten mussten, dann sollte ich mich nicht über Liberty Hall beklagen. Nein, ich verschwendete keine Zeit mehr, mich wegen meiner Pläne schuldig zu fühlen.

Ich rieb Shampoo auf die Kopfhaut und knetete die langen krausen Haare, die der Fluch meines Lebens waren. Nie konnte ich sie länger als fünf Minuten in Form halten, aber ich liebte sie viel zu sehr, um sie abzuschneiden, selbst wenn ich genug Geld hätte, um mir eine Friseurin auszusuchen, der ich eine vernünftige Arbeit zutraute. Während ich meine Haare wusch, begann ich mit einer Bestandsaufnahme meines Körpers und betrachtete die einzelnen Vor- und Nachteile. Zweifellos würde mich Imo auf diese Weise betrachten.

Gute Brüste – 85 C-Körbchen, große dunkle Nippel. Schmale Taille, breite Hüften und ein bisschen zu viel Fleisch auf dem Po, um als Modell durchzugehen, aber die Männer mochten ihn so, wie er war, deshalb störte mich der Umfang nicht.

Ich bin groß und laufe in Größe 36 herum, ich wusste also, dass mein Körperbau durchaus geeignet war, als Callgirl mit

Liberty Hall zu arbeiten. Aber hatte ich genug getan, um Libertys Neugier zu wecken?

Es gab nur einen Weg, das herauszufinden, also stieg ich schnell aus der Dusche, schlang ein Handtuch in die Haare, und für den Fall, dass sie mich sofort sehen wollte, warf ich mir den einzig anständigen schwarzen kurzen Rock über sowie die weiße Bluse, die Mum mir geschenkt hatte, damit ich bei Bewerbungsgesprächen ordentlich angezogen war. Dann las ich noch einmal über die Seiten, die ich ausgedruckt hatte, und schob sie in einen Umschlag. Das war der Moment, in dem Imo an die Tür klopfte.

»Und?«, fragte sie, als sie hereinkam, ohne darauf zu warten, dass ich sie einlud.

Ich versuchte, mich ganz kühl zu geben und nicht so, als drehte sich mir wegen zuckender Nervenenden der Magen um. Ich musste das tun, auch wenn es bedeutete, Imo zu betrügen. Ich rief mich zur Ordnung, aber ich konnte nicht das Gefühl abschütteln, dass ich etwas wirklich Albernes tat.

»Schau es dir an«, sagte ich und hielt ihr den Umschlag hin, bevor ich zu feige dafür wurde. Sie las den Text, dann stieß sie einen Pfiff aus.

»Oh, Tess, was für ein ungezogenes Mädchen du doch bist.« Ihr Ausdruck erinnerte mich an Nigel, und wenn sie den richtigen Moment abpasste, würde es ihr leichtfallen, mich zu verführen.

Ich lächelte sie an, aufreizend, hoffte ich. Ich würde nicht zulassen, dass sie jetzt noch irgendwas mit mir unternahm, auch wenn ich dann bei ihrer Mutter größere Chancen gehabt hätte.

»Glaubst du, ich bin ungezogen genug für deine Mutter?«, fragte ich, aber sie hob nur die Schultern.

»Bei Mum weiß man nie. Ich muss jetzt laufen. Sie verzeiht es nicht, wenn man sich verspätet.«

»Wie geht es jetzt weiter? Wie viele Leute arbeiten in dem Hotel? Was wird sie von mir erwarten?« Die Fragen schossen nur so aus mir heraus, denn ich hatte einen Anfall kalter Füße bekommen, der davon ausgelöst worden war, dass sie den Umschlag mit meinem Text in ihre Prada Handtasche gesteckt hatte. Jetzt lächelte sie geheimnisvoll und verschwand.

Was als Nächstes geschah, kann ich nur als Frechheit bezeichnen. Gegen sechs Uhr war meine kleine Geduldsreserve erschöpft. Ich ging hinüber zu Imos Wohnungstür, um von ihr zu hören, welches Spiel sie mit mir trieb, aber die Tür war abgeschlossen. Das Mädchen gegenüber sagte, Imo und ihre Mum wären schon vor ein paar Stunden zurückgekommen, dann hätte Imo ihr Zeug gepackt und im Mercedes der Mutter verstaut.

Nun, Imo würde glücklich mit der Entwicklung sein, aber was hatte das alles für mich zu bedeuten? Ich war immer noch pleite, hatte nach wie vor kein Dach überm Kopf und musste bis Ende der Woche mein Zimmer räumen, ohne dass ich wusste, wohin mit dem Krempel.

Mein Zimmer aufzuräumen, das vertrieb mir die Zeit am Samstag und am Sonntag. Ich war von Imo so enttäuscht, dass ich keine Lust hatte, am Samstagabend auf die Piste zu gehen, denn das Geld hätte ich mir leihen müssen. Die meisten unserer Clique waren schon nach Hause gefahren. Natürlich waren genug Touris in der Stadt, aber ich erinnerte mich an Imo, die gesagt hatte, ich könnte bezahlt werden für etwas, das ich bisher kostenlos abgegeben hatte.

Vorher habe ich mich nie als Art Prostituierte gesehen, und ich muss sagen, dass mir das überhaupt nicht gefallen hat. Viel eher habe ich mich für liberal gehalten, wenn ich mit jedem geschlafen habe, dessen Aussehen mir gefallen hat. Im Gegensatz zu mir wusste Imo kaum, wohin mit dem Schotter, und natürlich fragte ich mich, wer von uns beiden die richtige Entscheidung getroffen hatte. Dad würde sagen, dass wir beide auf Hölle und Verdammnis zugingen, aber ich hatte schon lange aufgehört, ihn ernst zu nehmen.

Am Montagmorgen ging ich als Erstes hinunter zu meinem kleinen Briefkasten und hoffte, dass der Postmann etwas gebracht hatte, das keine Rechnung war. Und diesmal hatte ich tatsächlich Glück. Ich fand einen Umschlag mit einer gestochenen Handschrift. Es war ein dick gefütterter Umschlag, offenbar sehr teuer, und als ich den Poststempel las, begann mein Herz schneller zu schlagen. St. Paul's Head war das Zuhause von Liberty Hall.

Ich nahm den Umschlag mit hinauf, schloss meine Tür ab und wusste nicht genau, ob ich den Umschlag überhaupt öffnen wollte. Wenn ich ihn öffnete, würde ich etwas über mich erfahren, und ich war nicht sicher, ob ich das erfahren wollte.

Aber ich brauche das Geld, und ein Teil von mir wartete gespannt darauf, die Gelegenheit zu erhalten, einige meiner jugendlichen Phantasien umzusetzen. Es hatte eine Zeit gegeben, in der ich fast ausschließlich in meinen Träumen gelebt hatte. Ich hatte mich aus der langweiligen Realität des Internats zurückgezogen und war in eine Serie von immer schlimmeren sexuellen Szenarios geflüchtet. Selbst heute suchte ich Zuflucht bei ziemlich heiklen Typen, wenn ich masturbierte, und ich konnte nicht abstreiten, dass ich mich gelegentlich fragte, wie es denn wäre, wenn einige dieser Phantasie-Typen Eingang in mein Leben fänden.

Aus all dem geht hervor, dass ich Sex mag, und ich war

auch nicht allzu wählerisch, wer sich als mein Partner anbot. Ich wollte mir das nicht vorwerfen lassen, denn ich kenne hunderte Mädchen, die das auch so sehen.

Entschieden riss ich den Umschlag auf und nahm einen Papierbogen heraus sowie eine Eisenbahnfahrkarte. Das musste ein gutes Zeichen sein, dachte ich, faltete den Bogen auseinander und begann zu lesen.

»Liebe Tess,

ich habe Deinen Brief mit Interesse gelesen und möchte Dich gern zu einem Bewerbungsgespräch einladen. Deine Position wäre die Empfangsdame unserer Gäste auf Liberty Hall. Solltest Du an dem Gespräch interessiert sein, nimm bitte heute den Zug, der Waterloo um zwölf Uhr verlässt. Wenn Dir eine Position angeboten wird und Du annimmst, beginnt Dein Dienst umgehend. Alle Kleider und Uniformen werden gestellt, bringe also bitte keine eigenen Kleider mit. Für die Teilnahme am Gespräch erhältst Du zweihundertundfünfzig Pfund, unabhängig vom Ergebnis.«

Alle Kleider und Uniformen wurden gestellt? Das klang ein wenig geheimnisvoll, deshalb tat ich etwas, was eigentlich nicht geplant gewesen war: Ich rief Dickie Lawrence an, damit wenigstens ein Mensch wusste, wohin ich ging. Diesmal dauerte es ein bisschen länger, bis ich ihn erreichte, aber dann rief er so schnell zurück, dass mir klar wurde: Ich hatte etwas, das ihm wichtig war.

»Ich habe ein Bewerbungsgespräch für einen Job auf Liberty Hall. Ich fahre heute hin.« Dann fügte ich noch hinzu: »Rette mich, wenn ich mich nicht melde.« Das hörte sich zwar melodramatisch an, aber danach ging es mir besser. Ich glaube nicht an Mädchenhandel und solche Dinge, aber ich war auch nicht naiv. Wenn man die Sexsklavin spielte, war das eine Sache, aber wenn man zu einer gemacht wurde, hatte das nichts mehr mit Sex aus freien Stücken zu tun.

»Ich bleibe in Verbindung«, sagte ich, und Dickie lachte.

»Tu das, meine Liebe. Es wird dein Schaden nicht sein.«

»Wie viel?«

Er hielt mich wirklich für ein naives Kind. Je mehr er schacherte, desto klarer wurde mir, dass ich was Anständiges zu verkaufen hatte. Als ich den Zug in Waterloo Station bestieg, unterschrieb ich den Vertrag, den er mir zugefaxt hatte, und ich dachte, ich hätte wirklich das Meiste herausgeholt. Er hatte das Recht, meine Story abzulehnen, aber wenn alles gut ging, war ich um zehntausend Pfund reicher – oder um fünftausend, wenn er kalte Füße bekam.

Selbst der kleinere Betrag würde meine Probleme lösen, selbst wenn ich nicht auf Liberty Hall arbeitete. Ich wusste, dass ich vorsichtig sein musste, und um ehrlich zu sein – ich war verdammt nervös. Ich wusste, dass Liberty ihre Privatsphäre schützte. Dickie meinte, sie wäre paranoid und gefährlich. Es hatte schon andere Versuche gegeben, Liberty Hall von innen zu durchsuchen, aber bisher hatte niemand eine Geschichte veröffentlicht, und niemand hatte bisher öffentlich erklärt, warum das so war.

Liberty würde mich weniger im Verdacht haben, weil ich ja eine Freundin ihrer Tochter war, aber meine Stichworte würde ich trotzdem gut verstecken müssen. So schwer würde das nicht sein, denn Imo wusste, dass ich ein Tagebuch führte, das ich immer verschlossen hielt. Außerdem hatte ich den Job ja noch gar nicht, deshalb beschloss ich, über mein Tun erst nachzudenken, wenn ich wusste, dass mein Job Wirklichkeit geworden war.

An das Reisen erster Klasse würde ich mich rasch gewöhnen können. Ich hatte ein Abteil für mich allein; die Sitze waren breit, sauber und komfortabel, und – oh, Wunder – der Zug war sogar pünktlich, als er in den kleinen Bahnhof einfuhr. Es stand niemand da, der die Fahrkarten kontrollierte, deshalb überlegte ich, mein Ticket zu behalten – bis ich bemerkte, dass es sich um eine einfache Fahrt handelte. Ich hing also fest.

Ich packte meine sperrige Handtasche und stieg aus dem Abteil. Ich stand allein auf dem Bahnsteig und fragte mich, wen Liberty zum Abholen geschickt hatte. Vielleicht Imo oder irgendeinen ihrer Angestellten. Aber dann sah ich, dass ich Glück hatte; ich sah einen besonders gut aussehenden Kerl.

Man stelle sich einen blonden Hugh Grant vor, einschließlich seiner langen wirren Haare und des unschuldigen Lächelns. Er trug sandfarbene Chinos und ein blaues Hemd, das am Hals offen stand, und er reichte mir einen Umschlag, nachdem er kurz »hallo« gesagt hatte.

»Hier findest du genaue Angaben, was du zu tun hast.« Seine Stimme klang weich, es war eine Tenorstimme und so reizend wie alles an ihm. Ich versuchte, ihn nicht anzulechzen. Ich öffnete den Umschlag. Drinnen fand ich wieder einen Bogen des schweren, teuren Papiers, auf dem in knappen Befehlen stand, dass ich Rupert gehorchen sollte.

»Du bist also Rupert?«

Es war kein brillanter Dialog, aber in seiner Gegenwart fiel mir nichts ein. Ich musste daran denken, dass es für mich nicht neu wäre, mit einem Fremden zu schlafen, aber mir gefiel nicht, von den Konsequenzen nichts zu wissen. Was genau erwartete man von mir, wenn ich den Job erhielt?

»Und du bist Imos Freundin, Tess. Sie hat mir alles über dich erzählt.«

»Oh, nein!«, rief ich unfreiwillig, aber er lachte nur und öffnete mir die Autotür mit altmodischer Höflichkeit.

»Nichts Schlimmes. Es gibt keinen Grund, nervös zu sein. Wir fahren ins Hotel, und da gibt es was zu essen. Du wirst hungrig sein.«

Bis ich ihn gesehen hatte, war ich vor Hunger fast gestorben, denn ich war zu nervös gewesen, um den Speisewagen aufzusuchen, und jetzt war mein Hunger verflogen. »Ja, fein«, sagte ich, denn ich wollte nicht zu erkennen geben, wie groß meine Angst war. »Dies ist ein schöner Ort«, sagte ich, als er den Motor startete.

»Nur das Beste für unsere Besucher«, prahlte er und strich mit der flachen Hand über seine Haare, genau, wie es Hugh Grant immer tat. Wenn Rupert es tat, sah es noch viel mehr sexy aus.

»Arbeitest du schon lange hier?« Wenn er das bestätigte, musste ich mich gut mit ihm halten, damit er mich mit Informationen versorgte, die ich während des Bewerbungsgesprächs vielleicht einwerfen konnte.

»Dies ist mein dritter Sommer. Ich bin Student an der Filmschule. Zuerst London, jetzt UCLA.«

Er musste gut sein, wenn er von der besten Filmschule in den Vereinigten Staaten aufgenommen worden war. Spielberg und Lucas hatten dort studiert. Aber ich war auch gut, also brauchte ich meine Zeit bei ihm nicht zu verschwenden. Meine Noten waren nicht immer glänzend, aber das Sackgesicht von Lehrer hatte zugegeben, dass er mich absichtlich runtergestuft hatte, um mich flachlegen zu können. Schließlich habe ich doch meine Eins bekommen, und ich hatte sie mehr als verdient. Ich schüttelte mich, als ich an eine Nacht erinnert wurde, von der ich geglaubt hatte, dass sie nie enden würde.

Eine feste, gebräunte Hand senkte sich vom Lenkrad und legte sich auf mein nacktes Knie.

»Ist alles in Ordnung mit dir?«

Es schien ihn wirklich zu interessieren, deshalb sagte ich: »Nur ein bisschen nervös.«

»Nicht nötig. Liberty war begeistert von deinem Brief.« Er grinste. »Ich auch.« Ich war natürlich davon ausgegangen, dass der Brief privat blieb, aber sein freimütiges Geständnis gefiel mir. »So, da sind wir«, sagte er, bevor mir eine gescheite Reaktion auf das vorherige Thema eingefallen war.

Ich bin nicht leicht zu beeindrucken, aber vor mir lag ein unglaubliches Gebäude. Groß und weiß und mit zwei Türmen versehen. Sicherlich nicht das größte Hotel der Welt, aber wenn an den Gerüchten was dran war, konnte man darauf auch gut verzichten. Man brauchte nur jeweils ein paar Gäste, um die sich das Personal kümmern würde. Die Gäste würden die Abgeschiedenheit und die Diskretion der Angestellten zu schätzen wissen.

Hinter dem Hotel konnte man die Klippen sehen, und dahinter, schätzte ich, würde der private Sandstrand liegen. Großartig, denn ich wusste, dass es am Strand keine Bekleidungsvorschriften gab. Hinter den hohen Eisentoren, vor denen wir angehalten hatten, lag ein wild wachsendes Gartenstück, das mich ein wenig an den ungepflegten Kirchhof erinnerte, der Nigel und mir zum Verhängnis geworden war.

Solchen Wildwuchs erwartete man nicht vor einem weißen Gebäude, das wie ein Schloss aussah, und die hohen Eisentore kamen mir auch verdächtig vor. Ich wurde noch nervöser, als ein uniformierter Wärter von hinten zum Auto kam. Rupert gab ihm die Schlüssel und stieg aus.

»Von hier aus gehen wir zu Fuß. Miss Hall will keine Autos vorm Hotel sehen. Sie sagt, dass sie nicht zum Ambiente passen.«

Wenn die Autos nicht in der Nähe stehen, dachte ich, wird eine Flucht erschwert. Aber ich sagte nichts. Ich hatte genug damit zu tun, gegen meine kalten Füße anzukämpfen. Schließlich lächelte ich den Wärter an. Er lächelte nicht zurück.

»Das ist Tess Morgan«, erklärte Rupert. »Sie ist zu einem Bewerbungsgespräch eingeladen.«

»Aha.« Der Wärter drückte auf irgendein elektronisches Gerät, dann schwangen die Tore geräuschlos auf.

»Das ist ein Hammerhaus mit all diesen Horroreinrichtungen«, sagte ich und zwang mich zu einem Grinsen.

»Und du spielst die unschuldige Jungfrau?« Ruperts bewundernder Ausdruck war eine offene Einladung, um zu beweisen, dass ich weder das eine noch das andere war. Aber dafür war ich nicht hier – wirklich schade.

»Wohl kaum, aber mir kommt alles so unglaublich vor«, sagte ich, und das war nicht gelogen.

Wir gingen einen gewundenen breiten Kiesweg hinauf. Es dauerte fünf Minuten, bis wir das Haus erreichten. Die Haustüren standen weit offen, aber ich schätzte, dass Diebe nicht das Problem von Liberty Hall waren. Wir gingen nicht durch die Haupthalle; schließlich waren wir nur das Fußvolk.

»Mein bescheidenes Zuhause«, erklärte Rupert, als er mich in ein Zimmer führte, das alles andere als bescheiden war.

Es war ein großes Zimmer, und an der Decke drehte sich einer jener Ventilatoren aus Messing, die man immer in alten Filmen sieht, die in Indien spielen. Durch eine offene Tür konnte ich auf ein schlicht eingerichtetes Schlafzimmer sehen, während das Zimmer, in dem wir standen, als Salon eingerichtet war. Ein Tisch stand direkt am Fenster, durch das man hinüber zu den Klippen sehen konnte.

»Schön«, murmelte ich und strich mit einer Hand über die Polsterung eines Korbstuhls. Mir wurde sehr bewusst, wie nahe wir uns standen. Dann berührte er mich an der Schulter und drehte mich um, damit ich ihn ansehen konnte.

»Willst du zuerst was essen, oder sollen wir gleich zur Sache kommen?«

Ich ahmte einen Goldfisch nach, der gerade aus dem Glas gefallen ist und feststellen muss, dass er keine Luft zum Atmen braucht. »Das liegt doch an der Person, bei der ich mich vorstellen muss, oder?« Es war mühevoll, mich auf den Job zu konzentrieren und nicht auf den Mann.

»Nicht schlecht reagiert.« Sein Grinsen machte ihn noch mehr sexy. »Es gehört zur Vorstellung, dass du mir zeigst, was du alles draufhast.«

»Ach so«, sagte ich nach einem Moment, denn ich wusste wieder nicht, was ich sagen sollte. Jeder, der mich kennt, wird Ihnen bestätigen, dass so etwas ziemlich selten bei mir vorkommt. Wie ich schon angedeutet habe, würde es mir nicht schwerfallen, mit diesem gut aussehenden Mann ins Bett zu gehen. Aber ich konnte nicht so liberal sein, wie ich immer gedacht habe, denn ich war schockiert. Seit Tagen dachte ich darüber nach, wie ich damit fertig würde, eine Prostituierte zu sein, aber seine erste harte Bemerkung warf mich fast um. Ich sah ihm ins Gesicht und erkannte, dass er diese Absicht auch hatte bewirken wollen.

»Bestellen wir uns trotzdem was zu essen«, sagte ich lächelnd. Ich hoffte, dass es ein verwegenes Lächeln war. »Stell dir doch nur den Spaß vor, den wir mit einem Schoko-Baiser haben könnten.«

Ich sah mich um und fragte mich, ob ich ins Schlafzimmer gehen sollte, aber dann dachte ich, dass er dann immer noch nicht wusste, was ich »alles draufhatte«, wie er es ausgedrückt hatte. Er hatte mich mit dieser frechen Bemerkung aus der Bahn werfen wollen, aber so leicht warf mich nichts um. Das würde er auch noch erfahren.

Ich würde keine Fragen stellen und mich vorher auch nicht waschen, und ich würde auch nicht in dieses Schlafzimmer gehen und ihn aufs Bett werfen und ihm die Kleider vom Leib reißen, obwohl ich das am liebsten getan hätte. Er hatte mich aufgefordert, ihn zu verführen, und das würde ich auch tun. Aber ich würde ihm auch blaue Eier besorgen, bevor ich ihn kommen ließ. Dann würde er erkennen, wer das Sagen hatte.

Ich warf meine Haare zurück über die Schultern und begann, meine Bluse auszuziehen. Ich war froh, dass ich meine Schulden durch neue Wäsche angehäuft hatte. Die weißen Baumwollschlüpfer aus dem Supermarkt wären kaum geeignet gewesen, bei meiner Planung mitzuspielen. Dagegen waren der schwarze BH aus Satin und das dazu passende hoch geschnittene Höschen ideal für meine Zwecke.

»Gefällt dir, was du siehst?«, fragte ich, als ich die Bluse aufgeknöpft hatte. Ich machte mir nicht die Mühe, sie abzustreifen, als ich vor ihm in die Hocke ging und meine Hände unter sein Hemd schob. Ich fühlte seine Nippel. Die Beule in seiner Hose verriet mir, wie sehr ihm gefiel, was er vor sich sah. Aber er antwortete nicht auf meine Frage.

Plötzlich wusste ich, dass es nicht so einfach sein würde, wie ich zunächst gedacht hatte. Wenn ich jetzt ging, konnte ich zweihundertfünfzig Pfund einstecken, hatte Liberty mir geschrieben.

Ich küsste ihn, setzte mich auf seine Knie und rieb die Beule in seiner Hose. Dann, als er die Hände an meinen BH hob, stand ich auf und trat einen Schritt zurück.

»Noch nicht«, flüsterte ich und griff nach dem Reißverschluss meines Rocks. Ich wünschte, ich hätte Strümpfe angezogen, die ich jetzt sinnlich abziehen könnte.

Ich konnte nicht glauben, wie sehr es mich aufgeilte, was ich anstellte, aber auch durch Ruperts Blicke. Er mochte es ganz lässig spielen und sich in aller Gemütsruhe auf dem Ledersofa zurücklehnen, ein Bein übers andere geschlagen, aber ich wusste, dass er scharf auf mich war. Ich wusste auch, dass er noch viel schärfer auf mich sein würde, wenn ich erst seinen Schwanz in meine nasse, glitschige Öffnung aufnehmen würde.

Ich trat aus meinem kurzen, engen schwarzen Rock, dann drehte ich eine Pirouette, als ich nur noch den BH und das inzwischen klamme Höschen trug, dazu natürlich noch die schwarzen Schuhe mit den hohen Absätzen. In der Drehung sah ich die Schale mit verschiedenem Obst, und sofort kam mir eine Idee. Ich schwenkte den Po, ging hinüber zum Obst und wählte eine dicke Banane aus. Nicht zu weich, nicht zu kurz, aber zweifelsfrei phallisch. Ich hielt sie hoch, als wollte ich sie mit seiner Beule vergleichen, die ich eben gefühlt, aber noch nicht gesehen hatte. Dann zog ich einen Korbstuhl quer durchs Zimmer und grätschte über ihn.

»Du willst also herausfinden, ob ich das Geld wert bin?« Ich hatte so viele Zweifel in mir, dass ich wirklich am liebsten davongerannt wäre. Aber das hinderte mich nicht daran, ihm meinen sinnlichsten Schmollmund zu zeigen. »Du willst sehen, was ich kann, und ich will es dir zeigen.«

Ich leckte an der Banane entlang und stellte mir vor, dass ich ihn leckte. Er bewegte keinen Muskeln, und er sprach kein Wort, aber mich konnte er nicht täuschen: Er wollte mich so sehr, wie ich ihn wollte. Allmählich ging es mir besser.

»Nun ja …« Ich zog die zwei Wörter in die Länge, lehnte mich über den Stuhlrücken und achtete darauf, dass er meine Brüste sehen konnte. »Ich habe nichts dagegen, dass wir es miteinander treiben. Je länger und härter, desto besser.«

Er konnte sich nicht einmal zu einem Nicken hinreißen, deshalb schob ich ein BH-Körbchen nach unten. Die Brust war jetzt deutlich zu sehen; der Nippel glänzte rot und sah geschwollen aus. Ich spürte einen heißen Luststrahl in meinem Bauch. Ich lechzte danach, ihm die eleganten Chinos zu öffnen.

Aber ich wollte nichts überstürzten; dies war mein Casting, meine Generalprobe, und ich wusste, dass man dem Freier immer das geben muss, was er haben will.

»Ich liebe einen guten, harten Schaft.« Eine Kombination aus Nerven und geilem Verlangen ließ meine Stimme heiserer klingen als sonst.

Meine Schenkel fühlten sich klebrig auf der Sitzfläche des Stuhls an; ich spreizte sie noch mehr und nahm die Banane in die Hand, während ich mit der anderen Hand das Höschen zur Seite schob. Aber dann wurde mir bewusst, dass ich niemals sexy aussehen konnte, wenn ich auf diese Weise masturbierte, also befingerte ich stattdessen meine Klitoris.

Sie war hart und bereit zur Aktion, aber Rupert hatte sich noch nicht von der Stelle bewegt. Aber sein Atem kam schneller, und als ich das wahrnahm, wusste ich, dass ich vor einem Sieg stand, und ich beschleunigte die Finger auf der Klitoris. Ich legte eine richtige Schau hin, bis meine Brüste zu schmerzen begannen, weil sie Erleichterung brauchten. Ich stand auf und ging hinüber zu ihm, bis ich direkt vor ihm stand, aber außerhalb seiner Reichweite.

»Gefällt dir, was du siehst?«, wiederholte ich, und diesmal nickte er.

Ich lächelte wieder und wusste, dass ich ihn auf meine Seite gezogen hatte. Ich zog das Höschen zur Seite und stieß die Banane in mich hinein. Meine Muskeln begannen sofort zu zucken. Es wäre leicht gewesen, die Banane rasch hin und her zu schieben und dabei meine Klitoris zu reiben, aber meine Aufgabe war, Rupert zu verführen.

»Sie fühlt sich gut an«, murmelte ich, »aber ich weiß, was sich noch besser anfühlen würde.«

»Ja?« keuchte er, und jetzt wusste ich endgültig, dass ich

gewonnen hatte. Er senkte das Bein, das er über das andere gelegt hatte, und jetzt enthüllte seine Hose eine massive Erektion. Meine kleine Show musste ihm gut gefallen haben. Ich fühlte, dass ich jetzt bestimmen konnte, wo es langging.

Mein Lächeln weitete sich, während ich das Obst ein- und ausfuhr. Er starrte fasziniert hin, und ich wusste, dass er seinen Schaft an Stelle der Banane sah. Als er zu keuchen begann, ging ich vor ihm in die Hocke.

»Ich liebe es, mich richtig gefüllt zu fühlen«, sagte ich. »Nicht nur die Pussy, sondern auch den Mund.«

Ich hatte noch nie zwei Männer gehabt, aber ich hatte oft darüber phantasiert. Und Rupert gefiel die Vorstellung offenbar auch. Er wartete nicht darauf, dass ich seinen Reißverschluss öffnete, und riss einfach seine Hose nach unten. Darunter war er nackt.

Mit einem Lächeln betrachtete ich seinen Penis; er war groß und hart und nass, und ich stand kurz davor, einen Batzen Geld zu verdienen, indem ich etwas tat, was mir großen Spaß bringen würde. Ich beugte mich vor und rief mir in Erinnerung, dass niemand in Eile war. Langsam leckte ich über die gespannte Haut und schmeckte sie, als hätte ich ein Eis am Stiel im Mund.

Er gab immer noch kein Geräusch von sich, und ich nahm mir vor, ihn nicht eher einzulassen, bis er darum gebettelt hatte. Ich griff an seine Bälle, schob meinen Kopf zwischen seine Schenkel und atmete seinen Geruch ein. Die Chinos lagen noch um seine Oberschenkel, deshalb konnte er die Beine nicht weiter spreizen, um mir zu helfen, aber er sah auch nicht so aus, als wäre dies seine Absicht. Er saß einfach da und ließ sich von mir bedienen – wie die Hure, die sich um den Job bewarb.

Mir machte das nicht viel aus, denn ich blase gern. Deshalb genoss ich, was ich tat. Männer haben mir immer wieder gesagt, dass ich eine gute Bläserin bin. Diesmal sollte es meine beste Vorstellung werden. Ich nahm seine Bälle in den Mund und drückte sie behutsam. Ich leckte und saugte, bis sein Atem in schnellen Stößen kam. Die ganze Zeit beobachtete ich seine Augen.

Sie waren sehr blau und waren mit Wimpern versehen, die jede Mascara-Firma für ihre Werbung haben wollte. Der Ausdruck seiner Augen veränderte sich, als ich seinen Körper übernahm. Ich hatte jetzt die Kontrolle übernommen; ich konnte ihn kommen lassen, und wenn ich gemein war, ließ ich ihn eben hängen. Um das zu demonstrieren, veränderte ich die Ziele. Ich ließ die Zunge in lockenden Kreisen über seine delikate Haut huschen, die sich gezeigt hatte, nachdem sich die Vorhaut zurückgezogen hatte. Mit der Hand fuhr ich an seinem Schaft entlang, und als seine Hüften zu zucken begannen, biss ich ihn in die Eichel. Nicht hart, eher zart, aber es genügte trotzdem, seine Hüftbewegungen einzustellen.

»Noch nicht«, hauchte ich, und noch nie hatte ich ein solches Gefühl von Macht gespürt. »Du bist noch nicht scharf genug auf mich.«

»Luder«, ächzte er. »Heißes, geiles Luder.«

»Bist du Manns genug für mich?«

Sekunden später wurde mir klar, dass dies nicht die intelligenteste Bemerkung war. Ich wusste, dass er jung und fit war, aber ich hatte auch geglaubt, dass er ein Gentleman war. Falls er einer war, dann ließ er das im Moment vermissen.

Mit einem Sprung kam er vom Sofa hoch, trat seine Chinos von seinen Beinen und warf sich auf mich. Ich verlor das Gleichgewicht, konnte mich aber auf Händen und Knien halten. Er grunzte vor Lust, dann griff er an meine Banane.

»Du behauptest, dass du es haben willst«, keuchte er. »Jetzt werden wir sehen, ob du ihm gewachsen bist.«

Er stieß mich nach unten, bis mein Gesicht auf den Teppich gedrückt wurde. Sein nacktes behaartes Bein zwang meine Beine auseinander. Ich wusste, ich hätte ängstlich sein sollen, oder ich hätte wenigstens zum Schein protestieren sollen, aber mir ging es nur noch um eins – ich wollte, dass er meine pochende Not beheben konnte.

Ich folgte seinem Ritt, als er die Banane in mir zerquetschte. Mit einem Grunzen warf er mich auf den Rücken, er zog mein Höschen aus und hielt es mir unter die Nase, damit ich riechen konnte, was ich bereits wusste: Ich war ungeheuer angetörnt, und er hatte jetzt das Kommando.

»Schmutziges Luder«, flüsterte er, als er das Höschen zur Seite warf. Dann presste er meine Brüste zusammen und bildete eine tiefe Kerbe für seinen Schaft. Zuerst glitt der Fleischstab zwischen den schwarzen Satin, dann wurde er von meinem heißen Fleisch aufgenommen.

Ich versuchte, meine Schenkel zu schließen, aber das ließ er nicht zu. Mit der Hand griff er in mich hinein und verteilte den Rest der Banane. Er lächelte. Es war kein grausames Lächeln, aber ich sah so viel aufgestaute Lust, dass ich noch heißer wurde.

»Schmutzig«, wiederholte er und stieß wieder mit seinen Fingern zu. Diesmal wollte ich meine Beine gar nicht schließen. Ich wusste genau, was er wollte, denn ich wollte das auch. Ich stöhnte und stieß ihm meine Hüften entgegen, als er mich sauberzulecken begann.

Ich war nicht die Einzige, die sich mit Zungenakrobatik auskannte. Der Bastard hielt mich die ganze Zeit in der Schwebe. Er wollte mir keinen Orgasmus besorgen, jedenfalls noch nicht. Ich stöhnte und bettelte, aber das interessierte ihn nicht. Er leckte einfach weiter und klatschte meine Hand weg, wenn ich versuchte, nach ihm zu greifen. Ich sah seine gebräunte Haut dunkel gegen meine blassen Schenkel.

Als ich ihn anbettelte, mich endlich kommen zu lassen, rollte er mich über den Boden, bis ich mit dem Kopf gegen das weiche Ledersofa stieß.

»Bitte« wimmerte ich.

Meine Lust wich einer Furcht, als er sich plötzlich von mir löste. Ich versuchte, mich zu bewegen, aber er gab mir einen Klatsch auf den Po.

»Du wirst genau das tun, was man dir sagt. Du gehörst mir, oder hast du das schon vergessen? Ich habe dich gekauft und den richtigen Preis gezahlt.«

Zu jeder anderen Zeit hätte ich ihm gesagt, er könnte mich mal im Mondschein besuchen, aber er hatte natürlich Recht, deshalb hielt ich den Mund. Ich blieb vor dem Sofa in der Hocke und wollte gar nicht daran denken, was er mit mir vorhatte. Er entfernte sich aus meinem Blickfeld, dann hörte ich, wie ein Schrank geöffnet wurde. Im nächsten Moment war er zurück und spreizte meine Backen.

»Nein.« Ich brauchte sein Gesicht nicht zu sehen, um zu wissen, dass er lächelte, aber ich wusste nicht, ob er sich amüsierte oder irgendwelche finsteren Pläne schmiedete. »Davon hältst du nicht viel, was?«

Ich spannte meine Muskeln an, als ein Finger gegen meinen Anus drückte. Ich überlegte, wie lange es dauern würde, bis ich meine Kleider geschnappt hätte. Oder sollte ich einfach davonlaufen – zum Teufel mit dem Rest von Schicklichkeit?

Einen Moment lang spürte ich einen federleichten Druck, dann, nur Sekunden, bevor ich zu schreien begonnen hätte, drang sein Schaft in meine Pussy. Die Hand, die mich gequält hatte, glitt zu meinem Bauch; sie hob mich an, damit ich seinen Stößen besser begegnen konnte. Die andere Hand quetschte meine Brüste, bis ich zu hecheln begann.

Es interessierte ihn absolut nicht, was ich fühlte. Warum

sollte es auch? Wie er gesagt hatte, ich war eine Hure, gekauft und bezahlt. Als mir das erneut bewusst wurde, erhöhte das den schmutzigen Kick meines Tuns. Ich lächelte und schwenkte ihm meinen Po entgegen. Ich empfand nicht weniger Lust als er. Wir grunzten um die Wette. Kein liebes Wort, keine Lüge über eine Beziehung; es ging nur um die körperliche Befriedigung, und deshalb war es so gut. Sein Körper klatschte gegen meinen, bis mein Gesicht so hart gegen das Sofa gepresst wurde, dass ich kaum noch atmen konnte. Ich wurde ganz still, denn mein Orgasmus meldete sich an und wurde unausweichlich.

Es gibt Mädchen, die sind damenhaft wie die Mädchen, die mit mir in der Schule und auf der Uni waren. Sie können kommen, ohne einen Laut von sich zu geben. Ich gehöre nicht dazu, muss ich gestehen. Durchdringende Geräusche verkündeten meine Lust, und ich schrie ihn an, dass er mir mehr geben soll. Dabei mühte er sich wirklich ab. Er packte die andere Brust, stopfte sie in seinen Mund, und ich fragte mich, ob er sie verschlucken wollte. Aber ich war so high, dass es mich nicht störte, wenn er mir Schmerzen zufügte.

Dann zog er sich zurück, bis nur noch die Spitze in mir steckte. Im nächsten Moment stieß er tief in mich hinein, und ich fühlte, wie seine Hoden gegen meine Pobacken knallten. Er krallte beide Nippel, und dann traf sich alles in einer gewaltigen Welle.

Ich kam wie ein Eilzug. Ich fühlte, wie er in mich hineinpumpte. Als er fertig war, sackte er auf mir zusammen. Ich spürte es nicht wirklich, denn ich war damit beschäftigt, wie ein gestrandeter Fisch nach Luft zu schnappen. Ich kam und kam und kam. Ich hatte längst vergessen, warum ich hier war – ich hatte alles vergessen, abgesehen von den dringlichen Nachrichten, die mein Körper ausschickte: Ich wollte mehr.

Dann hörte ich eine leise Stimme hinter mir, eine Frauenstimme, bei der sich eine Identifizierung erübrigte. Aber ich fragte mich natürlich, wie lange die Frau dort gestanden und uns zugeschaut hatte. Offenbar wollte sie sich davon überzeugen, wie gut ich war. »Eine interessante Technik«, sagte sie kühl.

»Verdammt effektiv«, gab Rupert zurück. Die Kluft zwischen mir und dem Personal von Liberty Hall verbreiterte sich, bis sie den Grand Canyon schmal aussehen ließ.

Ich schüttelte mich immer noch, meine Haare hingen in Strähnen vor meinem Gesicht, und meine Schminke war verschmiert. Ich war nackt bis auf den BH, der aber mehr enthüllte als bedeckte. Vergiss die großartige Verführerin, die ich noch vor ein paar Minuten gewesen war; jetzt kam ich mir wie die billigste Nutte vor, und es gab nichts, was ich tun konnte, um mich besser zu fühlen.

Rupert zog sich aus mir zurück und streifte das Kondom ab, das ich gar nicht bemerkt hatte, und verknotete es, dann streckte er sich nach seiner Hose aus und zog sie an. Er sah so aus, als wäre nichts passiert. Aber ich wusste genau, was passiert war. Und ich wusste, dass ich es genossen hatte. Schlimmer noch – trotz meiner Moral wollte ich es noch einmal erleben. Bisher hatte ich mir eingeredet, dass ich Libertys Angebot ablehnen und einfach zurück zur Uni gehen könnte. Jetzt aber wusste ich, dass ich das nicht mehr konnte, und nicht nur des Geldes wegen.

»So eine wie sie haben sie noch nicht gesehen.« Rupert war so kühl und aristokratisch wie immer.

Ich zog den BH über meine Brüste. Ich überlegte, meine Scham mit wenigstens einer Hand zu bedecken, aber dann verwarf ich den Gedanken. Sie hatte bereits eine Menge von mir gesehen, und ich unterschied mich kaum von anderen Frauen, also gab es nichts, dessen ich mich schämen müsste, ganz egal, wie ich mich im Moment fühlte.

Außerdem wollte ich der Frau nicht zeigen, dass sie mich aus dem Gleichgewicht gebracht hatte. Sie musste Liberty Hall sein, der Star vieler Phantasien von Mann und Frau. Damals war sie natürlich jünger gewesen, aber auch jetzt war sie eine beeindruckende Frau. Sie war groß und schlank und hatte langes blondes Haar, das tadellos frisiert war – ganz im Gegensatz zu meiner zerzausten Mähne. Ihre Augen waren grün, während Imo blaue Augen hatte. Liberty sah mich mit der Intensität einer Katze an. In ihrem Blick entdeckte ich keine Emotion.

»Und?«, fragte ich herausfordernd. »Genüge ich den Ansprüchen?«

»Seltsam.« Ihr Mund lächelte, aber die Augen lächelten nicht mit. »Du hast in deiner Liste der Dinge, die du nicht tust, nicht aufgeführt, dass du nicht der unterwürfige Typ bist. Das reduziert deine Möglichkeiten erheblich.«

»Aber Sie wollten mich trotzdem haben.« Ich starrte sie trotzig an und wusste, dass sie mit den Möglichkeiten, die ich ihr bot, mehr als zufrieden sein würde. Sie sollte lernen, dass ich nicht für jeden zu haben war.

»Es könnte interessant sein, dich mal zu testen«, sagte sie.

Vielleicht verhielt ich mich dumm, oder zumindest naiv, aber diese Einschränkungen, die ich mir auferlegt hatte, waren mir sehr ernst. Solange ich meine eigenen Regeln einhielt, war mir egal, was der Rest der Welt von mir dachte. Aber ich wusste auch, wie verletzlich ich war.

Je länger Liberty mich musterte, desto unbehaglicher wurde mir, wenn ich daran dachte, was sie bei mir »testen« wollte. Mich hätte nicht gewundert, wenn sie Rupert befohlen hätte, mich aufs Bett zu pinnen, während sie mich vergewaltigte. Aber dann lächelte sie.

»Du genügst«, sagte sie, »aber nicht mit diesem Aussehen.« Ich merkte jetzt erst, dass ich die Luft angehalten hatte.

Ich hätte sie am liebsten gefragt, wie sie denn aussah, nachdem einer wie Rupert sie fast eine Stunde lang durchwalkt hatte. Aber ich hatte mir einen Rest Verstand bewahrt. Außerdem hatte ich Imo einige Male gesehen, wie sie nach Hause gekommen war. Sie stank nach Sex, aber sie sah immer noch so jungfräulich aus, wie sie seit langem nicht mehr war. Vielleicht hatte ihre Mutter ja auch diese Gabe.

»Steh auf«, befahl sie. Ich stand auf. »Zieh den BH aus.«

Ich gehorchte, aber ich verzichtete auf das sinnliche Getue, das den ersten Teil meines Ausziehens begleitet hatte.

»Dreh dich jetzt um.«

Ich zeigte eine langsame Pirouette und blieb dann vor ihr stehen, sodass meine Brüste besonders gut zur Geltung kamen. Sie zeigte ein Lächeln.

»Ja, du genügst tatsächlich. Rupert, bring uns einen Vertrag.«

Ich wusste, dass ich sie um Erlaubnis fragen sollte, wenn ich mich anziehen wollte. Möglicherweise wollte sie den Kontrast zwischen meiner Nacktheit und ihrem klassischen Kostüm von Chanel herausstreichen, damit ich den Unterschied zwischen ihr und mir nicht vergaß.

Aber ich löste die Situation auf meine Weise. Ich grätschte wieder über den Stuhl, auf dem ich vorher masturbiert hatte, und las den Vertrag zweimal durch. Ich tat so, als machte es mir absolut nichts aus, vor ihr nackt auf dem Stuhl zu sitzen. Mir fielen einige Absätze über Vertraulichkeit auf. Sie sah, wie ich auf diese Paragraphen starrte, und lächelte.

»Einige unserer Klienten haben eine Menge zu verlieren«, sagte sie ernst.

Ich hatte auch eine Menge zu verlieren, etwa zehntausend von ihr und noch einmal zehntausend von Dickie. Und natürlich baute ich darauf, dass diese Story zu meinem Durchbruch als Journalistin führen würde.

Liberty mochte zwar glauben, dass sie über alle Trümpfe verfügte, aber ich konnte ihr Hotel zu jeder Zeit verlassen. Und wenn sie herausfand, dass sie sich in mir geirrt hatte, wäre es zu spät, um irgendwas gegen mich zu unternehmen.

Das war ein tröstlicher Gedanke, und mit ihm im Hinterkopf unterschrieb ich mit schwungvoller Übertreibung, ehe ich fragte: »Was soll ich zuerst tun?«

## *Drittes Kapitel*

Liberty bedachte mich mit einem anderen unlesbaren Lächeln. »Du wirst genau das tun, was man dir sagt – innerhalb deiner Grenzen natürlich«, fügte sie rasch hinzu, bevor ich protestieren konnte. »Solange du meine Regeln einhältst, akzeptiere ich deine Einschränkungen.«

Sie legte die Papiere, die ich gerade unterschrieben hatte, in einem Ordner ab, in dem ich auch meinen Bewerbungsbrief erkannte und ein Gesundheitszeugnis, das vor ein paar Wochen von der Uni veranlasst worden war. Mir wurde bewusst, dass Dickie Recht hatte, wenn er sagte, dass Liberty ein Netzwerk hervorragender Beziehungen unterhielt. Manch einer mochte ein guter Kunde bei ihr sein.

Jedenfalls verfügte sie daher über eine Machtfülle, um die sie fast jeder Minister beneidete. Einen Moment lang überlegte ich, ob ich aussteigen sollte, solange ich es noch konnte. Dann lächelte sie wieder, und das Gefühl, ihr heillos unterlegen zu sein, setzte sich bei mir fest – bis ich mir in Erinnerung rief, dass sie um keinen Deut besser war als ich. Sie war nur älter und reicher, aber eins von beiden ist für eine Frau kein Vorteil.

»Sollte sich die Situation ändern, wird sich auch meine Akzeptanz deiner Einschränkungen ändern«, murmelte sie.

Ich nickte und wusste, dass sie keine leere Drohung ausstieß. Ich schwor stumm, dass ich mich nicht erwischen lassen würde.

»Zieh dich an«, befahl sie und schaute zu, während ich

gehorchte. Ich kam mir gedemütigt vor, denn ich stank nach Sex, und meine Oberschenkel fühlten sich klebrig an. »Jetzt kannst du auf dein Zimmer gehen und duschen. Wenn du dich erinnerst – ein Teil deiner Aufgabe besteht darin, stets gut auszusehen. Lege deine Kleider neben deine Zimmertür. Sie werden gewaschen und für dich aufbewahrt, bis du uns verlässt.«

»Ich verstehe«, sagte ich, was auch allzu genau zutraf. Ohne meine eigenen Kleider und ohne Fahrmöglichkeit blieb mir gar keine Chance, die Fliege zu machen. Die Wärter, die ich gesehen hatte, würden mich längst eingefangen haben, bevor ich einen der beiden Züge erwischte, die täglich den Bahnhof anfahren und wieder verlassen. Aber selbst wenn sie mich nicht schnappten, konnte es für mich nicht gut ausgehen, wenn ich in etwas herumlief, das einer billigen männlichen Phantasie entsprungen war.

Natürlich behielt ich meine Bedenken für mich. Ich gehorchte ihren Anweisungen, das sollte sie wissen, damit ich gar nicht erst in Verdacht geriet. Was sollte ich auch anderes tun?

»Ja, klar«, sagte ich.

Sie sah mich lange an. »Keine Zweifel? Keine weiteren Fragen?«

»Ich weiß, wozu ich hier bin.«

»Ich bin sicher, dass du das glaubst.«

Ihr Lächeln war warm und belustigt und schien mich irgendwie zu einer privaten Verschwörung einzuladen, oder auch zu einem spannenden Spiel. Ich begriff allmählich, wie sie so viele Männer zu ihren Sklaven gemacht hatte. Man hatte den Eindruck, dass sie alles wusste und dir anbot, alle Geheimnisse mit dir zu teilen. Ich wollte ihr gefallen, und ich empfand beinahe Schuldgefühle, weil ich plante, ihrem kleinen Reich zu schaden.

»Rupert, zeige ihr das Zimmer. In Kürze erhältst du Einzelheiten über deinen ersten Job, Tess.« Sie drehte sich um und ging davon, ohne ein Wort des Abschieds zu sagen. Ich sah ihr nach, und als die Tür geschlossen war, stieß ich einen langen, lauter Seufzer aus.

»Sie ist wirklich eine Marke«, sagte ich und schüttelte respektlos den Kopf.

Doch von ihrer Selbstsicherheit hätte ich mir gern eine Scheibe abgeschnitten. Sie wusste, was sie wollte, und sie würde alles tun, um es zu bekommen. Ich war ziemlich sicher, dass sie irgendeinen Verdacht gegen mich hegte. Wenn ich also nicht weiter auffallen wollte, musste ich wenigstens ein paar Tage lang die perfekte Hure sein. Aber sie bezeichnete uns nicht so. Ich leistete einen persönlichen Dienst, und ich schätzte, dass Rupert das männliche Gegenstück war.

»Du bist aber auch nicht schlecht«, sagte er mit einem milden Lächeln.

Er tat so, als wäre in der vergangenen Stunde nichts passiert. Aber ich fühlte eine wunde Stelle zwischen meinen Beinen, und sie fühlte sich klebrig an, deshalb wurde ich daran erinnert, was wir getan hatten. Aber riechen konnte ich es auch, sodass ich froh war, als er mich endlich auf mein Zimmer führte.

Mein Zimmer hatte nichts von der Eleganz seines Zimmers, aber es lag im Erdgeschoss, also würde ich leichter verschwinden können. Das Sicherheitssystem mochte eindrucksvoll sein, aber ich war auf einem Internat gewesen, wo die Schülerinnen eingesperrt wurden. Umso raffinierter mussten sie sein, um das System zu überwinden. Ja, ich wusste, wie man die gängigen Sicherheitssysteme knackt.

Ich sah mich in meinem weiß gestrichenen Zimmer um, das von einem gusseisernen Bett dominiert wurde. Eine blitzsaubere Tagesdecke lag auf dem Bett, und außerdem gab es eine Vielzahl von Kissen, die ich mir unter die Hüften schieben konnte, wenn ich in eine hilflose Position geraten wollte. An den Bettpfosten sah ich seltsame Kerben, als hätte jemand mit seinen Handschellen daran gerasselt.

»Stehst du darauf, gefesselt zu werden?«, fragte Rupert, bevor ich meine Inspektion abgeschlossen hatte. Für ihn schien die Frage so selbstverständlich zu sein, wie ein anderer Mann fragte, ob man Wein oder Pils trinken wollte.

»Ich habe es noch nie versucht.« Ich versuchte, so lässig wie möglich zu klingen, aber in Wirklichkeit spürte ich einen neuen Anflug von Lust. Bis zu diesem Moment hätte ich schwören können, dass mich solche Spielarten nicht interessierten. Aber jetzt ... nun, sagen wir, dass ich offen für neue Möglichkeiten war.

»Willst du's mal versuchen? Irgendwann später, wenn wir beide frei haben?« Seine Augen strahlten, und diese vollen, küssenswerten Lippen teilten sich sexy, während er auf eine Antwort von mir wartete.

»Kann ich dich nicht fesseln?« Das würde mich viel mehr antörnen, als die hilflose Maid zu spielen.

»Vielleicht. Nachdem ich dich noch einmal gehabt habe.«

»Gehört das noch zu deinem Job?«

Im Vertrag hatte nichts davon gestanden, aber das war mir auch egal. Ich wollte nur von Anfang an Bescheid wissen. Verstoße ich gegen irgendeine Regel? Auch das wäre mir egal, aber wenn, will ich es wenigstens wissen. Ein bisschen Widerstand und Ungehorsam machen Spaß, deshalb war mir nicht bewusst, ob ich enttäuscht war, als Rupert den Kopf schüttelte.

»Was wir in unserer Freizeit anstellen, liegt bei uns, solange wir genug Kraft für unseren Job haben.«

»Wir?«, fragte ich neugierig. »Wie viele von uns sind denn da?« Ich wollte nicht zu viele Fragen stellen, aber auf der anderen Seite war es doch nur natürlich, dass man sich nach Kollegen und Kolleginnen erkundigte.

»Wir zwei und dann natürlich noch Imo.« Wenn er lächelte, überfiel mich der Neid. Hatte er auch mit Imo geschlafen? Wenn ja, wer war dann besser im Bett? Aber diese Frage würde ich nie stellen. »Anfangs wirst du hauptsächlich mit uns arbeiten, deshalb mache ich dich mit den anderen bekannt, wenn sich eine Zusammenarbeit mit ihnen ergibt.« Er gab nicht zu erkennen, dass er den Auftrag hatte, mich nur das Nötigste wissen zu lassen, aber ich wollte mich auch nicht für dumm verkaufen lassen. Ich sah, dass er die Stirn runzelte. »Und dann ist da noch Lance«, fügte er hinzu. »Nimm dich vor ihm in Acht.«

»Warum?«

»Alles, was du nicht magst, ist seine große Vorliebe«, sagte Rupert. Die Falten auf seiner Stirn blieben. »Je mehr du dich weigerst, desto mehr wird er dich zwingen wollen. Er leitet den Wellnessbereich, und er geht keiner Herausforderung aus dem Weg.«

»Er kann seine Vorlieben hegen und pflegen, aber er soll mich nicht zu irgendwas zwingen wollen«, sagte ich bestimmt, dann schaute ich zur Tür des Badezimmers. »Wenn du mich jetzt entschuldigst?« Wir hatten zwar eine Stunde miteinander im Bett getobt, aber das gab ihm keine Rechte über mich, und jetzt wollte ich allein sein.

Er lächelte wieder, dann schlenderte er zur Tür. Ich schloss hinter ihm ab, dann setzte ich die Erkundung meines vorübergehenden Zuhauses fort. Das Mobiliar war spärlich, aber ich hatte nicht viel zum Verstauen, und was sie zur Verfügung stellten, nahm nur ein Viertel des Platzes ein. Ich fand ein halbes Dutzend weißer Wickelkleider vor, die ich hauptsächlich tragen sollte, es sei denn, ich erhielt andere Anweisungen. Es gab eine Auswahl von Unterwäsche, um die mich jeder Sex Shop beneidet hätte, aber im Nachttisch lag keine Bibel.

Ich zog mich wieder aus und kuschelte mich in den weichen Bademantel, den jemand aufs Bett gelegt hatte. Ich öffnete kurz die Tür, um zu sehen, dass niemand auf dem Flur lauerte. Als ich sicher war, allein zu sein, holte ich das Handy aus meiner Tasche. Sekunden später warf ich es zurück. Dabei hatte die Telefongesellschaft damit geprahlt, dass ihr Netz mehr als neunzig Prozent abdeckt. Ich erhielt nicht einmal ein verdammtes Signal; ich würde also auch keine Hilfe rufen können, falls ich sie mal benötigte.

Dreißig Sekunden lang überlegte ich, ob ich aufgeben sollte, dann warf ich meine Kleider vor die Tür und stellte mich unter die Dusche. Lang und heiß.

Rupert hatte keine blauen Flecken auf meiner Haut hinterlassen, was mich wunderte, aber ich nehme an, dass solche Markierungen ein Tabu waren. Während ich unter den prasselnden Düsen stand, fragte ich mich, worauf es den Kunden ankam, was sie bevorzugten. Ich war überrascht, wie gelassen ich alles hinnahm. Ich hatte gerade Sex mit jemandem gehabt, von dem ich nur den Vornamen kannte.

Schämte ich mich, wie ein nettes Mädchen, für das ich mich immer gehalten hatte, sich nach meinem Erlebnis schämen müsste? War ich verunsichert über das, was vor mir lag? Fragte ich mich, ob ich das überhaupt durchhalten würde? Nein. Um ehrlich zu sein, ich freute mich darauf. Es würde keine hohen Erwartungen geben, und ich brauchte keinen emotionalen Rucksack mit mir herumzuschleppen. Es ging nur darum, mit einem Mann zu schlafen und basta. Männer hatten diese Vorgehensweise seit Jahrtausenden durchgezogen. Ich hatte den zusätzlichen Vorteil, dass ich Geld bekam, was das Leben versüßte.

Nicht zu vergessen den zusätzlichen Bonus, den Dickie

mir versprochen hatte, falls ich ihm brauchbare Informationen lieferte. Und auch darüber entwickelte ich keine Schuldgefühle, selbst wenn durch meine Enthüllungen ein paar Karrieren abrupt ihr Ende fanden.

Mir fiel ein, dass ich mir ein paar Notizen machen sollte, solange die Geschehnisse noch frisch in meiner Erinnerung waren. Aber wie? Imo wusste, dass ich Tagebuch führte; wenn ich es also versteckte, würde das eher ihr Misstrauen erregen. Aber da fiel mir eine Lösung ein. Ich würde wie das liebe kleine Mädchen das Tagebuch führen, dann würde ich die Blätter herausreißen und sie unter der Isolierung des Heißwassertanks verstecken. Wenn jemand mein Zimmer durchsuchte, würde er das Tagebuch finden mit ein paar harmlosen Einträgen. Ich hatte sowieso nicht vor, etwas über Rupert zu schreiben; er war weder reich noch berühmt, jedenfalls noch nicht.

Ich trat aus der Dusche und rubbelte mich gründlich trocken. Ich benutzte die Körperlotion, die ich im Bad fand, kämmte die nassen Haare und überlegte, ob ich sie fönen sollte. Ein Klopfen an der Tür riss mich aus meinen Überlegungen. Ich öffnete und sah ein Mädchen mit meinem Essen vor mir stehen. Sie trug die typische Dienstmädchentracht und schob einen Servierwagen an mir vorbei ins Zimmer.

Ich wollte mich mit ihr unterhalten, aber entweder verstand sie mich nicht, oder sie war schwerhörig. Ich war nicht wirklich überrascht.

Offenbar wollten sie nicht, dass ich mit dem Personal ins Gespräch kam, bis sie sicher sein konnten, dass ich auf ihrer Seite stand. Mir war das nur recht, denn ich wollte nicht mit den Leuten hier befreundet sein, wenn ich sie anschließend bloßstellte.

Ich schlug die Cosmo auf, die ich mitgebracht hatte. Während der Zugfahrt war ich zu nervös gewesen. Jetzt blätterte ich, während ich am Garnelensalat nippte und ins frische Brot biss. Ich stellte den Servierwagen wieder vor die Tür, setzte mich und wartete. Wenn so mein Arbeitsalltag aussah, hatte ich nichts auszusetzen.

Am anderen Morgen fühlte ich mich nicht ganz so ausgewogen. Um ehrlich zu sein, war ich ziemlich nervös, aber nicht aus den naheliegenden Gründen. Was war, wenn Liberty meinen Wert reduzierte, weil ich eine so lange Liste abgeliefert hatte mit Dingen, die nicht zu meinen Vorlieben zählten?

Was war, wenn mich niemand haben wollte? Dann konnte ich meine hohen Erwartungen in den Wind blasen. Und Dickie, nun, dem würde ich zutrauen, dass er in der ganzen Stadt erzählte, welchen Reinfall ich bei Liberty erlebt hatte. Nein, für meinen Ruf war das Gift. Ich kannte mich in journalistischer Moral aus: Wenn ich den Coup von Liberty Hall durchzog, hatte ich die Chance, der neue Star des Boulevards zu sein. Wenn nicht, wäre ich ein kleiner armseliger Wurm mit großer Klappe und nichts dahinter.

Ich ging zum Fenster und starrte hinaus zum blauen Himmel. Ich hasste die Sonne, denn normalerweise würde ich jetzt auf einer Wiese liegen, um mir eine anständige Bräune zu holen. Es war so ein schöner Tag, dass die Klienten wahrscheinlich wegblieben und lieber zum Windsurfen fuhren. Das wäre jedenfalls besser als die andere Möglichkeit – dass mich niemand haben wollte.

Es klopfte an meine Tür, und ich lief hin und riss sie auf. Imo stand da, aber sie trug nicht ihre gewohnte elegante Kleidung, sondern die Tracht eines Dienstmädchens, wenn auch ganz anders als die Tracht, die das erste Dienstmädchen getragen hatte. Imo war mit einem kleinen schwarzen Kleid ausgestattet, und bei jedem Atemzug musste man befürchten, dass ihre Brüste den Stoff sprengen würden.

Ihr Rock war so kurz, dass ich den Saum ihrer Strümpfe sehen konnte. Der Rest ihrer Tracht bestand aus einer mit Rüschchen abgesetzten weißen Schürze und einer schmucken Haube.

»Nun?«, fragte sie. Schon nach diesem einen Wort wusste ich, dass das Mädchen in dieser Tracht sich nicht verändert hatte. »Rupert hat mir gesagt, was gestern geschehen ist.«

»Oh«, sagte ich, und mir wurde ganz übel. Es gefiel mir nicht, dass Rupert überall alles erzählte, aber dann wurde ich abgelenkt von einer anderen Tracht, die Imo über ihrem Arm trug. »Es war in Ordnung«, sagte ich und deutete auf die Tracht. »Ist die für mich?«

»Es sei denn, du glaubst, dass sie Rupert besser stehen würde«, sagte sie kichernd, dann zählte sie eine Liste mit tausend Instruktionen auf und ging wieder, immer noch kichernd.

Ich stand da und starrte auf die Tür, und zum ersten Mal fragte ich mich ernsthaft, ob ich es schaffen würde. Zugleich war ich erleichtert, dass tatsächlich jemand gekommen war, der mich sehen wollte. Dann erinnerte ich mich, dass jeder Betrag in Höhe von zweihundertfünfzig Pfund die Minderung meiner Schulden um genau diesen Betrag bedeutete.

Das Höschen, das zur Uniform gehörte, die Imo mir gebracht hatte, war ouvert. Das hätte sicherlich nicht sein müssen, aber zu meiner Überraschung stellte ich fest, dass es mir gefiel. Das Wohlbehagen steigerte sich noch, als ich die Strümpfe – mit Nähten – an die Strapse knipste. Ich warf das Kleid über den Kopf und fühlte, wie sich der Nylonstoff an meine Haut schmiegte. Das Mieder war unglaublich eng, sodass ich eine Minute brauchte, um mich ans Atmen zu gewöhnen.

Im Spiegel starrte ich auf mein Bild, und da sah ich, wie gut es war, dass ich nicht tief durchatmen konnte. Eine falsche Bewegung, und meine Möpse würden herausfallen. Das war ganz sicher der gewünschte Effekt. Billiger Sex für den höchsten Bieter, das schien das Motto zu sein. Ich war entsetzt, dass mir die Vorstellung gefiel.

Die weiße Rüschchenschürze mit dem herzförmigen Oberteil lenkte noch mehr Aufmerksamkeit auf die ohnehin schon prallen Brüste. Sie drohten wieder herauszuspringen, als ich die Arme hob, um die Haare aufzutürmen und dann die Haube aus weißer Spitze aufzusetzen. Ich gab das passende Bild ab, als ich in den Hotelbereich schritt – ein Sexspielzeug auf zwei Beinen.

Es war leicht, das Zimmer des Gastes zu finden, denn sie waren alle akribisch genau gekennzeichnet. Er befand sich in der Ocean Suite. Ich klopfte an die Tür und rief »Zimmerservice«. Ich nahm einen Staubwedel in die Hand, wie Imo mir aufgetragen hatte, und betrat das Zimmer.

Dies musste wieder ein Test sein. Liberty Hall wusste, wie sehr ich es liebte, die Kontrolle auszuüben, deshalb brachte sie mich in eine Szene, in der ich die Kontrolle verlieren könnte. Ich schwor, dass sie enttäuscht sein würde, vielleicht sogar so enttäuscht, wie ich überrascht war von dem, was geschah, als ich die Tür öffnete. Ich hatte damit gerechnet, dass ich sofort gepackt würde, aber das Zimmer schien leer zu sein. Ich wischte mit dem Staubwedel über einen polierten Tisch, und dann nahm ich mir vor, Imo umzubringen, falls sie mich reingelegt hatte. Das war der Moment, in dem ich das gurgelnde Wasser im Wannenabfluss hörte. Jetzt konnte ich mir den Fortgang der Szene vorstellen: Jeden Augenblick würde er hereinkommen, wahrscheinlich nackt. Er würde mich sehen und ...

Nun, für dieses »und« war ich vorgesehen, auch wenn es

nichts war, worauf ich mich freute. Dann öffnete sich die Tür, und ich sah ihn.

Er ist einer der Politiker, den man jedes Mal sieht, wenn man den Fernseher einschaltet, ohne dass einem sofort einfällt, wie er eigentlich heißt – ganz zu schweigen von dem, wofür er politisch steht. Einer dieser grauen, gesichtslosen Männer, die hinter den Kulissen lauern und die Fäden ziehen. Sie sind viel zu clever, um sich mal in die erste Reihe zu stellen. Aber sie gehören zu den Pfeilern der Gesellschaft.

Mein Pfeiler der Gesellschaft trug ein kurzes Handtuch um seinen Bauch geschlungen, und der Pfeiler, den ich sah, war von ganz anderer Natur.

»Wer hat dir erlaubt, hier reinzukommen?«, blaffte er mich an, und für einen kurzen Moment ahnte ich, dass Imo sich einen Scherz mit mir erlaubt hatte. Dann sah ich auf seine Erektion, die immer größer und härter wurde, und da fiel mir wieder meine Rolle ein.

»Es tut mir leid, Sir, aber ich muss das Zimmer aufräumen.«

Er lächelte und kam auf mich zu. Unsicher schob ich mich zurück zur Tür, wie man mir aufgetragen hatte, aber er war schneller als ich, huschte an mir vorbei und zog den Schlüssel ab, bevor ich abhauen konnte. Ich hätte das sowieso nicht getan, denn Imo hatte mir gesagt, dass unser Politiker auf kleine Schlampen abfuhr, die sich zunächst ein bisschen zieren, aber dann danach lechzen, als wären sie die größten Huren.

Ich konnte nicht sagen, dass ich nach ihm lechzte, aber ich würde ihm auch nicht sagen, dass er sich ein anderes Mädchen für seine pathetischen kleinen Spiele aussuchen sollte, was ich normalerweise getan hätte. Der Unterschied bestand darin, dass ich bezahlt wurde. Nicht nur, dass die Situation anders war – sie machte mich auch an. Meine Nippel fühlten sich steinhart an, als ich mich in eine Ecke verzog und er mich gegen die Wand presste, und meine Pussy wurde nass und klebrig, während sein Atem über mein Gesicht wehte.

»Hier sind wir also«, murmelte er und strich mit seinen gut manikürten Händen übers Gesicht, dann in den Ausschnitt meines engen Kleids. »Nur du und ich, und du bist hier, um mich zu bedienen, nicht wahr?«

»Ich bin hier, um das Zimmer aufzuräumen, Sir«, stellte ich richtig und versuchte, die Hände zu ignorieren, die unter mein Mieder schlüpften. Dies war nicht in Ordnung. Es brach jede Regel, die man mir beigebracht hatte. Aber es war auch aufregend. Meine Beine zitterten.

»Du bist hier«, schnarrte er, »um genau das zu tun, was ich dir sage. Ich habe dich gekauft und für dich bezahlt.« Er kniff in eine Brustwarze – hart. Ich schrie auf und wollte ihm ausweichen, aber es gab keinen Fluchtweg.

»Bitte, lassen Sie mich gehen«, flüsterte ich und wusste nicht, ob das noch geschauspielert war. Ein Teil von mir wollte weglaufen, aber der größere Teil fühlte sich absolut hilflos. Vielleicht wollte ich sogar von ihm benutzt werden.

»Du bist hier, und du bleibst hier«, dröhnte er, und ich hatte den Eindruck, dass meine Ängste ihn nur noch mehr aufgeilten. »Ich kann auf die Unterhaltung mit dir verzichten, aber nicht auf das hier.«

Sein Knie zwang meine Schenkel auseinander, und mit einer freien Hand griff er mir unter den Rock und suchte nach dem Schlitz im Höschen. Zwei dicke fleischige Finger drangen bis zum Knöchel in mich ein, und ich musste akzeptieren, dass sein billiges Spiel seinen Einfluss auf mich nicht verfehlte.

»Bitte, Sir«, hauchte ich und wusste, dass ich errötete.

»Halt den Mund, du kleines Luder!« Er presste seinen Mund auf meinen. So hart und heftig hatte mich noch niemand geküsst.

Normalerweise tun Männer wenigstens so, als wollten sie zärtlich mit dir sein, bevor sie dich vögeln. Aber dieser hier ging von Anfang an brutal vor, er biss und quetschte und war eher ein läufiges Tier als ein Mensch. Ich versuchte, ihn zurückzubeißen, kämpfte gegen ihn, aber ich fühlte nur, wie seine Erregung noch stieg. Sein Knie mahlte gegen meinen Schambereich, und seine Finger zwangen mich zur Untätigkeit.

»Kleine Katze«, grunzte er, als er seinen Mund von meinem nahm. Jetzt packte er meine Hände und drehte sie auf den Rücken. »Ich werde dir zeigen, wer hier der Chef ist.«

Er löste das Handtuch, das er um die Körpermitte geschlungen hatte, und band mir damit die Hände zusammen. Ich wehrte mich wieder, dann ließ ich ihn gewinnen, weil das zu meinen Instruktionen gehörte. Ich bettelte weiter, dass er mich verschonen sollte, aber er beachtete mich nicht. Sein Penis wurde dicker und härter, und ich spürte, wie meine eigene Erregung wuchs. Ich war immer überzeugt gewesen, dass ich nicht zu den Frauen gehörte, die gefesselt werden wollten. Jetzt wusste ich, wie sehr ich mich getäuscht hatte.

Erst als er glaubte, dass ich genug verschnürt war, zerrte er mich zum Frisiertisch. Er war eine Antiquität, wie fast alle Möbel in Liberty Hall. Eiche, hohe Oberfläche, Spiegel-Triptychon, in dem ich jetzt mein gerötetes Gesicht und seinen triumphierenden Blick sehen konnte, als er um meinen Leib griff und das Mieder herunterriss.

Sein Gesicht war von einem tiefen Rot durchzogen, was mir verriet, dass ich ihm genau das gab, was er haben wollte. Ich fühlte eine unglaubliche Macht, die ich über ihn hatte, was natürlich Unsinn war, denn ich lag vollkommen hilflos auf dem Frisiertisch. Er schob meinen Rock hoch und gab mir einen Klaps auf die Pobacke, dann riss er mein Höschen über Po und Schenkel und entblößte Scham und Hintern.

»Du kannst nichts tun, um mich zum Aufhören zu bringen.« Seine Stimme klang heiser. Das Gesicht war so rot, dass ich fürchtete, dass er einen Schlag erleiden würde, bevor er kommen konnte. »Ich kann alles mit dir machen, was ich will, und das werde ich auch tun.«

Ich wollte sagen: Solange du das Kondom nicht vergisst, denn auch wenn ich vorübergehend als Hure arbeitete, so hatte ich aber meinen Verstand noch nicht verloren. Aber bevor ich etwas sagen konnte, war er verschwunden. Ich überlegte kurz, ob ich die Fliege machen sollte, aber dann würde ich nicht nur mein Geld verlieren, sondern auch meine Story.

Außerdem war er nicht der Einzige, dem das Szenario durchaus gefiel. Ich schaute auf mein Spiegelbild, ergötzte mich an meiner angeblichen Erniedrigung und war mir meiner Macht bewusst. Meine Brüste waren entblößt, angehoben durch kratzendes schwarzes Nylon, das den Kontrast zwischen gebräunter Haut und harten roten Brustwarzen noch verstärkte.

Von vorn sah ich von der Taille abwärts beinahe anständig aus, aber auf die Rückseite traf das nicht zu. Das Höschen war auf der Mitte der Oberschenkel hängen geblieben, aber die Strümpfe mit den Nähten saßen immer noch makellos. Dann war er wieder da, und wie ich aussah, spielte keine Rolle.

Es gab kein Vorspiel, keine Vortäuschung von Zärtlichkeit. Er stieß seinen mit Latex bewehrten Schaft in mich hinein und begann zu pumpen. Vor und zurück jagten seine Hüften, und ich wusste, dass er bald kommen würde. Ich stöhnte erbärmlich, als seine Hände sich wie Schraubstöcke um meine Brüste legten, und nicht alle Klagelaute waren unecht.

Der Bastard würde kommen, aber was war mit mir? Ich

war nicht so naiv zu glauben, dass er auf meine Gefühle Rücksicht nehmen würde, aber ich erwartete doch, dass er mich zur Kenntnis nahm. Ich hatte den Eindruck, dass er mich überhaupt nicht sah. Sein Körper pflügte in mich hinein, während er murmelte: »Das wird es dir zeigen, Margaret. Du glaubst, du bist zu gut für mich, was? Aber jetzt gehörst du mir!«

Ich wusste, dass der Skandal, der sich daraus ergeben würde, wenigstens einen Tausender mehr einbrachte, und so konzentrierte ich mich auf diesen tröstenden Gedanken, während er weiter grunzte und knurrte und immer wieder »Margaret«, rief.

Na endlich, dachte ich, als er sich zurückzog. Endlich fertig. Ich fühlte mich nicht so, wie ich mich eigentlich fühlen sollte. Kein Gefühl von Triumph, kein Gefühl von Scham oder Abstoßung, nur eine seltsame Leere. Ich hatte es mit einem Mann getrieben, den ich weder kannte noch mochte. Und ich hatte zweihundertfünfzig Pfund verdient. Ich streckte mich behutsam, aber er hatte andere Ideen. Er packte meine zusammengebundenen Handgelenke, hielt sie mit einer Hand fest, während er mit der anderen Hand das Kondom abzog, das Ende verknotete und den Pariser in den Abfalleimer warf.

»Du bist so eine hochnäsige kleine Schlampe, dass du nichts einmal kommst, wenn man es dir sagt, aber ich werde dafür sorgen, dass du kommst«, schnarrte er. »Bevor ich dich gehen lasse, wirst du mich anschreien, dass ich aufhören soll, weil du die Orgasmen nicht mehr ertragen kannst.«

»Sir«, flüsterte ich wieder und wusste genau, warum Imo mir den geplanten Fortgang der Szene verschwiegen hatte. Sie hatte immer schon einen kranken Humor. Aber diesmal spielte es keine Rolle – er wollte mich zum Kommen bringen, und ich wollte dringend kommen: Wo also war das Problem?

»Dreh dich um«, befahl er. Mir blieb kaum eine andere Wahl. Als er jünger gewesen war, hatte er den gestählten Körper eines Athleten gehabt, und in zahlreichen Interviews hatte er damit geprahlt, wie fit er war. Er war zwar Politiker, aber auf diesem Gebiet hatte er nicht gelogen. Er schob seine Hand unter meinen Po, dann wirbelte er mich herum und warf mich mit einem Krachen aufs Bett. Mir blieb sekundenlang die Luft weg.

»Spreiz deine Beine«, befahl er.

Ich gehorchte und hielt die Luft an, als ich begriff, was er vorhatte. Auf dem Frisiertisch lag eine Bürst mit silbernem Griff. Es war ein langer, dicker Griff, kunstvoll graviert. Ich brauchte weder Einstein zu sein noch eine erfahrene Hure wie Liberty, um zu wissen, was er plante. Im nächsten Moment spürte ich den langen Griff in mir.

»Lass mich in Ruhe«, jammerte ich auf dem Höhepunkt meiner schauspielerischen Leistung.

»Ich werde dich dazu bringen, mich zu mögen«, versprach er und grätschte auf dem Bett über mich. Sein schlaffer Penis presste gegen meinen Bauch und wurde zusehends fester. Ich fragte mich, welche verdrehte Psyche ihn belastete, aber dann war mir das egal. Jetzt kam es mir nur noch darauf an, ihm die beste Darbietung meines Lebens zu geben. Ich wollte mich in seine Phantasie schleichen und sie benutzen, um meinen eigenen Orgasmus anzufeuern.

Ich wandte den Kopf und ließ meine Haare übers Gesicht fallen. Ich wollte alles aus mir herausholen, schließlich konnte ich auf Kommando heulen. Und das tat ich auch. Ich musste heimlich grinsen, als ich sah, wie er weich wurde.

»Entspann dich, dann werde ich dich belohnen«, lockte er, und beinahe wäre ich auf der Stelle gekommen. Dass dieser einflussreiche Mann mir ausgeliefert war, bedeutete mir mehr, als ich vermutet hätte. In Gedanken hörte ich – nach der Veröffentlichung meines Artikels – seine Rücktrittsrede. Inzwischen zitterte ich am ganzen Leib. Mein Körper sammelte sich zum Orgasmus. Aber ich konnte mir nicht erlauben, meinen Job zu vergessen, und dadurch wurde der ganze Akt noch heißer. Ich war wirklich ein böses Mädchen, und er fuhr darauf nicht weniger ab als ich.

»Das tut weh«, jammerte ich und war froh, als er zuerst meinen Gürtel öffnete und dann das Mieder. Er zog mir das Kleid aus und warf es auf den Boden. Jetzt war ich nackt bis auf das Höschen, das auf Halbmast zwischen den Schenkeln hing, und bis auf die zerrissenen Strümpfe und die Pumps. Die Haarbürste mit dem silbernen Griff zählte ich nicht zur Bekleidung.

»Entspann dich«, sagte er wieder, »dann wird alles gut.« Er sagte das wie ein Politiker, der Babys küsst.

Er begann mich wieder zu küssen, diesmal so zart, wie er vorher brutal gewesen war. Ich blieb absichtlich reglos liegen, was gar nicht leicht war, denn er küsste verdammt gut. Seine Zunge stieß in das Grübchen meiner Kehle, dann langte er mit einer Hand nach unten und bewegte die Haarbürste vor und zurück. Zuerst verkrampfte ich, aber dann fing ich an, es zu genießen. Ich hatte schon einige Male mit einem Dildo masturbiert, aber so etwas hatte ich noch nicht empfunden.

Die Bürste war rau und kalt und schlüpfte in meine Nässe. Ich biss mir auf die Lippen, um mein Jammern in mir zu begraben, aber ich wusste, dass er gewinnen würde – und er ahnte das wohl auch. Sein Mund schloss sich um einen Nippel und saugte eifrig drauflos. Die Zähne schabten über die empfindliche Haut. Die freie Hand drückte meinen Schamberg, und der Daumen suchte die Klitoris. Ich wimmerte leise vor mich hin, als er sie zu streicheln begann, und ich fragte mich, ob Margaret wusste, was sie alles verpasste.

»Na, bitte«, sagte er stöhnend und hob den Kopf von meiner Brust. »Das ist doch so schlecht nicht, oder?«

Ich antwortete nicht, aber er wusste, dass er gewonnen hatte. Mir war das egal, solange er mir das gab, wonach ich verzweifelt hechelte. Für einen Mann in seinem Alter hatte er eine beeindruckende Ausdauer. Er war längst wieder hart, aber sein erstes wildes Rasen hatte sich beruhigt. Er schien damit zufrieden zu sein, mich zu streicheln und zu küssen und die Haarbürste nicht zu vergessen. Mit geradezu gewissenhafter Zärtlichkeit rieb er die Klitoris, aber das war nicht kräftig genug, um mir den Orgasmus zu bringen. Ich stöhnte und bäumte mich auf, hob die Hüften an und erinnerte mich daran, wie er in mich hineingerammt hatte. Ich hoffte, dass er sich auch daran erinnerte, aber ich hatte das Gefühl, dass er eine Szene spielte, die er in seiner Phantasie schon viele Male gespielt hatte, aber ich war jetzt nur ein Ersatz. Mein Körper verspannte sich um die Haarbürste herum.

»Bitte!« Ich hatte ihm nicht die Befriedigung geben wollen, mich betteln zu hören, aber als ich ihn triumphierend lächeln sah, war ich froh, dass ich mich überwunden hatte. Er erhielt die volle Leistung für sein Geld.

»Verhalte dich still«, befahl er, und ich dachte nicht daran, mich mit ihm anzulegen. Aber meine Arme schmerzten, weil sie schon so lange auf meinen Rücken gebunden waren.

»Kann ich jetzt immer noch nicht gehen?«, fragte ich und fügte hinzu: »Ich will aber.« Ich wollte noch etwas sagen, aber dann fiel mir ein, dass seine Margaret niemals derbe Worte für Sex verwenden würde. »Wir können es noch mal tun«, schlug ich vor. »Ich wehre mich auch nicht.«

»Nein«, flüsterte er und rutschte an mir hoch. »Aber du kannst mich trocken saugen.«

Ich gehorchte wieder. Ich wollte kommen. Später würde ich mich vielleicht schämen und auch bereuen, was ich getan hatte, aber im Moment war ich nur das amoralische Mädchen, das mein Vater immer in mir gesehen hatte. Für mich zählte nur die Lust, die dieser Mann mir geben konnte.

»Ich weiß«, sagte er plötzlich, und ich begriff, dass er mich das erste Mal wahrnahm. Er legte sich wieder hin, band meine Arme auseinander, hielt sie aber zusammen, damit ich nicht weglaufen konnte.

»Halte sie über deinem Kopf«, sagte er, und ich tat wie geheißen.

Ich hielt nicht viel von Fesselspielchen, und auch als Imo sie mir beschrieben hatte, war ich nicht überzeugt gewesen. Aber er wollte diese Spiele, und ich wollte endlich kommen, ohne dass ich mich hilflos oder erniedrigt fühlen musste, sondern nur sehr, sehr erregt. Er band meine Handgelenke wieder zusammen, dann legte er sich auf mich und zog meine Hände hinunter auf seine Schultern. Das sah wie eine witzige Umarmung aus.

Ich hoffte, dass er die verdammte Bürste mit seinem Ding ersetzen würde, aber er dachte gar nicht daran. Er zog sie nur weit heraus, bis nur noch die Spitze in mir steckte. Er begann seine Eichel gegen meine harte Klitoris zu reiben, und als ich stöhnte, fing er an zu lachen.

»Du willst mich haben, was? Komm schon, erzähle mir, wie sehr du mich begehrst.«

»Ich will es!« Es sollte sich so anhören, als hätten seine Tricks meine Skrupel ausgeschaltet, was mir aber nicht leichtfiel. Er mochte ein einflussreicher Mann sein, aber er war so schwanzgesteuert, wie die meisten Kerle sind. Im Moment war nur ich da, um ihm zu geben, was er brauchte.

»Oh, Himmel!« Ich presste das Beste aus mir heraus, und nicht nur, weil ich zweihundertfünfzig Pfund haben wollte. »Bitte, ich muss kommen! Ich mache alles, was du willst, wenn du mich nur kommen lässt!« Ich schlang mich gegen ihn, denn mein Stöhnen war nicht nur gespielt. Er holte die Haarbürste heraus, und dann steckte er tief in mir und dehnte mich weiter, als ich je gestreckt worden war.

Ich stöhnte wieder. Er presste seinen Mund auf meinen, und ich konnte nicht richtig atmen. Und protestieren auch nicht. Seine Hände massierten meinen Rücken und meine Pobacken, aber die Strapse schnitten in meine Haut, als ich meine Beine um ihn schlang, weil ich ihn noch tief in mir haben wollte.

Meine Hüften ruckten jetzt wild gegen seinen harten Körper, und ich hatte das Gefühl, dass er mit jedem Stoß tiefer in mich eindrang. Seine Hoden schwangen rhythmisch gegen meine Backen, und meine Nippel wurden härter, als sie über seine behaarte Brust rieben.

Mein Bauch spannte sich, und mein Kopf klatschte von einer Seite auf die andere. Ich grunzte und stöhnte, bettelte ihn an, aber wie wussten beide instinktiv, dass ich ihn nicht zum Aufhören bewegen wollte.

Die Klitoris fühlte sich unglaublich empfindlich an, und meine Pussy wusste gar nicht, wie viel Gutes ihr widerfuhr. Ich kam und kam, klopfte mit kleinen gefesselten Fäusten auf seinen Rücken und wollte, dass er nicht nachließ. Er grunzte, wölbte den Rücken, und dann verströmte sich der bekannte Politiker in mir – das zweite Mal in weniger als einer Stunde.

Diesmal zog er sich nicht so schnell zurück, was mich nicht überraschte. Ich war fast dreißig Jahre jünger als er, und ich war schon ziemlich fertig. Wir lagen zusammen da, und ich spürte, wie er in mir immer mehr abschlaffte. Nach ein paar Minuten band er meine Fesseln los, ohne mir ins Gesicht zu sehen.

»Ich gehe unter die Dusche. Ich will, dass du weg bist, wenn ich zurückkomme.«

Das war's dann. Er ging ins Bad, und ich zog die Reste meiner Dienstmädchentracht an, bevor ich zurück auf mein Zimmer ging. Ich zog mich auch ins Schlafzimmer zurück und schloss die Tür ab. Dann setzte ich mich auf den Toilettensitz und schrieb alles nieder, was geschehen war. Ich genoss meine ergiebige Dusche und kam noch dreimal – von meinen Fingern und den Erinnerungen.

Ich hatte nie damit gerechnet, dass es mir Spaß machen würde, als Hure zu arbeiten, aber jetzt wünschte ich mir, dass der Politiker sich bald wieder bei mir melden würde. Auch wenn er sich nicht meldete – es gab viele andere Gäste, und wer wusste, was sie alles von mir erwarteten?

Was sie erwarteten, würde etwas sein, das sie wahrscheinlich nur auf Liberty Hall erhalten konnten; einige kleine Perversionen, die meine späteren Artikel fütterten, selbst wenn sie mir nicht behagten.

Aber ich war nicht mehr sicher, was mir behagte und was nicht. Ich war schon völlig anders als das Mädchen, das gestern auf Liberty Hall eingetroffen war.

# *Viertes Kapitel*

Ich war so ausgelaugt, dass ich erst wach wurde, als es fast dunkel war. Ich glaube, selbst dann wäre ich nicht aufgewacht, wenn ich nicht schwere Schritte auf dem polierten Holzfußboden gehört hätte. Ein Mann musste in meinem Zimmer sein!

Ich blieb still liegen, hielt die Augen geschlossen und atmete so ebenmäßig, wie ich konnte. Ich konnte nur beten, dass der Eindringling glaubte, ich schliefe noch. Aber wer war da, und was wollte er? Der Vertrag, den ich gestern unterschrieben hatte, war unmissverständlich: Ich brauchte nichts zu tun, was nicht vorher mit mir abgesprochen war. Auch dann konnte ich mich weigern, aber dann hatte Liberty Hall eine Handhabe, den Vertrag zu beenden.

Nun, ich ging nicht davon aus, dass sich alle an den Wortlaut des Vertrags hielten – ich tat es nicht, und die andere Seite wahrscheinlich auch nicht. Jemand musste ein Duplikat meines Zimmerschlüssels besitzen und mein Zimmer aufgeschlossen haben.

Er ging aufs Badezimmer zu, was den Verdacht nahelegte, dass es sich nicht um einen Einbrecher handelte. Damit hatte ich auch nicht gerechnet. Kein Dieb, der auf sich hielt, würde all die betuchten Gäste ignorieren und das Zimmer eines Dienstmädchens ausrauben wollen. Warum hatte er nicht die Zeit genutzt, die ich bei dem Politiker gewesen war? Vielleicht war dieser Besucher kein offizieller, und falls dieser Verdacht stimmte, befand ich mich in größeren Schwierigkeiten, als ich bisher gedacht hatte.

Jemand, der einen Einbruch riskierte, würde nicht sanft mit einer unerwarteten Zeugin umspringen. Ich fürchtete mich vor Schmerzen, also blieb ich dabei, mich schlafend zu stellen. Ich konnte nur hoffen, dass der Eindringling nicht den Heißwassertank absuchen würde, wo ich meine Notizen versteckt hatte. Ich hatte keine Ahnung, was er suchte, aber je länger er im Zimmer war, desto nervöser wurde ich. Das regelmäßige Atmen fiel mir schwer.

Die Schritte verharrten in der Tür. Ich schätze, dass der Kerl sich noch einmal gründlich umschaute, um sicher zu sein, nichts angerührt oder an einen anderen Platz gestellt zu haben. Dann kamen die Schritte näher an mein Bett. Ich verkrampfte und nahm mir vor, über ihn herzufallen, bevor er mir etwas antun konnte. Seine Schritte hörten sich zwar schwer an, aber ich war auch nicht zu unterschätzen, ich konnte gemein sein und wild entschlossen – besonders, als er dicht neben meinem Kopf stehen blieb.

Ich setzte mich auf, packte die Bettdecke und die Nachttischlampe, und dann wünschte ich, zu den Frauen zu gehören, die im Bett irgendwas trugen.

»Was, zum Teufel, bildest du dir ein?«, fauchte ich ihn an, nachdem ich ihn kurz gemustert hatte. In Sekundenschnelle hatte ich meine Taktik geändert, denn es wäre völlig unmöglich gewesen, den jungen Kerl zu überwältigen.

Der Junge sah so aus, als gehörte er mit einem Basketballschläger in der Hand in eine Hinterhofgasse und nicht in dieses noble Hotel. Er war kräftig gebaut, und sein Gesicht sah hart und brutal aus; es wurde von ausdruckslosen dunklen Augen beherrscht und von einem dünnen Mund, der so aussah, als lächelte er nicht allzu oft. Er trug die engsten dunklen Jeans, die ich je gesehen hatte, dazu ein ebenso enges weißes T-Shirt. Er starrte mich an, als wäre ich irgendein Pin-up Foto. Er sagte nichts, und meine Wut begann zu kochen. Ich ließ sie heraus, denn mir war klar geworden, dass ich nicht wirklich in Gefahr war. Hätte er mich vergewaltigen wollen, wäre er wohl schon aktiv geworden.

»Verschwinde!«, rief ich und hob die Hand mit der Nachttischlampe. Ich überlegte noch, ob ich sie ihm an den Kopf oder in die Weichteile werfen sollte.

»Nun stell dich doch nicht so an.« Für so einen brutal wirkenden Mann hatte er eine erstaunlich sanfte Stimme, und die bewirkte etwas bei mir, was bisher nichts und niemand bewirkt hatte.

Ich bekam es mit der Angst zu tun. Die Kombination von Stimme und Augen machte deutlich, dass dieser Mann noch nicht von den zivilisierten Regeln gehört hatte, nach denen ich zu leben versuchte. Er würde mich nach seinen Lüsten benutzen, und für einen Moment dachte ich, ich sollte das mal kennen lernen. Dann aber kehrte mein gesunder Menschenverstand zurück, und ich funkelte ihn an.

»Hör bloß auf, mir zu sagen, was ich tun soll und was nicht! Gib mir einen guten Grund, warum ich nicht das Sicherheitsbüro anrufen soll!«

»Imo war beunruhigt, warum du nicht zum Essen gekommen bist, und da habe ich angeboten, mal bei dir nachzusehen.« Das klang noch nicht überzeugend, aber ich fing an, mich zu beruhigen.

»Ich bin Lance«, fuhr er fort. »Mein Zimmer liegt deinem gegenüber. Du hattest deine Tür nicht abgeschlossen, und du hast nicht geantwortet, als ich an die Tür geklopft habe. Deshalb wollte ich mich überzeugen, dass du in Ordnung bist.«

Das hörte sich plausibel an, aber ich wusste, dass ich die Tür abgeschlossen hatte. Den Rest seiner Erklärung glaubte ich auch nicht, aber ich konnte ihn nicht nach Einzelheiten fragen, ohne zu gestehen, dass ich ihn von Anfang an bemerkt hatte.

»Warum ist sie nicht selbst gekommen?«, fragte ich.

Als er lächelte, wünschte ich, die Frage nicht gestellt zu haben. Es klingt dümmlich, wenn ich sage, ein Lächeln kann furchteinflößend sein, aber seins war es tatsächlich. Es war ein wissendes, ein kalkuliertes Lächeln, und es verriet mir, dass gerade jetzt irgendwas mit Imo geschah, und wenn ich sein Lächeln richtig deutete, wünschte er, das mit mir auch tun zu können. Aber ich würde keinen Spaß dabei haben, und das würde seine Lust noch vergrößern.

»Sie ist im Augenblick anderweitig beschäftigt«, sagte er, zog jede Silbe in die Länge und starrte mich an. Er hatte die unheimlichsten Augen; sie waren so dunkel, dass man den Unterschied zwischen Pupille und Iris kaum sehen konnte. Auch wenn er mich nicht bedrohte, fühlte ich mich bedroht. Ich fühlte mich trotzdem zu ihm hingezogen – und gleichzeitig schauderte ich.

»Ich hätte nicht gedacht, dass eine wie du hierhin kommt«, sagte er, und mein Verdacht wurde zur Gewissheit.

»Wieso nicht?« Ich wollte so jugendlich-unschuldig klingen, wie ich seit langem nicht mehr war.

»Nach dem, was Imo mir von dir erzählt hat, kommst du mir als letzter Mensch in der ganzen Welt vor, der einen solchen Job ohne Hintergedanken annimmt.«

»Und du?«, gab ich zurück, denn ich konnte mir nicht vorstellen, dass er Kontrolle abgab. Sein Starren wurde noch intensiver, und für einen Augenblick fürchtete ich, einen Schritt zu weit gegangen zu sein. Aber dann lächelte er.

»Aber du irrst dich. Für mich ist das der ideale Job, Tess.«

Zart strich er über meine nackte Schulter, viel zu sanft, um mich nicht schaudern zu lassen. Wenn ich in Stimmung gewesen wäre, hätte ich gesagt, er behandelte mich wie eine Porzellanpuppe. Aber ich halte nichts davon, und trotzdem zitterte ich leicht. Irgendwie wusste ich, wenn ich ihm einen

Anlass gäbe, würde er mir wehtun und seine Freude daran haben.

Ich wollte ihn aus meinem Zimmer schicken, aber wenn ich das tat, würde er wissen, wie er mir Angst einjagen konnte, und das darf man solchen Typen nicht verraten. Deshalb lächelte ich nur und hoffte, dass es ein geheimnisvolles Lächeln war.

»Ich sammle Menschen, wie ein Schmetterlingssammler Insekten sammelt«, sagte er fröhlich.

Ich schüttelte mich wieder und stellte mir vor, wie er mich auf dem Bett aufspießte wie einen Schmetterling und dann meinen Körper mit seinen kräftigen, rücksichtslosen Händen erforschte. Es war eine Sache, von Rupert gefesselt zu werden, denn er sah das als Spiel an. Aber bei Lance konnte ich mir das Spielerische noch nicht vorstellen. Ich wollte es auch nicht herausfinden.

»Ich finde gern heraus, wie Leute ticken, was sie zu tun bereit sind und was nicht.« Wieder dieses harte Lächeln. »Und was geschieht, wenn sie das tun, was sie nie hatten tun wollen – und auch noch erfahren, dass sie ihren Spaß daran haben.«

»Jeder braucht ein Hobby«, sagte ich, dann beendete ich meine Mutprobe und schlang die Bettdecke um mich. »Wenn es dir nichts ausmacht, würde ich mich jetzt gern anziehen.« Selbst ein Mädchen, das sich diesen Job ausgesucht hatte, würde seine Grenzen ziehen.

»Und ich habe ein besonders schönes Hobby«, sagte er und rührte sich nicht von der Stelle. Ich musste mich zusammenreißen, um nicht wieder zu zittern.

Für ihn mochte es ja besonders schön sein, aber ich war ziemlich sicher, dass seine Opfer das anders sahen. Ich ahnte, dass er mir irgendwie misstraute. Aber bis jetzt hatte er keinen Beweis für seinen Verdacht gefunden, sonst hätte er längst etwas gegen mich unternommen. Solange ich die Ruhe behielt, würde er auch keinen Beweis finden, denn ich hatte ja nichts Schlimmes getan – noch nicht. Die Notizen, die ich über den Politiker niedergeschrieben hatte, mochten zwar verdächtig sein, deshalb hätte ich sie gar nicht so raffiniert verstecken sollen. Wenn sie gefunden wurden, würde ich ins Stottern geraten.

Nun, er verstand sich darauf, mich in die Enge zu treiben. Ich blieb auf der Hut.

»Was machst du also hier?« Es war schon verschroben, mit einem Soziopath höflich Konversation zu betreiben, aber ich würde mich erst aus dem Bett bewegen, wenn er gegangen war. Ich wusste, dass es dumm war, sich verunsichert zu fühlen, denn eben erst hatte ich mich ohne Gewissensbisse vor dem Politiker ausgezogen. Bei Lance war das eine ganz andere Sache, und nicht nur, weil er mich nicht bezahlte.

»Ich lasse die Träume von Leuten wahr werden. Einige werden zu Albträumen, aber so ist es eben im Leben. Himmel, du musst immer noch hungrig sein.« Seine Stimme veränderte sich nicht, als er etwas hinzufügte, was ich nur als Drohung verstehen konnte. »Ich warte draußen, während du dich anziehst, dann können wir gemeinsam zu Abend essen. Das wird eine Gelegenheit, uns besser kennen zu lernen. Ich werde einige Szenen schreiben, die du ausleben kannst, deshalb muss ich mehr über deine Persönlichkeit wissen.«

»Szenen?«, fragte ich und wünschte, ich hätte es nicht gefragt, als ich sein breites Lächeln sah.

»Ich rede von den Spielen, wegen denen die Gäste zu uns kommen. Wie ich schon sagte, wir sind hier, um ihre Träume zu erfüllen. Willst du nicht mal sehen, wie wir das machen?«

Ich wollte keine Sekunde länger als nötig bei ihm bleiben, aber wenn ich mich jetzt mit ihm anlegte, würde er nur noch misstrauischer werden. Ich war jetzt sicher, dass er mein Zimmer durchsucht hatte, bevor ich wach geworden war, und ich war auch sicher, dass Liberty ihn geschickt hatte. Bisher hatte sie noch keinen Verdacht geschöpft, und ich wollte auch vermeiden, dass ich bei ihr auf die schwarze Liste geriet. Also blieb mir nichts anderes übrig, als nett zu Lance zu sein.

»Ja, das könnte lustig sein.« Zu viel Enthusiasmus wäre auch nicht gut, aber höfliche Neugier erntete kein Misstrauen, oder? Ich redete mir ein, dass es mir für meinen Artikel nur nützen konnte, wenn ich möglichst viel über das Leben auf Liberty Hall erfuhr. Deshalb musste ich das eine oder andere Risiko eingehen.

»Dann warte ich draußen.« Endlich raffte er sich auf und schlich wie ein Puma auf Beutefang durchs Zimmer. Die Tür schloss sich hinter ihm, und in einem Anfall unerwarteter Rücksichtsnahme schloss er sie sogar ab.

»Oh, verdammt«, murmelte ich, dann stand ich auf und öffnete meinen Kleiderschrank. Ich zog eines dieser kurzen ärmellosen Wickelkleider heraus. Im Vertrag hatte ich gelesen, dass ich sie immer trug, wenn ich mich im Hotel aufhielt. Die Kleider hatten einen schlichten Schick: weiß, tiefer Ausschnitt, Länge bis fast zum Knie.

Ich wusste nicht, wer Lance war, und ein Teil von mir wollte ganz weit weglaufen, solange ich das noch konnte. Der größere Teil von mir wollte aber bleiben und herausfinden, vielleicht sogar seine Spiele spielen. Aber davon wollte ich im Moment nichts wissen. Ich musste mich den neuen Problemen zuwenden.

Was hatte er in meinem Zimmer gesucht? Was wollte er mit mir anstellen? Was mich anging, wollte ich nichts mit ihm anfangen, aber ich würde weiterhin nett zu ihm sein müssen. Also wollte ich ihn nicht so lange warten lassen.

Nach einer kurzen Dusche zog ich BH und Höschen an und warf das Kleid über. Ich fuhr mit der Bürste durch die Haare, trug Gloss auf die Lippen auf und dunklen Lidschatten.

Lance lehnte an der Wand. Er lächelte, als er mich sah, und ich fühlte mich kälter und zitterte wieder. »Fertig?«, fragte er. Ich nickte. Er sagte nichts mehr, als er mich durch die Korridore führte, die mir allmählich vertraut wurden. Dann gingen wir über einen schön gestalteten Innenhof, an dessen Ende ein langes, niedriges Gebäude lag, das ich auf den ersten Blick für einen Stall hielt.

»Der Fitness Club«, erklärte Lance, als er meine neugierigen Blicke sah. »Er steht unter meiner Leitung.«

»Wenn du nicht gerade versuchst, den Leuten ihre Träume zu erfüllen«, sagte ich schnippisch.

»Welche Träume hast du?« Sein Lächeln war genauso nervig wie vorher, als ich nackt unter der Decke gelegen hatte, aber das wollte ich ihm auch jetzt noch nicht zeigen.

»Reich und berühmt zu sein.«

»Sonst nichts?«, fragte er.

»Nein, ich glaube nicht.« Ich dachte, er würde beim Thema bleiben, aber er öffnete die Tür zum Fitness Club.

»Bevor wir essen, will ich dir alles zeigen«, sagte er und führte mich einen Flur entlang, in dem ich ein Schild sah: »Privat«.

Ich nickte und fragte mich, ob ich zu heftig auf ihn reagiert hatte. Vielleicht hatte Imo ihn ja tatsächlich gebeten, nach mir zu sehen. Aber er hatte gelogen, was die offene Zimmertür anging, deshalb konnte ich ihm immer noch nicht trauen.

Die Anlagen und die Einrichtungen waren von der Qualität, die man in einem solchen Hotel erwartete. Es gab einen Pool, eine Sauna sowie einen großzügig ausgestatteten Fitness Saal. Ich bemerkte eine Tür, auf der ebenfalls »Privat« stand. Lance schloss sie auf und führte mich hinein. Ich stand in einem anderen, schmaleren Flur, von dem zu beiden Seiten Türen abgingen. Die Türen lagen alle nah beieinander, sodass damit zu rechnen war, dass sie zu kleinen Zimmern führten.

Mir fiel die Stille auf. Es war so still, dass meine Nerven sich noch stärker spannten. Ich war sicher, dass dieser Bereich schallisoliert war. Ich konnte mir nur einen Grund vorstellen, warum jemand so viel Geld ausgab und diesen Aufwand betrieb. Jetzt musste ich an Ruperts Warnung denken. Ich ärgerte mich, dass ich nicht darauf bestanden hatte, Imo mit auf unsere Tour zu nehmen.

»Dies sind spezielle Behandlungsräume«, erklärte Lance und hantierte mit einem Schlüsselbund. Ich nickte, denn mein Mund war zu trocken, um auch nur ein Wort herauszubekommen. Ich hatte keinen Grund zu glauben, dass er etwas mit mir anstellte, was ich nicht wollte, aber es blieb dabei: Irgendwas an ihm jagte mir eiskalte Schauer über den Rücken. Dann schwang die Tür auf, und ich wusste, dass meine Instinkte mich nicht getäuscht hatten.

Das Zimmer war etwa so groß wie der Untersuchungsraum eines Arztes. Oder wie ein ordentliches Schrankbett. An den Arzt hatte ich nur wegen der schwarzen Lederliege in der Zimmermitte gedacht. Die Liege ließ sich oben und unten verstellen, nach oben kippen oder nach unten biegen, um die Untersuchungen leichter durchführen zu können.

Nicht, dass das Mädchen auf der Liege in einem Zustand war, dass sie untersucht werden konnte, denn Lance hatte in einem Punkt nicht gelogen. Imo war anderweitig beschäftigt gewesen, und jetzt war sie so verschnürt, dass sie sich überhaupt nicht mehr bewegen konnte.

Ein Monitor wie bei einem Baby-Telefon stand neben ihrem Bett und war mit einer Decke verbunden, auf der sie lag. Das konnte nur bedeuten, dass ihr nichts Schlimmes zugefügt wurde, aber ich konnte nicht sagen, dass mich dieser Gedanke irgendwie beruhigte. Was ist sah, war entsetzlich.

»Schau sie dir genauer an«, murmelte Lance und schob mich sanft durch die Tür.

Ich schaute hin, wandte den Blick und sah wieder schnell hin. Ich konnte kaum glauben, was ich sah. Imo war in Streifen gewickelt; die Streifen schienen aus in Öl getränkter Seide zu bestehen, und ihr Körper war so fest darin gebunden, als wäre sie eine ägyptische Mumie. Ihr Atem hörte sich im stillen Zimmer so laut an, dass sie entweder entsetzt war oder angetörnt. Wie ich sie kannte, konnte beides zutreffen.

Stoffstreifen waren von ihren Zehen bis zum rasierten Schambereich gewunden und pressten ihre Beine fest zusammen. Andere Streifen bedeckten ihren Bauch. Ihre Brüste lagen frei. Die Seide drückte sie hoch; das war wirkungsvoller, als jeder BH es hätte schaffen können. Winzige Klammern steckten in ihren Brustwarzen.

»Was hast du mit ihr angestellt?«, wisperte ich, als Lance zur Liege ging.

Imo wandte den Kopf, als sie Bewegung ahnte, und erst jetzt sah ich, dass ihre Augen auch verbunden waren. Ein Knebel steckte in ihrem Mund. Hilfloser hätte sie nicht sein können.

»Du brauchst nicht zu flüstern«, erklärte Lance. »Sie hat Wattepfropfen im Ohr, deshalb weiß sie nicht, dass du hier bist oder was als Nächstes mit ihr geschieht. Wir können alles mit ihr tun, was wir wollen – sie kann uns nicht daran hindern.«

»Oh, Himmel«, flüsterte ich und stellte mir vor, so hilflos dazuliegen wie Imo. Mir selbst würde das nichts bringen, aber es war eine Wonne, Imo in diesem Zustand zu sehen.

Ich weiß, ich hätte wegschauen sollen, aber ich blieb, wo ich war. Ich hatte den Rücken gegen die Tür gepresst, und ich atmete fast so schnell wie sie. Lance entfernte die kleinen Nippelklammern. Sie stöhnte gegen den Knebel, als er über ihre entzündeten Warzen strich. Die Schmerzen würden erst richtig einsetzen, wenn das Blut zirkulierte.

»Wie lange liegt sie schon in diesem Zustand hier?«, fragte ich und überlegte, ob ich rennen und Hilfe holen sollte, solange das noch möglich war.

Imo hatte eine Schwäche für Schmerzen und Erniedrigung, aber dies war bestimmt zu extrem, das konnte niemand genießen. Aber hier war Liberty Hall, wo es nichts gab, was zu extrem war, und wo Lance sich sogar traute, die Tochter der Besitzerin zu kidnappen. Oder würde er das nicht wagen? Ich sah ihn an und hatte das schreckliche Gefühl, dass er sich traute.

»Seit heute Nachmittag«, sagte er schließlich.

Das bedeutete, dass Imo etwa vier Stunden lang hilflos in diesem Raum verbracht hatte, ohne etwas zu sehen und zu hören. Sie konnte sich nicht bewegen. Es würde ihr nichts bringen, wenn ich jetzt die Heldin spielte und sie befreien wollte. Ich entschuldigte mich stumm bei ihr, dass ich sie im Stich ließ.

Ich sah, dass Lance ihre Brüste rieb und streichelte. Man sah ihm an, dass er ein erfahrener Masseur war. Sie stieß ein leises Stöhnen aus, und da klang ein bisschen Lust mit. Sie versuchte, den Körper anzuheben, damit Lance mehr von ihren Brüsten streicheln konnte. Zwischen den bandagierten Beinen sickerten Sekrete aus ihr, was nur einen Schluss zuließ: Imo genoss es.

»Keine Sorge.« Ich wusste nicht, ob Lance meine Gedanken gelesen hatte, oder ob meine Reaktionen alles verrieten, aber er lächelte mich an. »Sie hat ihren Spaß«, sagte er. »Warte, ich zeige es dir.« Er wies auf einen Stuhl dicht neben der Liege, und ich setzte mich. Ich war wild entschlossen, mich von Lance, bei dessen Anblick ich immer noch eine Gänsehaut bekam, einlullen zu lassen.

Er griff zwischen ihre Schenkel und zog einen Dildo heraus. »Ich kann ihn mit einer Fernbedienung steuern«, sagte er stolz. »Ich schalte ihn ein und lasse ihn eine Weile brummen, dann hört er auf bis zum nächsten Intervall. Ich bin sicher, dass sie jetzt gleich einen weiteren süßen Orgasmus erlebt. Willst du ihr nicht dabei helfen?«

»Nein!«, rief ich und fuhr dann in normaler Stimmlage fort: »Das ist deine Szene.«

»Aber du würdest gern zuschauen, was?« Das war nicht wirklich eine Frage, und auch wenn er Recht hatte, kam er mir um keinen Deut sympathischer vor.

»Ich wusste nicht, dass es eine Rolle spielt, was ich will oder nicht«, konterte ich. Wollte er mich testen, um herauszufinden, ob ich auch so veranlagt war wie Imo?

Ich hatte gesagt, dass ich bei allem mitmachen würde – abgesehen von der Liste der Dinge, zu denen ich nicht bereit war. Aber diese Liste schien hier in der Abgeschiedenheit von Liberty Hall keine so große Bedeutung mehr zu haben. Ich hätte meine privaten Tabus auf flatternde Fahnen schreiben können: Leute wie Lance machen sich einen Spaß daraus, deine Grenzen auszuloten und zu brechen.

Es war zu spät, um Dinge zu verändern, deshalb musste ich aufpassen, dass ich Lance keinen Anlass lieferte, mich in seine Hände zu bekommen. Ich war nicht sicher, ob ich selbst daran glaubte. Leute wie Lance brauchen keinen Anlass. Liberty Hall war Privatbesitz und so gut bewacht, dass ich nur hoffen konnte, nicht in Imos Position zu landen.

»Ich habe nichts dagegen, ein bisschen zuzuschauen«, sagte ich und fand es schwer zu atmen, als er mich durchdringend ansah.

Er wusste genau, dass ich versessen war, Imo zuzuschauen. Wie er auch wusste, dass sich in meinem Bauch ein Knäuel gebildet hatte, als ich Imo in ihrer Hilflosigkeit gesehen hatte. Ich bin nicht lesbisch, aber ich begann mich zu fragen, ob ich nicht eine dominante Ader hatte. Lance hatte sie ganz sicher, und natürlich wollte ich nicht sein Sklave sein. Aber zuschauen, was er mit Imo unternahm, da würde ich gern dabei sein, auch wenn ich mich dafür hasste.

Auf der anderen Seite blieb mir kaum eine Wahl. Imo war es wahrscheinlich egal, ob ich dabei war oder nicht, wobei nicht einmal feststand, ob sie das überhaupt erfuhr. Vielleicht heizte es ihr zusätzlich ein, dass eine weitere Person zugegen war. Sie hatte öfter über ihr Sexleben mit mir gesprochen, aber solche Erniedrigungsspiele hatte sie nie erwähnt. Deshalb war ich von dieser Vorliebe überrascht.

Sie stöhnte und wand sich hin und her, als Lance die Klammern wieder befestigte. Sie konnte nur fühlen, aber selbst das Gefühl beschränkte sich auf zwei Stellen ihres Körpers, und es war Lance, der diese Stellen ausgesucht hatte – ihre kleinen festen Brüste, jetzt sehr rot und mit den geschwollenen Nippeln, und ihre Scham. Alles, was sie jemals gewesen war, ihr Geld und ihr Verstand, spielten keine Rolle mehr.

»Es wird eine Weile wehtun.« Lance hätte ein Dozent sein können, der zum tausendsten Mal einen langweiligen Vortrag hält. »Die Zirkulation kommt zurück, wodurch sich die Haut noch stärker zusammenziehen wird. Aber allmählich wird sich der Schmerz zu einem wohlig warmen Gefühl wandeln. Hast du das mal probiert? Nein, hast du nicht. Ich habe vergessen, dass du nicht experimentierst.«

»Ja, richtig. Ich bin nur eine einfache Tochter eines Vikars. Was stellst du jetzt mit ihr an?« Meine Frage zwang ihn, seine Aufmerksamkeit wieder auf Imo zu richten.

»Ich werde ihr einen Höhepunkt besorgen. Den hat sie sich verdient.«

»Dann bist du also mit ihr fertig?«, fragte ich und empfand eine seltsame Mischung aus Erleichterung und Enttäuschung.

»Fertig? Ich habe sie vier Stunden bei mir gehabt. Und sie hat nur …« – er schaute auf eine Kurve, die am Ende der Liege hing – »fünf Orgasmen gehabt. Wenn wir diese Szene den Gästen vorstellen, wird sie wenigstens acht Stunden dauern.«

»Oh.« Ich wusste, dass er über das Entsetzen grinste, das ich vergeblich hatte verbergen wollen, aber ich wusste nicht, was ich sonst noch sagen sollte. Leute bezahlten dafür, absolut hilflos gehalten und erniedrigt zu werden? Kein Wunder, dass Imo immer wieder sagte, es gäbe völlig verdrehte Menschen, die man besser nicht kennen lernte. Aber wenn ich sie wimmern hörte, schien sie selbst auch ziemlich verdreht zu sein. Ihre kläglichen Laute veränderten sich jetzt; man merkte ihr eine neue Spannung an, als ob sie auf was Bestimmtes wartete.

Ich schaute zu, wie Lance breite Ledergurte um Imos Brüste, Schenkel und Knie band. Er richtete die Einzelteile der Liege neu ein, sodass Imo sich fast in senkrechter Position befand, wobei der Kopf fast den Boden berührte.

Sie wimmerte, als die Ledergurte gegen die Nippelklammern drückten, und ich hätte gern gewusst, was sie dachte. Hatte sie Angst? War sie erregt? Konnte sie es kaum erwarten, was er jetzt mit ihr anstellen würde? Oder wünschte sie, die Szene mit Lance nicht angefangen zu haben?

Ich sah nicht, dass ihr irgendein Ausweg blieb, und das führte mich zur nächsten Frage. »Ich dachte immer, ihr SM-Fans hättet immer ein Wort, mit dem der Leidende die Vorstellung beenden kann.« Ich konnte nicht sehen, wie Imo hätte signalisieren können, dass sie genug hatte. Aber wenn ich wüsste, dass sie eine solche Möglichkeit hatte, die Szene zu beenden, würde ich mich weniger schuldbewusst fühlen, dass ich als Zuschauerin meinen Spaß an ihrer Erniedrigung hatte.

»Was soll das denn?«, brummte Lance und grinste mich an. »Wenn du eine solche Szene einfach stoppen kannst, ist alles doch nur ein Spiel, und das kannst du vergessen. Nein, nein, hier geht es um die Realität.«

Das sah ich auch. Ich hatte noch nie was gesehen, was realistischer war als Lance und sein verschrobenes Gehirn. Aber er war mit Imo beschäftigt, und ich wollte, dass das noch eine Weile so blieb, deshalb nickte ich und konzentrierte mich wieder aufs Zusehen.

Er hatte ihren Vibrator in Eiswasser getaucht und schob ihn ihr jetzt hinein. Er brauchte ein paar Sekunden, bis er den richtigen Zugang gefunden hatte, dann setzte er zu seinem Stoß an. Imos Körper krümmte sich.

»Nein!«, hörte ich sie gegen den Knebel schreien, aber Lance störte sich nicht daran.

»Die Kälte bringt ihr eine zusätzliche Stimulierung«, dozierte Lance wieder.

Ich wollte protestieren, aber ich traute mich nicht. Ich hatte Angst, dass er mich auch zu solchen Spielen zwingen würde. Es gab also wieder einen Grund, mich später bei Imo zu entschuldigen. Ich schaute fasziniert zu, wie er den Vibrator in Betrieb nahm. Er stieß ihn nicht rein und raus, er berührte sie auch nicht, obwohl eine zwanghafte Erotik von ihr und ihrer Notlage ausging, die einen Heiligen erregt hätte.

Mich hatte die Szene angetörnt, obwohl ich bis dahin sicher war, dass es keine Frau gab, die von solchen Bildern erregt werden konnte. Jetzt wusste ich, dass ich nicht der einzige erregte Mensch war.

Lancé weite Baumwollhose weitete sich aus, und ich konnte seine Erektion deutlich erkennen. Aber er schien sie gar nicht zu beachten. Er sagte nichts, und er traf auch keine Anstalten, Imo zu berühren. Er sah nur zu, wie sie versuchte, dem Brummen des Vibrators zu entkommen. Aber er würde wissen, dass sie sich keine große Hoffnung machte.

Allmählich veränderten sich die jammernden Laute, und auch ihre Bewegungen wurden anders. Sie versuchte nicht mehr, den Vibrator aus sich herauszudrücken. Es sah so aus, als wollte sie ihren Spaß mit dem Ding finden.

»Jetzt erhöhen wir die Stimulierung.« Lance blieb so kühl wie immer, und ich begann mich zu fragen, ob er überhaupt ein Mensch war. Er erhöhte die Gangart des Vibrators, der jetzt entsprechend lauter brummte und zusätzlich gegen ihre Klitoris rieb.

Imos Stöhnen klang lauter und verzweifelter. Ihr Kopf schlug von einer Seite auf die andere. Eine tiefe Röte überzog das, was wir von ihrem Gesicht und von ihrem Hals sehen konnten. Die Farbe erreichte dann ihre Brüste. Ihre Nippel schienen noch härter zu werden, als sie sich an den schwarzen Lederriemen rieben. Sie bildeten einen scharfen Kontrast zu ihrer weißen Haut.

»In einer Minute wird es ihr kommen«, bemerkte Lance und hielt einen Finger über der höchsten Stufe des Vibrators. Ich klemmte meine Oberschenkel zusammen, bis es schmerzte, aber ich sagte immer noch nichts. Ich glaube, ich hätte kein Wort herausgekriegt. Ich hatte genug damit zu tun, auf Imos Bewegungen zu starren, die immer ungezügelter wurden. Ich wartete auf den Moment, in dem sie ihre Kontrolle verlor.

Der Moment kam schneller, als ich erwartet hatte. Ihr Schrei suchte sich einen Weg um den Knebel herum. Ihr Körper verzog sich und zerrte an den Gurten. Ihre Pobacken klatschten gegen die Liege, bis die Seide mit frischer Nässe getränkt wurde. Ihre Haare schwangen hin und her; ihr sonst so adretter Pony war völlig zerzaust.

Sie überließ sich ihren Gefühlen. Ihr Atem kam in schweren Keuchanfällen, während der Körper sich allmählich beruhigte. Das war der Moment, in dem Lance auf den dritten Knopf drückte.

Ich glaubte, dass Imo viel zu erschöpft war, um noch etwas zu spüren. Sie kreischte einen Protest heraus, als Lance den Apparat schneller stellte, aber das war ihm völlig egal. Er hatte beschlossen, dass sie jetzt kommen sollte, da spielte es keine Rolle, was sie wollte. Wahrscheinlich kümmerte er sich nie um das, was seine Partnerin wünschte. Das war schwer zu sagen, wie es auch schwer war, irgendwas zu tun, außer zuzuschauen. Ich erlebte jetzt Imos zweiten, viel stärkeren Orgasmus. Tränen benetzten ihre Augenbinde, und Lancé Lächeln wurde breiter.

»Wenn sie so ausschaut, ist sie wunderbar, nicht wahr?«

Ich konnte nur nicken, denn ich wusste, dass er Recht hatte. Ich hatte bisher noch keine Frau gesehen, die so hilflos dagelegen hatte. Ihre Verletzlichkeit hatte etwas an sich, das ich nur unglaublich sexy nennen konnte. Mein Höschen klebte an meiner nassen Pussy, und ich war so erregt, dass meine Nippel fast so geschwollen waren wie Imos. Allmählich veränderte sich der Klang ihrer Schluchzer wieder, und Lance lächelte und fuhr fort zu dozieren.

»Es ist seltsam, Tess. Die Leute glauben, sie hätte die höchste Lustphase erreicht, aber es gibt immer noch eine Phase dahinter, eine Barriere aus Schmerz und Lust, und wenn es dir gelungen ist, diese Barriere zu durchbrechen, erlebst du die intensivste Phase deiner Lust. Aber du bist nicht daran interessiert, sie kennen zu lernen, was?«

Ich konnte kein einziges Wort über meine trockenen Lippen bringen, aber das schien er auch gar nicht zu erwarten. Stattdessen beobachtete er Imos Reaktionen. »Wenn sie diesmal kommt, wird sie nicht wissen, ob es Lust oder

Schmerz ist. Ihre Klitoris wird wund sein, aber sie wird es lieben.«

Er hatte Recht. Imo hatte aufgehört zu schluchzen; sie gab überhaupt keine Geräusche mehr von sich, mal abgesehen von ihrem schweren Atmen. Sie lag still da, als wartete sie auf irgendwas. Oder als hätte sie Angst, sich zu bewegen.

»Bald«, flüsterte Lance und bewegte sich in ihre Richtung. Auf der Höhe ihres Oberkörpers blieb er stehen. »Bald wird sie es richtig fühlen.«

Dann geschah es. Ein Schrei brach an ihrem Knebel vorbei, und ihr Körper schraubte sich hoch. Ich konnte nicht sagen, ob der Schrei Ausdruck der Lust war, aber ich hätte nicht für möglich gehalten, dass man so einen intensiven Orgasmus erleben kann. Und Lance war immer noch nicht fertig. Er wartete, bis ihr Körper sich beruhigt hatte, dann nahm er die Klammern von ihren Nippeln, beugte sich über sie, streichelte über eine Brust und saugte an der anderen. Imo wimmerte leise, aber sie schien zu Schreien oder anderen Protesten nicht mehr fähig zu sein, nur noch zu einem erschöpften Gehorsam.

Er wandte sich an mich. »Hat dich das angemacht?« Es gefiel mir nicht, dass ich im Fokus seiner Aufmerksamkeit stand.

Ich nickte, denn es hatte keinen Sinn zu lügen. Was immer Lance auch war – und als erste Bezeichnung fiel mir ›Psychopath‹ ein –, er wusste genug über das, was durch die Köpfe und Körper der Frauen ging, deshalb kam ich nur davon, wenn ich bei der Wahrheit blieb.

»Möchtest du das auch mal erleben?« Er schüttelte den Kopf, bevor ich antworten konnte. »Nein, das ist nicht dein Ding, nicht wahr? Du hast es lieber so.« Er hob mich vom Stuhl hoch, setzte sich hin und drehte mich so, dass ich über ihm grätschte. Er zog seine Erektion aus seiner Hose, schob mein Kleid hoch, stieß mein Höschen auf eine Seite, schlüpfte mit zwei Fingern in mich hinein, um meine Nässe zu testen, dann zog er sich ein Kondom über. »Lege deine Arme um meinen Hals«, sagte er.

Ich hätte mich wehren sollen, aber ich wollte nicht. Ich wollte das, was er mir geben würde. Deshalb öffnete ich mich für ihn.

»Ah, du gehörst zu den lauten«, sagte er, als ich zu stöhnen anfing. Er stand auf, damit er mich noch tiefer pfählen konnte, und zog Imos Ohrstöpsel heraus. Er lachte, als sie blindlings den Kopf wandte, denn wegen der Augenbinde konnte sie immer noch nichts sehen. »Du bist nicht noch mal dran Imo, aber wir lassen dich zuhören, wenn wir selbst unseren Spaß haben.«

Ich fühlte mich gedemütigt, als er mich auf die Liege setzte. Mein Po befand sich auf einer Höhe mit Imos Kopf. Sie konnte unsere Geräusche hören, als Lance seinen Schaft in mich trieb, aber meine Demütigung war nicht so stark, dass ich es mied, mich an Lance festzuklammern. Er berührte nicht meine Brüste, und er streichelte auch nicht meine Klitoris. Er benutzte mich wie eine Sexpuppe, und es fühlte sich unglaublich gut an. Ich war so erregt, dass ich so schnell kam wie er selbst, und weder er noch ich scherten uns darum, dass Imo unser Stöhnen und Grunzen hören konnte.

Sobald er fertig war, zog er sich aus mir zurück, zog das Kondom ab und warf es neben Imo auf die Liege. Er steckte ihr wieder die Ohrstöpsel an und verstaute den Penis in seine Hose. Ich ordnete meine Kleider und konnte kaum glauben, was ich getan hatte.

»Ich wette, du hast nie gedacht, dass du so etwas machst, und jetzt hast du auch noch erfahren, dass es dir gefällt. Und das ist erst der Anfang, Tess. Komm, jetzt essen wir.«

# *Fünftes Kapitel*

Was danach geschah, sollte eine enttäuschende Leere für mich sein. Lance schloss die Tür auf, und ich folgte ihm in die Eleganz des Hotels, die Liberty Hall der ganzen Welt zeigen wollte. Während wir im Innenhof, in den tagsüber die Sonne fiel, endlich unser Essen einnahmen, erwähnten wir nicht mehr, was in der letzten Stunde geschehen war. Die Sonne war inzwischen untergegangen, aber die Wärme war noch da.

Lance redete fast die ganze Zeit, und ich hörte mit schrecklicher Faszination zu, obwohl ich wusste, dass ich mich nicht trauen würde, auch nur die Hälfte dessen niederzuschreiben, weil mir niemand glauben würde. Selbst wenn mir jemand glauben sollte, konnte niemand solche Sachen drucken – sie verstießen gegen das Gesetz.

Wenn er über das redete, was er als Job bezeichnete, fand ich das entsetzlich und gleichzeitig auch faszinierend. Und zu wissen, dass die Dinge, die er so anschaulich und eindringlich schilderte, auch mir widerfahren könnten, wenn ich ihm in die Quere kam, machten alles noch viel schauerlicher. Kein Wunder, dass ich beim Essen stiller war als sonst.

»Nun«, sagte er, als die Uhr im Turm zehn schlug, »du brauchst deine Bettruhe. Morgen wirst du einen anstrengenden Tag erleben.«

Ich war nicht müde. Ich war viel zu aufgedreht, um etwas anderes zu empfinden als nervöse Spannung. Ich war entschlossen, noch länger der Stimme zu lauschen, auch wenn sie immer wieder durch die Stimme in meinem Hinterkopf unterbrochen wurde, dir mir sagte, ich sollte verschwinden, solange ich es noch konnte. Aber ich wollte Vorsichtsmaßnahmen ergreifen. Dickie musste wissen, was hier vor sich ging, denn jemand musste mich retten, wenn ich aufgefallen war.

Niemand bei klarem Verstand würde den schmierigen Zeitungsschreiber einen Ritter in glänzender Rüstung nennen, aber ich hatte sonst keinen, an den ich mich wenden konnte.

»Freust du dich darauf? Oder habe ich dir Angst eingejagt?« Lance lächelte, und ich wusste, dass es höchste Zeit war, zurückzuschlagen.

»Hör gut zu.« Ich stand auf, damit er begriff, dass er vielleicht manch eine einschüchtern konnte, aber mich nicht. »Du hast mir keine Angst eingejagt, und du wirst das auch nicht schaffen, ganz egal, wie abgefahren deine Geschichten sind.« Das war zwar eine Lüge, aber ich glaube, ich habe ihn damit bluffen können. »Ich bin hier, weil ich hier sein will.«

»Was ist mit heute Abend? Hast du das auch gewollt?« Sein Lächeln machte klar, dass er mein Lügen durchschaute, aber ich war froh, dass er mich zufriedenließ.

»Das kann ich so nicht beantworten. Es war ein sehr intensives Erleben.«

Es gab Momente, in denen ich weglaufen und ganz laut schreien wollte, aber es gab auch Situationen, in denen ich versucht war, ihm zu helfen. Sein Charisma zog mich in seinen Bann. Er war nicht mein Typ, aber ich hatte nicht lange gefackelt, als er mich gevögelt hatte.

Ich glaube, ich hätte mich gegen ihn nicht mehr wehren können als Imo. Wo war sie eigentlich? Schlief sie? Konnte man schlafen, wenn man wie ein Paket verschnürt war? Wie konnte man mit dem Vibrator entspannen; wie konnte man überhaupt entspannen, wenn man nicht wusste, was einem als Nächstes passieren würde? Sie würde nicht einmal wissen, dass Lance bei ihr im Zimmer war, es sei denn, er fasste sie wieder an.

Für mich war es unmöglich, mir vorzustellen, ich könnte eines Tages in ihrer Situation stecken.

Und ich hatte auch nicht die Absicht, mich zurückzuziehen, und das lag nicht nur am Geld. Ich war nicht sicher, was mir daran gefiel, die Wahrheit über mich herauszufinden, aber ich musste wissen, wer ich in Wirklichkeit war und wie Liberty Hall es geschafft hatte, von einer Vollwaise zur Herrscherin eines immer größer werdenden Reichs zu werden.

Ich wusste, dass sie als Darstellerin in Pornofilmen begonnen hatte, und dann war sie die Mätresse jedes reichen Mannes geworden, dem sie begegnet war. Aber ich konnte nicht glauben, dass es so einfach gewesen war. Imo war geboren worden, als Liberty noch ein Teenager war.

Imo hatte nie einen Hehl daraus gemacht, dass sie nicht wusste, wer ihr Vater war. Sie hatte oft darüber gewitzelt, hatte sich Schauspieler und andere berühmte Typen angeschaut und gerätselt, wer von ihnen ihr Vater sein könnte, aber ich nahm ihr die burschikose Art nicht ab; man will schließlich wissen, von wem man abstammt.

Sie hatte nicht viel übrig für Männer, und darin waren wir uns fast gleich. Vielleicht war das ein Grund, warum es ihr nichts ausmachte, sie einfach zu benutzen. Deshalb wäre es albern gewesen, Imo als Opfer zu betrachten. Sie und ihre Mutter hatten nichts mit klassischen Opfern zu tun. Viel eher waren ihre Gäste die Opfer. Ein Wort von Liberty würde sie vernichten, deshalb war es wohl auch nicht verwunderlich, dass sie sich dem Gesetz überlegen fand. Das wäre ich auch gern, also musste ich ein Erfolg werden wie sie.

Solange ich mich an ihre Regeln hielt, befand ich mich auf der sicheren Seite. Ich hatte früh angefangen, so zu tun, als befolgte ich die Regeln, die mir aufgetragen wurden. Das ist einfacher als offene Rebellion, und wenn du trotzdem mal reinfällst, kannst du die Schuld auf irgendeinen anderen schieben.

Okay, das ist nicht die nette Art, aber ich habe ja auch nie behauptet, dass ich nett bin, und dieses private Tagebuch ist der einzige Ort, an dem ich solche Geständnisse unterbringen kann. Deshalb versuche ich ja auch, hier ganz ehrlich zu sein.

Heute hat es mir Spaß gemacht, Lance dabei zuzusehen, wie er Imo bearbeitet hat. Wenn ich die Gelegenheit erhalte, würde ich noch einmal zuschauen. Vielleicht würde ich ihm sogar helfen. Aber ganz sicher möchte ich nicht an Imos Stelle sein. Oder nicht sehr. Ein winziger Teil von mir hätte wahrscheinlich nichts dagegen, eine solche Hilflosigkeit zu spüren, aber der gesunde Rest meines Seins würde eher weglaufen.

Aber diesmal wollte ich nicht die ganze Zeit an Sex denken, denn ich musste mich auf meine nächsten Schritte konzentrieren. Ich musste mich für eine Zeit aus dem Hotel schleichen, damit ich Dickie anrufen konnte. Ich musste die Frau bewundern, die so selbstverständlich mit ihrer Vergangenheit kokettierte, dass sie ihrem Hotel den eigenen Namen gab. Es war, als wollte sie jeden, der sie von früher kannte, geradezu herausfordern, sie in den Schmutz zu ziehen. War ich auch vernarrt in sie? Ich war immer sicher gewesen, dass ich nicht so war, aber seit ich an diesem Tag Imo beobachtet hatte, beschlich mich ein Verdacht, nicht anders zu sein als Mutter und Tochter.

Egal – zwischen uns würde nichts passieren. Ich würde alte Internatsgewohnheiten aufleben lassen und über die

Mauer klettern. Auf dem Weg vom Bahnhof zum Hotel hatte ich ein Telefonhäuschen entdeckt. Damit ging ich zwar ein Risiko ein, aber vom Hotel aus zu telefonieren, wäre ein noch größeres Risiko gewesen. Jeder hätte mithören können, und ich war nicht so einfältig zu glauben, dass sie die Ohren auf Durchzug stellen würden.

Später wusste ich, dass ich doch ziemlich blauäugig in meinen ersten Geheimagentenauftrag gegangen war. Ich hätte mit Dickie bestimmte Codewörter vereinbaren sollen, aber mir war am Tag meiner Anreise nicht viel Zeit geblieben. Heute weiß ich, dass Liberty Hall genau das auch beabsichtigt hatte.

Liberty hatte dafür gesorgt, dass ich ihre Regeln nicht brechen konnte, aber ich war durchtriebener, als sie geahnt hatte – oder ich hatte einfach mehr Glück. Ich wusste, mit wem ich Kontakt aufnehmen wollte, und es sollte an diesem Abend passieren. Also gähnte ich Lance an, verabschiedete mich von ihm und ging ins Bett. Nachdem ich seine Schritte im Flur gehört hatte und kurz darauf, wie seine Tür verschlossen wurde, kletterte ich durch das Fenster im Erdgeschoss.

Ich war froh, dass ich Jeans und dunklen Pulli bei mir versteckt hatte. Alle Kleider, die sie einem hier zur Verfügung stellten, waren hell und manche sogar grell. Selbst bei Nacht hätten sie weit geleuchtet. Für die Sicherheitsleute wäre ich ein gefundenes Fressen gewesen.

Es schien eine halbe Ewigkeit zu dauern, durch das Gelände zu schleichen, aber ein Blick auf meine Uhr sagte mir, dass ich erst zehn Minuten unterwegs war. Das kleine Tor in der Mauer, das mir aufgefallen war, als wir vor ein paar Tagen zur Einfahrt hinaufgegangen waren, wurde vom Efeu überwuchert, aber ich hatte es schnell zur Seite gezogen. Das Vorhängeschloss zu knacken, war ein Kinderspiel.

Ich weiß, dass liebe Vikarstöchter sich mit solchen Dingen nicht auskennen sollten, aber der Gärtner im Internat, der mir die Unschuld genommen hatte, unterrichtete mich nicht nur in fleischlichen Gelüsten, und so hatte ich das Vorhängeschloss in fünf Minuten geöffnet. Weitere fünf Minuten später stand ich im Telefonhäuschen, gerade rechtzeitig für meine mitternächtliche Verabredung.

»Und?«, fragte Dickie. »Was ist passiert?«

»Du hältst mich für bescheuert, was? Welchen Sinn hätte es, dass ich mir die Finger wund schreibe, wenn ich dir jetzt erzähle, was hier abläuft?« Wenn ich zu viel sagte, könnte er mich übers Ohr hauen, aber wenn ich gar nichts sagte, lief ich Gefahr, dass er das Interesse an mir und meiner Story verlor. Ich traute ihm sogar zu, dass er Liberty einen Tipp zustecken könnte, wenn ich ihn zu sehr ärgerte.

Also musste ich ihm was erzählen, um ihn bei Laune zu halten. »Da steckt Dynamit drin«, sagte ich. »Man kriegt es mit der Angst zu tun.« Ich musste zittern, als ich an Imos Hilflosigkeit dachte. »Ich habe ein Mädchen gesehen, das war wie eine Mumie verschnürt, und in seiner Scheide steckte ein dicker Vibrator ...« Ich hörte ihn keuchen, als ich ihm eine kurze Version des Geschehens gab. »Ich erzähle dir die gruseligen Einzelheiten, wenn ich hier raus bin.«

»Und schöpfen sie keinen Verdacht?« Dickie hörte sich fast so aufgeregt an wie Imo.

»Ich weiß es nicht, aber wenn ich dich nicht jeden Tag anrufe ...« Ich wusste nicht, wie ich den Satz beenden konnte, ohne dass ich melodramatisch klang. Aber er half mir.

»Willst du, dass ich dich da heraushole?«, fragte er. »Ich soll dich aus den Fängen des Bösen retten?«

Ich hätte ihm am liebsten den Hals umgedreht, weil er sich über mich lustig machte. Aber ich brauchte ihn, deshalb blieb ich höflich. »Ja, so ungefähr. Aber jetzt muss ich gehen. Ich rufe dich morgen wieder an.«

»Ja, gut, und sei vorsichtig.« Er klang besorgt, was so gar nicht zu ihm passte, und deshalb war ich nun erst recht beunruhigt. Hatten andere Leute das schon probiert und waren gescheitert? Ich konnte mir nicht vorstellen, dass die Boulevardzeitungen eine solche Story unterdrückt hätten. Was also war geschehen? Waren sie verschwunden? Ich versuchte, mich zu überzeugen, dass solche Dinge in unseren Breitengraden nicht mehr geschehen, aber so richtig glaubte ich mir selbst nicht.

Die Formulierung ›Soll ich dich aus den Fängen des Bösen retten‹ kam der Wahrheit unangenehm nahe, obwohl Lance eigentlich so böse nicht wahr. Er war neugierig, und das konnte schlimmer sein. Er wollte sehen, wohin er Imo treiben konnte. Er behauptete, dass Imo seine Experimente freiwillig mitmachte, und ich neigte dazu, ihm zu glauben, selbst wenn ich an seinen anderen Äußerungen Abstriche machen wollte.

Ich selbst hätte mich nicht freiwillig zur Verfügung gestellt, aber ich hatte das Gefühl, dass meine mangelnde Bereitschaft eine große Herausforderung für ihn war.

Für einen Moment schloss ich die Augen und legte den Kopf gegen das kühle Plexiglas des Telefonhäuschens, während ich über den schlimmsten Fall nachdachte. Ich wollte nicht in einem schallisolierten kleinen Zimmer eingesperrt werden. So weit würde es auch nicht kommen, sagte ich mir. Ich bräuchte nur hinunter zum Bahnhof zu gehen und den Frühzug abzuwarten. Man konnte mir nicht vorwerfen, ich hätte versagt, denn ich hatte schon so viele Informationen gesammelt, dass ich mein Honorar verdient hatte.

Aber würde ich wirklich in Sicherheit sein? Was war, wenn Lance mir folgte? Was wäre, wenn ich an einem dunklen

Abend mein Zimmer im College betrat und ihn dort vorfand, wie er auf mich wartete? Genau wie er heute auf mich gewartet hatte, als ich aufgewacht war.

Er brauchte mir nur irgendwas zu injizieren – wusste der Teufel, wo ich aufwachen würde. Ich versuchte, mich davon zu überzeugen, dass ich wegen meiner Müdigkeit so eine schrille Phantasie hatte, aber ich konnte den Eindruck nicht abschütteln, dass Schwierigkeiten sich vor mir auftürmten.

Etwa zehn Minuten lang überlegte ich mir alle Möglichkeiten, die sich mir anboten, dann schlich ich mich wieder den Hügel hoch und zurück ins Hotel. Ich habe mich noch nie mit halben Sachen begnügt, und natürlich war ich cleverer als all die anderen, die vor mir versucht hatten, die Wahrheit über Liberty Hall herauszufinden. Aber ich musste verdammt auf der Hut sein.

Eigentlich hätte ich mich die ganze Nacht von einer Seite auf die andere wälzen müssen, aber ich schlief wie ein Lamm, und ich wachte erst auf, als jemand an meine Tür klopfte. Ich stand auf und zog den Baumwollmantel über, bevor ich aufschloss. Ich war überrascht und erleichtert, als ich Imo vor mir stehen sah. Sie sah fast so makellos aus wie immer. Aber unter den Augen hatte sie dunkle Schatten, und als ich sie schreiten sah, wusste ich, dass sie ein paar Tage wund sein würde. Sie sah mich mit einem Ausdruck des unterdrückten Triumphs an, fast wie ein streunender Kater nach einer erfolgreichen Nacht in den Gebüschen.

»Hi«, sagte ich und fragte mich sofort, wie viel sie wusste – und was wusste sie von mir? Fall sie gehört hatte, dass ich sie gesehen und erlebt hatte, wie dachte sie darüber? Ich an ihrer Stelle wäre knallrot geworden, aber sie grinste nur.

»Ich wollte mich dir zeigen, damit du siehst, dass ich überlebt habe. Lance sagt, du hättest dir Sorgen gemacht.« Sie wand sich mit dem Tablett an mir vorbei, stellte es aufs Bett und bediente sich mit einem Croissant. »Das ist ganz süß von dir, aber es war großartig«, sagte sie, den Mund voll von einem Bissen des Croissants. »Sicher, es war extrem, sogar für seine Verhältnisse. Er behauptet, du hättest ihn inspiriert.«

Ich trank einen Schluck Orangensaft und überlegte, welche Antwort die richtige wäre auf diesen Kommentar. »Das hast du gewusst?« Es gab keine rücksichtsvolle Art zu erkunden, ob sie wirklich freiwillig mitgemacht hatte. Wenn nicht, wäre ich sofort auf und davon, schneller als eine Ratte durchs Fallrohr, ganz egal, dass ich mein Geld abschreiben musste und die Story abhaken konnte.

»Du willst wissen, ob er mich wie eine Gefangene genommen hat?« Imo kicherte. »Du meinst, er hätte mich gefesselt und dann missbraucht, mein unschuldiges Fleisch geschändet? Nein, so war es nicht. Er sagte, er hätte eine Idee für das Ausleben eines extremen sinnlichen Entzugs. Ich war bereit, es an mir ausprobieren zu lassen, denn wir müssen sicher sein, dass jeder Handgriff sitzt, wenn wir das den Gästen anbieten. In großen Firmen nennt man das Marktforschung. Die Einzelheiten kannte ich vorher natürlich nicht, aber das gehörte zum Spaß.«

Ich hatte mich immer für liberal gehalten, aber jetzt wusste ich, wie viel ich noch zu lernen hatte. »Aber geht es dir gut?«, fragte ich Imo.

»Mir tut alles weh, aber das war es wert. Und du? Bist du nicht völlig entsetzt?«

»Wenn du jetzt ein Wort über die Tochter des Vikars sagst«, warnte ich sie, denn das war immer ihr Witzchen gewesen, obwohl ich sie nie für lustig gehalten habe.

»Nein.« Sie hatte ihr Croissant verdrückt, leckte sich die Finger ab, schlang die Arme um ihre Knie und beobachtete mich mit einer freundlichen Neugier, die tausend Meilen entfernt war von Lances Art, mich zu beobachten. »Aber Lance hat Recht. Ich hätte nicht erwartet, dass du das Zuschauen einer solchen Fesselung genießen kannst.«

»Das zeigt doch nur, wie wenig du mich kennst, nicht wahr? Und vergiss nicht – ich brauche den Mammon.« Das waren Wahrheiten genug, um sie fürs Erste zufrieden zu stellen. Aber dann kehrte ich zu dem Thema zurück, das mich immer noch faszinierte. »Wie hat es sich angefühlt?«

»Völlig hilflos zu sein? Hast du das noch nie versucht?« Imo hörte sich erstaunt an.

»Du kennst mich doch. Die Tochter des Vikars.« Ich benutzte die verhasste Tatsache auch zu meinem eigenen Schutz.

»Aber es hat dir gefallen, als der Politiker dir gestern die Hände festgebunden hat, nicht wahr?«

Es hatte mir gefallen, und ich wüsste auch gern, wie es sich anfühlte, völlig hilflos zu sein, aber ich war noch nicht bereit, das auszuprobieren, deshalb würde ich darauf nicht antworten. Ich wechselte wieder das Thema. »Was steht denn heute auf dem Stundenplan?«

»Du wirst es nicht glauben. Es gibt Leute, die sind wirklich sonderbar.«

Ich beschloss, darauf nichts zu sagen, denn die Einschätzung dieser Leute kam von einem Mädchen, das ich gestern verschnürt wie eine uralte ägyptische Mumie gesehen hatte, geknebelt und mit einer Augenbinde ausgestattet, und wie sie nach Vibrator und Phallus gelechzt hatte.

Stattdessen las ich die Zettel in dem Umschlag, der auf dem Tablett lag. Jetzt verstand ich ihre Bemerkung. Ja, sie hatte Recht. Einige Leute waren sonderbar – und einer von diesen Menschen war vermutlich ich! Doch verglichen mit dem Rest der Bewohner dieses Hotels war ich ein Ausbund an Normalität.

»Traust du dir das zu? Mutter meint, es könnte ein Extra-Kick für ihn sein, deshalb kannst du mit einem Bonus rechnen, wenn du die Sache richtig anpackst.«

Ich konnte mir lebhaft vorstellen, dass ich allein wegen meiner Herkunft das Sahnehäubchen auf dem Kuchen war. Der bloße Gedanke, was mein Dad sagen würde, wenn er es erführe, reichte schon aus, um mich aufzugeilen. Nun, das war keine sensationelle Aussage, denn in letzter Zeit war ich immer leicht erregbar. Übung macht die Meisterin, was?

»Ja, warum nicht?« Ich hob die Schultern und aß den Rest meines Frühstücks. Ich wusste, dass ich meine ganze Kraft brauchen würde, und außerdem hatte ich Hunger.

Eine Stunde später, geduscht, Haare gewaschen und getrocknet, trug ich wieder meine weiße Uniform und ging in den Gastbereich des Hotels. Mein Ziel war einer der Türme, was zu meinem nächsten Gast gut passte. Wenn er in einer weniger zivilisierten Zeit gelebt hätte, wäre er im Verlies gelandet.

Aber leider leben wir im einundzwanzigsten Jahrhundert, und so haben sie ihn nicht eingesperrt, sondern zum Bischof gemacht. Einer der ganz konservativen Kleriker, der nicht müde wurde, von Höllenfeuer und Verdammnis zu predigen. Umso mehr würde ich meinen Spaß haben, wenn ich ihn in die Finger bekam.

»Zimmerservice«, rief ich, nachdem ich an die Tür geklopft hatte.

Seine Augen weiteten sich, als er die Tür öffnete und mich sofort erkannte.

»Tess!«, rief er, und ich lächelte.

»Zu Ihren Diensten, Ehrwürden.« Ich wusste, wie ich die Würdenträger ansprechen musste, und mein Vater hatte mir auch beigebracht, mich in der Gegenwart wichtiger Persönlichkeiten entsprechend zu benehmen. Die Tochter eines Vikars zu sein, bot einige Vorteile, darunter auch einen Vorteil, mit dem ich nie gerechnet hätte.

Als er mich abstarrte, so schwöre ich, habe ich sehen können, wie er dachte, mein Dad wäre schockiert gewesen. Genau wie Liberty kalkuliert hatte – für den Bischof war ich ein zusätzlicher Bonus.

»So etwas schafft nur Liberty«, sagte er ergriffen und winkte mich ins Zimmer.

Seine Suite war von höherer Qualität als das Zimmer, in dem ich gestern gewesen war. Vom Wohnzimmer aus konnte ich durch eine offene Tür ins Bad schauen, und von dort ging es ins Schlafzimmer. Aber das war nicht, was meine Blicke anzog. Vor mir sah ich eine Holzschatulle voller Sexspielzeug mitten auf dem Teppich stehen.

Alles, wovon ich je gehört hatte, sah ich dort, und auch viele Dinge, auf die ich mir keinen Reim machen konnte. Er musste über die Fülle der Sammlung gerade nachgedacht haben, als ich an die Tür geklopft hatte, denn ein dicker Dildo und ein schwarzer Spielanzug lagen neben der Schatulle auf dem Boden.

»Ist das für mich?«, fragte ich, denn einer von uns musste ja etwas sagen, und der Bischof schien seine Stimme verloren zu haben.

Ich hob den Spielanzug auf, als er nickte, und ging damit ins Bad. Ich hatte für Rupert einen Striptease hingelegt, aber der Bischof war ein ganz anderes Kaliber. Er sah in mir das gefallene, böse Mädchen, und genau diese Rolle wollte ich auch spielen! Ich zog mich aus; Kleid, Höschen und BH landeten auf einem Haufen. Dann musste ich mich in den Spielanzug schlängeln; er war aus Lycra gefertigt wie mein Kleid, aber da endeten auch schon die Gemeinsamkeiten.

Mein Anzug hatte keinen Zwickel und nur ausgeschnittene Schlingen für meine Brüste. Zwei Strapse, dünn wie Schnürsenkel, waren hinter dem Kopf zu verbinden. Ein bisschen lästig, aber ich musste zugeben, dass ich gut darin aussah. Ich hatte in diesem Sommer nicht oft in der Sonne gelegen, deshalb bildete meine weiße Haut einen starken Kontrast gegen den schwarzen Lycra-Anzug.

Ich befestigte die Gurte, bis meine Brüste verführerisch nach oben gedrückt wurden. Unauffällig rieb ich mir die Nippel, bis sie sich steil erhoben. Knallrote Nippel und eine klaffende Pussy hätten meine Verderbtheit auf den ersten Blick verdeutlicht, aber ich hatte meinen Lippenstift nicht mitgebracht. Also musste ich improvisieren. Ich benutzte seinen Kamm und zerzauste meine Haare, bis die Locken noch wilder als sonst aussahen. Ich betrachtete mich im Spiegel und fand, dass ich fast als Model aus dem Playboy durchgehen konnte

Ich schritt ins schmucklose Schlafzimmer, dann posierte ich in der Wohnzimmertür in der ältesten Pose überhaupt: Eine Hüfte nach vorn gestreckt, die Hände unter den Möpsen, um sie leicht anzuheben und so zu tun, als wollte ich sie ihm zuwerfen. Eine gefallene Frau, die sich zum Dienst meldet.

»Komm her.« Seine Stimme zitterte. Ich hatte mich noch nie so mächtig gefühlt. Er war Daddys Boss, verdammt und zugenäht. Niemand konnte so schockiert sein wie mein Vater, wenn er hörte, was in wenigen Minuten geschehen würde.

Das ganze Sexspielzeug wartete offenbar darauf, benutzt zu werden, ebenfalls der unbequem aussehende Stuhl, der direkt vor den sehr bequem aussehenden Sessel gerückt worden war. Der Bischof hatte sich jetzt in den Sessel gesetzt. Er trug noch seine Soutane und den steifen Kragen. So hatte ich ihn immer gesehen. Aber er schüchterte mich nicht ein. Ich setzte mich falsch herum auf den Stuhl und legte meine Brüste auf den Stuhlrücken. Ich achtete darauf, dass er einen ungehinderten Blick auf mein Geschlecht hatte.

»Was soll ich zuerst machen?«

Ich wusste nicht, wie Huren redeten, aber wenn sie stundenweise bezahlt wurden, dann würden sie praktisch vorgehen. Ich wusste bereits, dass der Bischof nicht angefasst werden wollte. Er wollte Befehle erteilen und die Ergebnisse anschauen. Ich hatte nichts dagegen. Das Vergnügen lag auf meiner Seite, und wenn er mir zuschaute, würde mich das ganz besonders anmachen.

Wenn ich davon ausging, dass seine Karriere nicht sofort völlig zerbrach, wenn ich meine Story über ihn geschrieben hatte, dann würde es sich lohnen, wenn ich das dem Bericht folgende Wochenende in Dads Kirche säße und dem Bischof bei der Predigt zuhörte. Er würde fühlen, dass ich da war und ihn beobachtete, und wenn ich mir seine Panik vorstellte, wurde ich ganz nass.

»Den schwarzen Dildo.«

Von ›klein anfangen‹ hielt er offenbar nichts. Dieses große schwarze Untier war knapp fünfundzwanzig Zentimeter lang und wies einen Durchmesser von fast vier Zentimetern auf. Aber dafür wurde ich bezahlt, also hockte ich mich vor ihn hin, öffnete den Mund, leckte mir die Lippen und begann den Dildo zu blasen. Ich ging vor ihm auf die Knie, damit er sich leichter vorstellen konnte, ich würde ihn blasen – wenn ihm dieser Gedanke gefiel.

Er gefiel ihm, denn ich sah die Wölbung zwischen seinen Schenkeln. Ich leckte und saugte etwa fünf Minuten lang und gab wirklich mein Bestes. Er war nicht der Einzige, der durch meine kleine Szene aufgegeilt war. Als er schließlich »Das reicht« blaffte, war ich ganz glitschig geworden.

»Knie dich auf den Stuhl. Lege den Dildo hin und …« Er war zu vornehm, um die Anweisung auszusprechen, aber ich wusste, was er wollte. Ich hatte das Ding geblasen, und jetzt wollte er sehen, wenn es richtig angewendet wird.

Ich legte den Dildo auf die Sitzfläche, dann stellte ich mich mit gespreizten Beinen hin und ging langsam in die Knie. Ich neckte meine Pussy eine Weile, stöhnte laut, und längst nicht alles war geschauspielert.

Meine Feuchtigkeit wirkte wie eine Ölschicht auf dem Stuhl, als ich mich langsam auf den Dildo niederließ. Es dauerte eine Weile, bis ich ihn in mir versenkt hatte, dann begann ich meine Klitoris mit einer Hand zu befingern. Mit der anderen Hand streichelte ich über meine Brüste. So hätte ich es auch gemacht, wenn ich jetzt zu Hause wäre und masturbiert hätte. Der Blick seiner Augen reichte aus, um mich endgültig fertigzumachen.

»Das genügt mir nicht«, schnarrte er. Ich zuckte zusammen und blieb reglos auf dem Stuhl. Das war gar nicht so einfach, denn mein Körper näherte sich einem Orgasmus. Aber ich durfte natürlich nicht vergessen, dass ich für seinen Spaß da war. »Ich will die Vakuumpumpe sehen.«

Ich hatte sie noch nie probiert, aber nach dem, was ich gestern Abend gesehen – und genossen – hatte, konnte mich nichts mehr so schnell umwerfen. Ich griff nach der Pumpe, schaute mir die zwei schwarzen Gummikörbchen mit den Kabeln an, die zur kleinen Pumpe führten.

»Komm her und bring das schwarze Spielzeug mit«, befahl er, und ich gehorchte. »Knie dich zu meinen Füßen.«

Ich gehorchte, und er berührte mich das erste Mal, aber nur, um die Gummikörbchen auf meinen Brüsten zu arrangieren. Sie waren ziemlich eng und hatten Öffnungen für die Nippel, aber er unternahm nichts, um die Warzen zu reiben, damit sie sich steif durch die Öffnungen drückten.

»Bereite dich selbst vor«, befahl er, und ich schloss daraus, dass ich die Nippel selbst reiben sollten, bis sie härter wurden und sich aufrichteten. Das Gummi fühlte sich kühl auf meiner Haut an. »Und den Rest.«

Ich führte den Dildo wieder ein, dessen Ende vom Teppich gehalten wurde. Ich wartete ungeduldig darauf, dass er endlich begann. Lange brauchte ich nicht zu warten, aber ich stöhnte trotzdem auf, als er anfing. Es tat nicht wirklich weh, aber die Luft verflog aus den Körbchen, als er pumpte, und die Brüste fühlten sich eng, hart und empfindlicher an denn je.

»Masturbiere«, schnarrte der Bischof. Sein sonstiger öliger Charme war verflogen wie die Luft aus den Gummikörbchen.

Seine makellos manikürte Hand bediente die Pumpe, bis meine Brüste sich anfühlten, als würden sie jeden Moment explodieren. Die andere Hand befand sich unter seiner Soutane. Ich erahnte, was sich dort abspielte, und das spornte mich an.

Ich glitt mit einer Hand hinunter, und die andere folgte gleich. Die eine Hand öffnete mich, und die andere fand meine Klitoris. Sie fühlte sich hart und nass an, was mich nicht überraschen konnte. Ich verstärkte den Druck auf meinen Venushügel, während er die Gummikörbchen fester um meine Brüste zog. Die Gefühle grenzten an Schmerz, aber noch gelang es mir, mich auf meine Erregung zu konzentrieren.

Ich leckte über meine Lippen und hob meinen Körper an. Ich fühlte, wie der Dildo in mir tiefer glitt. Es war gut, dass ich das Tempo bestimmen konnte. Ich labte mich an jedem Eindringen, das ich mit den streichelnden Fingern über der nassen Klitoris ergänzte. Ich wollte kommen, aber ich wusste, was meine Aufgabe war. Der Gast ist König. Er musste zuerst kommen.

Er keuchte laut und saß mit rotem Gesicht da, als er plötzlich die Röcke der Soutane hob. Darunter war er – bis auf die Socken – nackt. Sein Schaft war nicht der beeindruckendste, den ich in den letzten Tagen gesehen hatte, aber das war mir egal. Er kam mir nicht zu nahe. Er bezahlte mich, damit ich ihm beim Masturbieren zuschaute. Ich zeigte mich von meiner besten Seite.

Ich stöhnte, wenn auch nicht so laut wie Imo gestern Abend, aber ich war sicher, dass meine Lautstärke ihm genügte. Dann vergaß ich ihn und ging wirklich zur Sache. Der Druck auf meinen Brüsten entwickelte sich zu einer wuchtigen Emotion, und meine Pussy lechzte nach mehr von dem, was ich ihr gab. Ich erhöhte das Tempo, hob meine Backen an und trieb tiefer in mich hinein. Der Dildo sorgte dafür, dass ich mich gut gefüllt fühlte, und meine harten Brüste erhöhten noch die Lust.

Wenn ich kam, wollte ich mich nach vorn fallen lassen, zwischen seine Schenkel. Meine eigenen Schenkel wollte ich fest zusammenpressen, damit die Sensationen sich noch intensivieren konnten. Aber ich tat das nicht, denn ich wollte sehen, was er mit sich anstellte.

Ich starrte ihn an und speicherte jedes noch so kleine Detail. Er rieb sich im Takt mit meinen Bewegungen. Ich sah, dass sein Schaft größer und härter wurde, und Sekunden bevor ich es nicht länger zurückhalten konnte, stöhnte er laut, und dann schoss es aus ihm heraus.

Als der Strom versiegt war, beugte ich mich vor und nahm ihn in den Mund. Die Ungehörigkeit meines Tuns machte den ganzen Verlauf perfekt. Ich kam, schrie meine Lust hinaus, und mein Körper wand sich hin und her, und ich genoss sogar die Schmerzen, als die Gummikörbchen der Vakuumpumpe in meine Brüste bissen.

»Das ist alles. Danke, Tess«, sagte er und wandte sich ab,

wie er es auch oft getan hatte, wenn ich ihm und Dad Kuchen gereicht hatte.

Ich stolperte auf meine Füße und ließ den Dildo zu seinen Füßen auf den Boden fallen. Dann trennte ich mich von meinem Lycra-Anzug, bevor ich stolz erhobenen Hauptes ins Badezimmer schritt. Ich säuberte mich, zog mich an und verließ die Suite. Er sagte kein Wort mehr zu mir und schien auch nicht wirklich zu bemerken, dass ich ging.

Ich lief zurück auf mein Zimmer, denn ich lechzte nach einem Bad. Danach würde ich mich um die Notizen kümmern und über meine Zukunft nachdenken. Jeder Tag, den ich länger blieb, erhöhte das Risiko – und gleichzeitig auch meinen Profit. Ich lernte viel, ich genoss es, und ich wusste, dass ich in meinem Job gut war.

Diese mächtigen reichen Männer, die so üppig zahlten, um meinen Körper ein paar Stunden lang zu benutzen, waren wie Lämmer, die zur Schlachtbank geführt wurden. Auch wenn ich diese Geschichte nicht schreiben und veröffentlichen würde, öffnete sie mir wahnsinnig viele Türen. Vielleicht brauchte ich den Skandal gar nicht.

Um Dickie machte ich mir keine Sorgen. Ich schuldete ihm nichts. Ich war ihm völlig egal, und ich hatte nicht den Hauch eines Gefühls für ihn. Die einzige Person, die mich wirklich liebte, war ich selbst, und ich beschränke meine Loyalität auf die Menschen, die mich lieben.

# *Sechstes Kapitel*

Natürlich blieb ich. Statt zu gehen, legte ich mich noch einmal in die Wanne und aktualisierte meine Notizen. Danach hatte ich mir den Nachmittagsschlaf redlich verdient, und als ich wach wurde, ging ich mit Rupert Tennis spielen. Abends bin ich mit ihm ins Bett gegangen. Schöner, freundlicher Vanilla-Sex. Ohne Verpflichtung und ohne jeden romantischen Kitsch, nur ein paar gymnastische Übungen, die uns beide mehr als befriedigt zurückließen.

Nach diesem Muster verbrachten wir die folgenden Wochen, und allmählich, fast ohne es wahrzunehmen, begann ich mich zu verändern. Ich kann nicht sagen, dass ich aufhörte, schockiert zu sein, aber es musste schon knüppeldick kommen, dass ich in mein missbilligendes Schweigen verfiel, das Imo so gern aus mir herauskitzelte.

Imo war bei weitem nicht das wildeste Mädchen, das ich im Hotel kennen lernte. Im Laufe der folgenden Wochen, als sich die Leute um mich herum entspannten, traf ich einige, die sich zunächst zurückgehalten hatten, sich aber bald mit mir anfreundeten. Die Beziehungen waren nicht so eng wie mit Rupert, mit dem ich mich blind zu verstehen schien, aber ich war plötzlich nicht mehr nur ›die neue Kollegin‹.

Da war die wilde Cara mit ihrem Lockenkopf, deren stattliche schwarze Figur jeden Mann beim ersten Anblick zum verdutzten Schweigen brachte, und deren schmutziges Lachen und böser schwarzer Humor sie zu einer großartigen Gesprächspartnerin machten. Danica war ein elegantes ungarisches Mädchen, die so aussah, als wäre sie dazu geboren, enge Uniformen zu tragen und Stiefel bis zum Oberschenkel. Sie kommandierte die Leute gern herum, aber im wirklichen Leben hätte sie keiner Fliege was zuleide getan.

Sam und Chris waren Bodybuilder, die an jedem Ufer anlegten, sie sahen gut aus, wenn man einen stämmigen Körper mag, aber mich hatten sie nie angetörnt. Aber man konnte Spaß haben mit ihnen, und außerdem waren sie die Quelle unzähliger zotiger Gerüchte.

Sie alle hatten eins gemeinsam, einen völligen Mangel an Schamgefühl, und je besser ich sie kennen lernte – zuerst, um meinen Geschichten mehr Farbe zu geben, dann aber zunehmend, weil mich die verschiedenen Leben faszinierten –, desto klarer sah ich warum. Cara, zum Beispiel, war auf den Londoner Straßenstrich gegangen, bis Liberty auf sie aufmerksam wurde und ihr Potenzial entdeckte.

»Sie hat mich gepflegt und verwöhnt, Tess«, sagte sie mir an einem sonnigen Nachmittag, als wir beide nicht von Gästen verlangt wurden. Wir lagen neben dem Pool in einem Bereich, der fürs Personal reserviert war. Wir badeten in der warmen Augustsonne. »Sie hat mir beigebracht, wie man redet, wie man schreitet, wie man sein muss.«

»Sein muss?« Ich rollte mich auf den Bauch, und mir fiel die alte Pygmalion Geschichte ein, und um ehrlich zu sein – ich fragte mich, ob sie auch auf mich zutreffen könnte. Denn mir war bewusst geworden, dass ich mich veränderte. Ich war nicht nur schlanker und flexibler geworden, als ich jemals war, sondern ich spürte auch, dass sich meine Haltungen veränderten. Plötzlich war ich mir auch nicht mehr sicher, ob ich zurück auf die Uni gehen wollte, wenn meine Zeit hier abgelaufen war.

Mein Bankkonto befand sich fast wieder in den schwarzen Zahlen, und ich hatte gerade mal die Hälfte meiner vereinbarten Zeit hinter mir. Wenn das so weiter ging, würde ich mir nächstes Jahr keine Sorgen mehr um meine Finanzen machen müssen. Ich gab zwar gern Geld aus, aber hier hatte ich kaum eine Gelegenheit dazu. Wir lebten fast wie im Kloster, obwohl kaum jemand uns als Nonnen und Mönche gesehen hätte.

»Ich bin alles, was die Kerle in mir sehen wollen«, sagte Cara und ließ ihr typisches tiefes, schmutziges Lachen hören. »Hast du ›Mr. Jones‹ schon kennen gelernt?«

Wir alle wussten, dass er nicht Jones hieß. Es war völlig unmöglich, einen der strahlendsten Stars auf Bühne und im Film nicht zu erkennen, aber er wollte den unbekannten Gast spielen, und er zahlte gut, also war das kein Problem für uns.

Ich lachte auch und erinnerte mich an eine bemerkenswerte Begegnung am Vortag. Er hatte mich gebeten, ihn herumzukommandieren, und dabei fand ich heraus, dass mir das Spaß machte. »Himmel, einige haben die absonderlichsten Vorlieben, was?«

»Sind wir vielleicht was Besseres?« Sie streckte sich aus, so selbstverständlich wie eine Katze im Sonnenstrahl. »Hast du nichts übrig für …?«

»Nein«, sagte ich rasch, denn ich wusste, was sie fragen wollte. Sie und Imo hatten die Angewohnheit, zu langen ›Siestas‹ aufzubrechen, und wenn ich auch neugierig war, wie sich ihr schwarzer Körper anschauen würde, wenn er sich um Imos helle Glieder wand, so behielt ich das für mich.

Ich veränderte mich zwar rasch, aber ich war entschlossen, mich an meine Tabu-Liste zu halten. Erst in letzter Zeit hatte ich mich entspannen können, weil ich eingesehen hatte, dass niemand mich zu irgendwas zwingen könnte, was ich nicht wollte. Selbst Lance ließ mich in Ruhe und kümmerte sich mehr um Danica, der es offenbar gefiel, wenn sie in Angst und Schrecken versetzt wurde. Ja, ich hatte es gut angetroffen in meinem Leben, dachte ich und griff nach meinem Glas mit dem eisgekühlten Obstsaft. Ich nahm einen Schluck.

»Wo ist Imo?«, fragte ich, mehr aus Neugier.

»Sie bereitet sich auf heute Abend vor.« Caras Kichern klang noch schmutziger als ihr Lachen.

»Heute Abend?« Ich hatte keine Buchung vorliegen, ich hatte auch keine Ahnung, dass irgendwas los war. Was im Nachhinein der Beweis war, dass ich nicht aufgepasst hatte. Das Hotel war übers Wochenende von einigen Kerlen gemietet worden, die darauf aus waren, den Rekord eines wilden, ungezügelten Herrenabends zu brechen. Heute Abend war ihre letzte Nacht. Ich hatte mich kräftig amüsiert mit ihnen, und sie mit mir, deshalb tat es weh, dass ich an diesem Abend nicht gefragt war.

»Heute Abend ...«

Eines Tages werde ich eine Kuhglocke um Lances Hals legen, damit ich über sein Kommen und Gehen besser im Bilde bin. Er bewegte sich wie eine Katze und hatte auch die tierische Angewohnheit, immer dann aufzutauchen, wenn man ihn nicht gebrauchen konnte. Wie eine Katze, die dich mit schmutzigen Pfoten anspringt, wenn du ausgehbereit bist und keine Zeit mehr zum Umziehen hast.

»Habe ich dir einen Schrecken eingejagt?« Seine Stimme klang wie ein besonders boshaftes Schnurren. Ich schüttelte den Kopf und lächelte ihn an.

»Wie kommst du denn auf die Idee? Hast du was Bestimmtes mit mir vor?«

»Ich habe alle möglichen Dinge mit dir vor, aber heute Abend habe ich einen sehr speziellen Auftrag für dich.«

Ich wusste genau, dass er nur des dramatischen Effekts wegen eine Pause einlegte. Er glaubte wohl, mich damit einschüchtern zu können. Nun, ich musste zugeben, dass er seine Rolle gut spielte, aber ich weigerte mich, das zu zeigen. Stattdessen hielt ich den Mund, und schließlich gab er sein Lieblingsspiel auf und fuhr fort: »Es ist vielleicht nicht deine Szene. Du mit deinen Einschränkungen ...«

Alle vom Personal wussten von meinen Tabus. Die meisten Kolleginnen lachten darüber, aber Cara nicht. Sie hatte mir gesagt, ich sollte nicht wankelmütig werden. Jetzt lehnte sie sich vor, offenbar bereit, mich zu unterstützen, wenn Lance mir noch mehr zusetzte. Nicht, dass das nötig gewesen wäre. Ich schaute ihn an, aber er schien keine Lust zu haben, in die Einzelheiten zu gehen. Schließlich sagte ich: »Warum sagst du mir nicht, um was es geht, dann kann ich dich wissen lassen, wie ich darüber denke.«

»Es handelt sich um ein mittelalterliches Bankett.« Ich würde gern glauben, dass ich den Kampf der starren Blicke gewonnen hatte, aber ich nehme eher an, dass er des Spiels überdrüssig geworden war. »Schöne Mägde, die von goldenen und silbernen Tabletts essen, bis die Gäste rebellieren und sie hinunter zu den Verliesen tragen, wo sie geschändet werden.«

Ich lachte, denn ich konnte nicht anders, als ich dieses Klischee hörte. Jede schwülstige historische Romanze, die je geschrieben worden ist, hatte eine solche Szene, und als junges Mädchen war das eine meiner Lieblingsphantasien. Sie ist es auch heute noch, deshalb zuckten meine Nerven, seit Lance die Szene so knapp beschrieben hatte.

»Gibt es denn ein Verlies?«, fragte ich. Wenn ich es mir ansehen konnte, würde es meine Phantasie erheblich beflügeln.

»Mit allen modernen Einrichtungen«, antwortete Lance ohne Hauch von Ironie. »Es gibt einen Zellentrakt und eine Folterkammer.«

»Eine Folterkammer?« Meine schnoddrige Art verschwand auf der Stelle, denn ich kannte Lance zu gut. Er würde einiges dafür geben, mich an einen Streckrahmen zu ketten oder an eine kalte Mauer zu binden. Dann würde er meine Kleidung aufschneiden, ein Stück nach dem anderen, und …

Trotz des heißen Tages begann ich zu zittern, denn diese Vorstellungen gehörten in einen Albtraum und nicht in eine Phantasie. Es lag an mir, was aus ihnen wurde. Ich musste mich vor Lance noch mehr in Acht nehmen, denn wenn er ahnte, dass ich so etwas wie Verrat plante, dann würde er mich noch übler zurichten als Imo.

»Hört sich gut an«, sagte ich lässig.

»Ich dachte mir schon, dass du es so siehst. Wollt ihr zwei Hübschen denn nicht zum Schminken gehen? Ihr braucht auch noch die entsprechenden Kostüme. Es ist jetzt vier Uhr vorbei, und es wird dauern, euch in Fasson zu bringen.«

Das war eine Premiere für mich, aber es überraschte mich nicht mehr, welche Sorgfalt Liberty darauf verwandte, die Phantasien ihrer Gäste bis ins letzte Detail Wirklichkeit werden zu lassen. Also nickte ich, und als Lance gegangen war, wandte ich mich an Cara.

»Bekommst du bei ihm auch jedes Mal eine Gänsehaut?« Vielleicht war es dumm, eine solche Schwäche einzugestehen, aber sie war stets ungewöhnlich still, wenn Lance in der Nähe war, und außerdem wollte ich wissen, ob ich die Einzige war, die eine Heidenangst vor ihm hatte.

»Hör zu, Tess. Ich weiß, dass du eine selbstbewusste junge Frau bist, die gern alles im Griff behält. Aber Lance ist anders. Du willst Lance keinen Vorwand liefern, dich vorzuknöpfen.« Cara hatte meine Frage nicht beantwortet, aber was sie sagte, war beunruhigend genug, denn sonst kannte ich Cara nur als unerschrocken.

»Hat er sich dich denn schon vorgeknöpft?« Ich musste

diese Frage stellen, aber wie immer, wenn es zur Sache ging, zog sie den Schwanz ein. Sie tat so, als hätte sie meine Frage nicht gehört, dann griff sie nach ihrer Handtasche, faltete ihr Badetuch zusammen und ging hinein.

»Ich will unter die Dusche, danach zeige ich dir, wo die Fete heute Abend stattfindet.«

Cara war freundlich wie immer. Sie war in der Tür stehen geblieben, aber ich wusste, dass sie meine Frage nicht beantworten würde. Um ehrlich zu sein, ich war erleichtert darüber, denn ich wollte nicht neue Ängste schüren; die alten krochen nachts zu mir ins Bett.

Ich duschte auch, dann wartete ich vor Caras Tür, bis sie fertig war. Wir gingen in Richtung des Fitness Centers, und ich rief mir in Erinnerung, dass dies Lance' Reich war. Wir gingen hinunter in den Flur, der zur Sauna führte, dann bogen wir rechts ab.

»Nun kommt schon, kommt schon.« Die Frau, die uns begrüßte, war die erste, die ich im Hotel gesehen hatte, die nicht perfekt war. Okay, sie war attraktiv, aber sie war doppelt so alt wie die meisten von uns, und sie trug ein paar Pfund mehr mit sich herum, als gut für sie war. Sie lächelte uns mütterlich zu, dann musterte sie uns mit erfahrenen Blicken, bevor sie Kostüme aus einem breiten Schrank herausholte.

»Burgundroter Samt für dich«, sagte sie und reichte Cara ein Kleid, das direkt aus einem Märchen zu kommen schien, dann bedachte sie mich mit einem langen, fast klinischen Blick. »Und weiß für dich. Wir machen eine furchtsame Jungfrau aus dir. So was gefällt ihnen.«

Eine furchtsame Jungfrau. Hm. Das passte fast zu gut zu meinen Phantasien, aber ich wollte nicht protestieren. Stattdessen schlüpfte ich aus meiner Uniform aus dem einundzwanzigsten Jahrhundert und begann den langen quälenden

Prozess, mich in ein mittelalterliches Gewand zu zwängen.

Zuerst zog ich ein enges Unterhemd an, das oberhalb der Knie endete, dann ein seidenes Unterkleid mit engen Ärmeln. Schließlich warf ich mir das Kleid in weißem Samt über. Die Ärmel waren stark gebauscht, und der Rock musste zehn Meter Stoff beansprucht haben.

Als ich endlich angezogen war, fühlte ich mich heiß wie in einer Sauna und schrecklich unbehaglich, aber sie waren immer noch nicht fertig mit mir. Die nächste Station führte mich zur Friseurin, die meine nassen Haare mit Glanz besprühte und dann fönte, bis die Strähnen glänzend und voller Locken auf meine Schultern fielen. Ich hatte gar nicht gewusst, dass ich Locken habe. Ich wäre zufrieden gewesen, wenn sie meine Haare so belassen hätte, aber sie hob die Locken an und befestigte sie auf meinem Kopf, ehe die Friseurin mir einen spitzen Hut aufsetzte, dessen Schleier vor mein Gesicht fiel. Ich kannte solche Gebilde aus den alten Robin Hood Filmen.

»Hübsch«, sagte sie und hielt mir einen Spiegel hin, damit ich die Wirkung ihrer Arbeit bewundern konnte. Dann griff sie nach einem blassrosa Lippenstift und einem ganzen Arsenal von Kosmetika. Eine halbe Stunde später sah ich jung, frisch und unschuldig aus, als hätte ich gar kein Make-up aufgelegt.

Cara sah inzwischen alles andere als unschuldig aus. Sie wirkte eher wie eine Königin, vornehm und gebieterisch, und aus ihrem Gesichtsausdruck schloss ich, dass sie darauf wartete, gedemütigt zu werden.

»Bereit?«, fragte sie. Ihre Ruhe beeindruckte mich wie immer. Ich nickte und kämpfte gegen meine Nerven an, als ich ihr hinunter in den Speisesaal folgte, in dem die Gäste meistens ihr Essen einnahmen.

Auch dort war fast alles verändert worden. Lange Holztische waren in einer Reihe aufgestellt, und dann war eine Empore aufgebaut worden, wo wir Ladys sitzen sollten. Ich sagte »hi« zu Danica und Imo, als wir an ihnen vorbeigingen, und lächelte die anderen an, Gesichter, die ich nicht immer mit Namen verband, und nahm Platz.

Auch das fühlte sich eigenartig an. Ich war es gewohnt, ein Höschen zu tragen, und das Gefühl der Röcke, die meine nackte Pussy rieben, war neu und absolut nicht unangenehm. Eine ständige Erinnerung, dass ich unter all den Stofflagen nackter war als je zuvor in der Öffentlichkeit.

Ich will Sie nicht langweilen mit einer Beschreibung des Essens; es soll genügen, dass es so spektakulär war wie alles, was sich auf diesem Fest abspielte. Von der Galerie klang mittelalterliche Flötenmusik, und fast hätte ich geglaubt, dass Liberty unsichtbare Musiker engagiert hatte. Ein Hofnarr gingen bei den Gästen von Tisch zu Tisch, und wir hörten das dreckige Lachen der Männer. Alle schienen eine gute Zeit zu haben.

Bis es losging.

Ich weiß nicht, wer die Balgerei auslöste, aber innerhalb von Sekunden brachen Kämpfe aus, und dann rief einer der Jungs, dessen Bett ich am Vorabend geteilt hatte: »Holt endlich die Frauen!«

Jetzt brach die Hölle aus. Zwei kräftige Kerle, die wie Rugbyspieler aussahen, griffen nach mir, packten mich an den Ellenbogen und hoben mich hoch.

»Sie ist für Will«, brüllten sie und hatten keine Mühe mit mir, als wäre ich nur eine Stoffpuppe.

»Lasst mich los!«, schrie ich, denn schließlich sollte ich die tugendhafte Unschuld spielen. Sie ignorierten mein Geschrei, wie auch die anderen Kerle nicht auf das Betteln der anderen Frauen hörten.

Ich wurde über eine muskulöse Schulter geschwungen, und weil mein Kopf unten war, hatte ich eine herrliche Sicht auf die Backen des Typs, denn er trug eine enge Hose, unter der sich jedes Detail abzeichnete. Wer auch immer mich gepackt hatte, trug eine Maske sowie eine dieser Lederkapuzen, die man immer mit Peinigern und Folterern in Verbindung bringt. Ich konnte ihn riechen, heiß, verschwitzt und erregt, und ich wusste, dass ich unter dem teuren Parfum nicht anders riechen würde.

»Ins Verlies!«, befahl der junge Mann, dessen Abschied vom Junggesellenleben gefeiert wurde. Dann befanden wir uns auch schon in der Halle mit dem eleganten Empfangsbereich. Er drückte gegen die Wandpaneele – und tatsächlich: Als hätte Hollywood bei der Konstruktion Pate gestanden, glitt ein Teil der Paneele zurück. Dahinter sah man eine steile, dunkle Treppe.

Es dauerte eine Weile, bis sich meine Augen an das trübe Licht gewöhnt hatten, und als ich wieder sehen konnte, hatten wir das Ende der Treppe erreicht. Wir betraten eine Szene, die direkt aus meiner liebsten Teenagerphantasie stammen könnte.

Vor uns lag ein langer, schmaler Korridor, der von Fackeln, die in eisernen Wandhaltern steckten, beleuchtet wurde. Zu beiden Seiten des Korridors öffneten sich Zellen. Sie waren mit dicken Eichentüren ausgestattet, und ich war sicher, dass sie kein Schluchzen, keine Schreie durchließen.

Niemand im Hotel würde wissen, dass wir hier unten waren oder was mit uns geschah. Ich hatte von Anfang an gewusst, dass ich in Liberty Hall auf mich allein gestellt war. Ich hatte schon zugegeben, dass ich die Szene gern erleben wollte – wenn nicht hier, wo sonst?

Die Männer vor uns hatten ihre widerstrebenden Gefangenen gleich in die ersten Zellen gesperrt, aber mein Folterer stolzierte weiter und folgte dem zukünftigen Bräutigam, dem zu Ehren der ganze Aufwand betrieben wurde.

Sollte ich ihn in ein paar Geheimnisse einführen, die in seiner Hochzeitsnacht günstig wären? Ich konnte mir nicht vorstellen, dass seine Braut noch Jungfrau war. Aber meine Rolle schien klar zu sein: Ich war die arme hilflose Magd, die entjungfert werden sollte, und ich konnte es kaum erwarten!

Ich füllte meine Rolle ganz aus, begann zu schreien und dem Mann, der mich geschultert hatte, mit den Fäusten auf den Rücken zu klopfen. Ich schrie ihn an, dass er mich absetzen sollte. Im nächsten Moment tat er das. Er ließ mich auf ein Holzregal hinab. Die Zelle, in der wir waren, kam mir viel größer vor als die anderen, die ich im Vorbeigehen gesehen hatte.

Der künftige Bräutigam leuchtete mit seiner Fackel die Mauern ab und deutete auf die eingelassenen Wandhalter. Je heller es im Raum wurde, desto genauer konnte ich sehen, worauf ich lag – auf einem Streckrahmen! Ich begann mich zu wehren, aber das hätte ich mir auch sparen können. Sekunden später steckten meine Arme und Beine in den Ecken des dunklen Holzrahmens. Ich wurde so sehr gestreckt, dass meine Muskeln jetzt schon schmerzten. Jetzt nahm er mir auch meinen Hut noch weg, sodass meine Haare wie ein Vorhang vor mein Gesicht fielen. Eine Jungfrau, die darauf wartet, verdorben zu werden.

»Bitte«, jammerte ich und spürte, wie meine Nippel gegen die Stofflagen meiner Kleidung rieben, während ich gespannt war, was jetzt geschah.

Es gab keinen Zweifel, sie wollten mich verführen, mich besitzen. Prinzipiell hatte ich nichts dagegen, aber das Mägdelein, das ich zu spielen hatte, würde nicht ohne Kampf aufgeben, deshalb wehrte ich mich und hob den Kopf ein wenig an, damit ich mich umsehen konnte.

Lance hatte nicht übertrieben, als er von den Verliesen gesprochen hatte. In jedem normalen Haus hätte sich hier unten der Weinkeller befunden. Von den Mauern und Decken hingen schwere Ketten herab, und in den Ecken sah ich Geräte, die man sich in einer Folterkammer vorstellte. An einer Mauer sah ich eine eiserne Jungfrau.

Nicht, dass ich viel Zeit gehabt hätte, um die Szenerie zu bewundern. Will, der Bräutigam, der sich auf dem Weg zur Volltrunkenheit befand, wenn sich das aus seinem Atem schließen ließ, hatte sich schon in den Rahmen gezwängt und drückte seine Lippen auf meine. Es war ein schmatzender, nach Bier schmeckender Kuss, der in meinen Phantasien nicht vorgekommen war.

Dann begann er an den engen Schnüren zu zerren, die mein Mieder hielten, und als er feststellen musste, dass sie sicher verknotet waren, begann er zu fluchen. Aber nur einen Moment lang, dann zog er ein kleines Messer von seinem Gürtel und zerschnitt die Schnüre.

Ich lag sehr still da, starrte ihn mit großen Augen an und fühlte mich entsetzlich, als er immer mehr von meinen Kleidern zerschnitt.

Er war absolut nicht mein Typ, aber die Situation selbst machte mich gewaltig an. Meine Brüste fühlten sich hart und schwer an, und ich dachte, sie müssten aus dem Unterkleid platzen. Ich fühlte meine Nässe, die vom dünnen Baumwollunterrock aufgesogen wurde. Er hatte sich zwischen meine Schenkel gezwängt, als sie mich am Streckrahmen festgebunden hatten.

»Nicht tun, bitte«, keuchte ich, aber ich meinte: »Mach weiter, komm schon.« Er folgte meinem unausgesprochenen Wunsch. Zuerst schnitt er lange Streifen aus dem wunderschönen Kleid und ließ sie achtlos auf den kalten Steinboden fallen. Als Nächstes war die seidene Unterwäsche dran. Dann trug ich nur noch den Unterrock aus Baumwolle, der meine Brüste bedeckte und ein bisschen meinen Venushügel.

»Himmel, sie ist heiß«, murmelte mein Peiniger, als er eine Hand unter den Rock schob und meinen Bauch streichelte.

Ich jammerte und wand mich hin und her, denn ich wollte ja, dass er meine weit gespreizten Schenkel erforschte, dann drehte ich den Kopf, um den Mann zu beobachten, der mich hergebracht hatte. Ich erlitt einen echten Schock, als der Mann seine Kapuze auszog: Er war Sam, einer der Bodybuilder, und jetzt war er nackt wie am Tag, als er geboren wurde. Er war auch kräftig erigiert, als er auf den Bräutigam zuging.

»Bück dich, Will. Lege deinen Kopf auf ihren Bauch«, wies er ihn an. In der Stimme klang eine Befehlsgewalt mit, um die sogar Lance ihn beneidet hätte.

»Nein«, flüsterte ich und konnte nicht glauben, wie unfair das alles war.

Dies war die Situation meines Traums – ich fast nackt und völlig hilflos, und was widerfuhr mir? Es stellte sich heraus, dass ein schwuler Bodybuilder mich entführt hatte, und ich war es auch nicht, der Wills Erektion verursacht hatte. Er streichelte zwar über meine Brüste, als er sich über meinen Körper beugte, aber ich war nicht die Hauptattraktion.

Die Hauptattraktion war Sam, der sich gerade ein Kondom überstreifte und eine Tube Gleitcreme aus einem Schrank an der Wand holte.

»Beine auseinander«, sagte Sam lässig, und Goldjunge, der alles hatte, was man sich nur wünschen konnte, keuchte voller Lust auf, weil er wie ein billiger Stricher behandelt wurde. Er gehorchte und spreizte seine Schenkel.

Er beugte sich vor, drückte den Kopf gegen meinen Bauch, während Sam erst einen, dann zwei Finger in Wills Hintern schob. Dann konnte ich nur stumm zuschauen, wie Will vom

Bodybuilder fürstlich bedient wurde – er liebte es fast so sehr, wie es mir zuwider war. Nicht, weil ich kein Verständnis für Schwule habe, sondern weil ich mich so ignoriert fühlte. Niemand wollte mich haben. Sie hatten mich mitgenommen, damit kein Gerede aufkam. Die Freunde des künftigen Bräutigams sollten nicht ahnen, was ihn tatsächlich heiß machte.

Ich versuchte mir einzureden, dass mich die Vorlieben der Männer nicht störten und dass ich froh darüber war, nicht weiter das Spiel der ahnungslosen Jungfrau fortsetzen zu müssen. In jedem Fall konnte ich weiteres Material für meine Artikel sammeln, ohne mich emotional zu verausgaben.

Aber so richtig überzeugt war ich nicht. Je mehr Spaß sie hatten, desto frustrierter wurde ich, und als der Bräutigam endlich seine Hose hochzog und mit einem lauten Juchzen ging, war ich den Tränen nahe.

»Ist alles in Ordnung mit dir, Tess?«, fragte Sam, als er mich vom Streckrahmen losband.

»Ja, klar«, log ich, denn ich wollte nicht, dass er meinte, nun müsste er mich auch noch versorgen. Und wieder wurde mir klar, wie sehr ich mich verändert hatte.

Das Mädchen, das vor einem Monat zur Liberty Hall gekommen war, bereit, für hartes Bargeld fast alles zu tun, hätte zynisch gelacht, verdutzt darüber, so viel Geld für so wenig Leistung zu verdienen. Ich ... also, es gibt nur eine Bezeichnung für meine Gefühle. Ich war heiß wie eine läufige Hündin. Ich wollte verführt, verdorben und so fürstlich bedient werden wie eben noch der zukünftige Bräutigam, wenn es auch nicht auf diese Art geschehen sollte.

Ich wollte unwiderstehlich attraktiv sein und nicht Sams Gnadenakt entgegennehmen. Ich wollte ... und dann wurde es mir erst richtig bewusst. Ich wollte gehen, bevor noch irgendwas passierte. Und ich wollte wieder so sein wie vorher, aber ich war nicht mehr so naiv zu glauben, dass ich oder sonst jemand das ermöglichen konnte.

»War's das für heute Abend?« Meine Stimme zitterte, aber Sam schien das nicht zu bemerken.

»Ja.« Er grinste und begann den Gurt zu lösen, der mein rechtes Handgelenk gehalten hatte. »Nun ja, für uns war's das«, stellte er klar. »Es sei denn ... also, ich meine, ich will nicht, dass du dich übergangen fühlst.«

»Nein, nein«, murmelte ich, fasste das zusammen, was von meinem Stolz geblieben war, und hoffte, dass er meine Röte auf die heiße Nacht zurückführte und nicht auf das, was sie war – Zeichen der größten Verlegenheit meines Lebens. »Nein, das ist nicht mein Ding. Wir sind also fertig?«

Ich blieb still liegen, während er meine Fesseln löste, dann stand ich auf, zog mein Unterkleid bis über die Scham, ging zur Tür und riss sie auf. Da begriff ich, dass die Nacht für die glücklichen Frauen noch nicht vorbei war; ich hörte Lustschreie und wildes Geheul – sie bekamen, was ich gerne gehabt hätte. Was ich auch jetzt noch gern hätte, aber ich wollte diesmal meiner Gier auf fleischliches Vergnügen nicht nachgeben. Das hatte ich in den letzten Wochen schon zu oft getan, und ich bin sicher, dass Liberty Bescheid wusste. Verdammt, manchmal hatte ich sogar vergessen, warum ich in Wirklichkeit hier war – um Material für eine Artikelserie zu sammeln.

Ich versuchte, ganz unauffällig auszusehen, als ich die Treppe hinauf zur Rezeption ging. Erleichtert konnte ich feststellen, dass mir niemand auf dem Weg zu meinem Zimmer begegnete. Ich stellte mich unter die Dusche und drehte den Hahn fürs kalte Wasser auf. Das letzte Quäntchen Lust wurde von einer Gänsehaut vertrieben, die sich über meinen ganzen Körper legte. Dann schlang ich mich in meinen Frotteemantel und setzte mich aufs Bett, um nachzudenken.

Es stand eine Entscheidung an: Wollte ich hier bleiben, oder verdrückte ich mich, bevor Schlimmeres passieren konnte? Nahm ich das leichte Geld mit, oder blieb ich bei meinen Prinzipien, nämlich durchzuhalten, ganz egal, was auf dem Spiel stand. Waren das überhaupt noch meine Prinzipien? Ich wusste es nicht, denn ich erinnerte mich daran, dass ich schon seit Tagen nicht mehr aufgefordert war, etwas zu tun, was gegen meine Einschränkungen verstieß. Ich hatte mich auf alles eingelassen. Es war Zeit, mit Dickie zu sprechen.

In den letzten Wochen hatte ich das Risiko gemieden, mich aus dem Hotel zu schleichen, um mit ihm zu reden, aber es war mir gelungen, einige Nachrichten zu senden, als mein Handy offenbar empfangsbereit war, was ein Signal verriet. Einmal hatte ich ihm geschrieben, dass er keine Suchparty losschicken sollte, weil ich hoffte, in Sicherheit zu sein.

Ob diese Hoffnung trügerisch war, wusste ich nicht. Mich in eine Szene einzubauen wie eben in der Folterkammer, war der Beweis dafür, dass Lance der Ansicht war, mich unter seiner Kontrolle zu haben. Das zeigte mir, wie sehr er sich in mir irrte, und ich hatte die Absicht, ihm vor Augen zu führen, wie sehr er mich unterschätzte.

Der Bastard hatte mich reingelegt. Wahrscheinlich lachte er sich jetzt noch einen Buckel, wenn er daran dachte, dass ich unbedingt meine Tugend verlieren wollte, um dann festzustellen, dass ich nichts als Staffage für die Schwulenszene war. Für ihn wäre es die Krönung gewesen, wenn Sam ihm anschließend hätte erzählen können, ich hätte ihn angefleht, mich fertigzumachen. Diese Freude hatte ich Lance verdorben. Es war höchste Zeit, dass ich zurück in die reale Welt fand, und das bedeutete, ich musste Liberty Hall verlassen.

Ich entschied mich schnell, bevor mich der Mut verließ, löste die Verkleidung des Heißwassertanks und war erleichtert, meine schwarze Jeans und den Pulli zu finden, die ich dort nach meinem letzten nächtlichen Ausflug versteckt hatte. Ich zog sie rasch an, und als ich durch das mit Efeu bewachsene Tor gegangen war, fühlte ich mich schon viel besser. Mir taten meine Kolleginnen leid, die jetzt noch in den Folterkammern durchhalten mussten.

Hier draußen hatte ich die Kontrolle, auch wenn ich dumm genug gewesen war, das für eine Weile zu vergessen. Ich konnte ihr Treiben zu jeder Zeit unterbinden. Ich konnte ihnen sogar die Polizei auf den Hals hetzen. Aber das war wahrscheinlich zu optimistisch gedacht, denn dafür hatte Liberty Hall zu viele Kontakte.

Ich wählte die Nummer, die ich längst auswendig gelernt hatte. Dann musste ich warten, während der Ruf abging, und meine Nerven drohten zu zerfasern. Es wurde kaum besser, als ich Dickies müde Stimme hörte.

»Wer ist da?«, blaffte er ins Telefon.

»Tess. Tess Morgan in Liberty Hall«, erklärte ich, als ich merkte, dass Tess allein ihm nichts sagte. Er schien sich nicht zu erinnern, wer ich war.

»Ich dachte, du hättest dich dem ganzen Verein angeschlossen.« Er machte sich nicht die Mühe, mich nach meinem Befinden zu fragen. Am liebsten hätte ich ihn angebrüllt, er sollte mal versuchen, sich in meine Lage zu versetzen, und ob er dann auch so von oben herab reden würde.

»Nein, aber ich war ziemlich beschäftigt«, sagte ich und ließ offen, womit.

Natürlich biss er sofort an. »Womit?«

»Nun hör mal, Dickie. Ich bin doch nicht blöde. Ich bin doch nur wertvoll für dich, solange ich Dinge weiß, von denen du keine Ahnung hast. Übrigens – der Preis ist in die Höhe gegangen.«

Vielleicht war das auch ein Risiko, aber es würde nicht größer sein als das, überhaupt auf Liberty Hall zu sein. Ich wollte einfach nur ausloten, wie viel Geld meine Geschichte wirklich wert war. Und danach würde ich entscheiden, was ich tun würde. Ich musste zugeben, dass die Idee ›mich dem ganzen Verein‹ anzuschließen, wie Dickie formuliert hatte, mir nicht neu war. Ich glaube, ich war nur ein bisschen ängstlich, diesen Schritt zu gehen.

Ich hatte keine Angst mehr, was sie mit mir anstellen könnten, sondern eher wegen dem, was ich mir selbst antat. Denn ich hätte es wirklich genossen, nackt ans Streckregal gebunden zu werden, und wenn Rupert noch einmal Fesselspiele vorschlug, würde ich laut »Ja« rufen.

Ich wusste nur nicht, ob ich mich danach noch im Spiegel anschauen konnte. Ich mochte mich auch jetzt nicht sehr, und Dickie tat nichts, dass ich mich besser fühlte.

Er schleimte herum und wollte mir erzählen, welche Risiken er einging. Ich sagte, sie wären gar nichts im Vergleich zu den Gefahren, in die ich mich begab. Schließlich einigten wir uns auf einen Kompromiss, bei dem ich besser abschloss: Fünfzehntausend Pfund für mich – und ich hatte jeden Penny verdient.

»Aber es muss gutes Material sein«, sagte er warnend. Ich grinste verwegen.

»Darauf kannst du dich verlassen!«

»Zum Beispiel?« Er hörte sich an, als wollte er seine eigenen Phantasien überprüfen. Aber ich hatte für ein Leben lang genug davon, eine Sexgehilfin zu sein.

»Hör zu, Dickie«, begann ich und versuchte, geduldig zu bleiben. Selbst zu den besten Zeiten fällt mir das nicht leicht. »Ich bin nicht von gestern. Wenn ich dir jetzt diese Informationen geben würde, hättest du genug Material für ein paar Artikel, und wo bliebe ich dann?«

»So etwas würde ich nie tun«, protestierte er entrüstet, aber ich war nicht überzeugt.

»Wenn ich dir nichts erzähle, kannst du mich nicht enttäuschen«, sagte ich.

»Ich hoffe nur, dass du nicht anfängst, mir zu drohen«, sagte er. »Wenn du das nämlich tust, könnte ich dich fertigmachen«, blaffte er. Ich verlor meine Geduld. Ich riskierte meine Zukunft für ihn, und er beschimpfte mich.

»Fahr zur Hölle! Du kannst dir deine Exklusivität irgendwohin stecken, wo die Sonne nicht scheint. Wenn du meine Artikel nicht willst – andere lecken sich die Finger danach.« Gleich darauf klappte ich das Handy zu.

Ich hielt mich diesmal nicht damit auf, herumzustehen und zu überlegen, was ich tun sollte – zum Bahnhof oder zurück ins Hotel. Es gab keine echte Alternative. Ich wusste, dass ich noch nicht gehen konnte, obwohl ich nicht verstand, warum es mir wichtiger war, mir etwas zu beweisen, als meine Freiheit zu beschützen.

Je länger ich mich von Liberty Hall fernhielt, desto größer wurde das Risiko, dass mich jemand vermisste. Also trottete ich den Hügel zurück, und plötzlich überfiel mich die Angst. Ich dachte nicht mal an Sex. Ich schaffte es durchs Tor, zog die Efeuranken wieder nach vorn und begann, mich zu meinem offenen Fenster zu schleichen. Mit jedem Schritt fiel mir das Atmen leichter.

»Du bist spät.

Ich befand mich schon auf dem Betonweg unterhalb meines Fensters und wollte mich gerade hochschwingen, als ich die seidige Stimme aus der Dunkelheit hörte. Ich war zu überrascht, um zu schreien, und außerdem musste ich mir eine Ausrede einfallen lassen. Als ich begriff, dass Lance mich nicht überwältigen würde, fiel mir nicht mehr ein als: »Ich konnte nicht schlafen und dachte, ein kleiner Spaziergang an der frischen Luft würde mir helfen.«

»Tatsächlich?« Er hörte sich mehr amüsiert als verärgert

an, deshalb hatte ich noch die Chance, ungestraft davonzukommen. »Vielleicht ein schlechtes Gewissen?«

»Warum sollte ich ein schlechtes Gewissen haben? Ich muss über vieles nachdenken, besonders nach dieser Orgie, der du mich ausgesetzt hast.« Wenn Sie lügen, müssen Sie ab und zu irgendeine Wahrheit einstreuen. Wenn daraus eine intime Beichte wird, werden die Leute Sie für eine offene, ehrliche Person halten und nie auf den Gedanken kommen, wie verlogen und hinterlistig Sie sind. Also, bei mir hat das immer gewirkt. Jedenfalls bis zu diesem Abend.

»Es macht dir also keinen Spaß?« Der Bastard wusste genau, dass ich den Abend gehasst hatte, aber das würde ich ihm nie eingestehen. Es würde nur seinen Spaß erhöhen.

»Spielt das denn eine Rolle? Ich bin hier, damit sie ihre Träume verwirklichen können. Falls ich auch mal Spaß dabei habe, werte ich das als Bonus.«

»Also streng geschäftlich?«, fragte er. Ich nickte, aber dann erinnerte ich mich, dass er mich nicht sehen konnte, deshalb stimmte ich schmollend zu.

»Kein verletzter Stolz?«

»Nein, nicht wirklich.« Zeit für ein bisschen Wahrheit. »Ich war ein wenig entsetzt, aber mir ist es egal, wenn der Bräutigam sich noch etwas mehr Zeit lässt für sein Outing.«

»Das kann ich fast glauben, aber nur fast.« Lance hörte sich mehr nach einer Schlange an als nach einem Menschen. Ich wusste, dass es mir nicht gelungen war, ihn zu täuschen. »Warum hast du diese Kleider behalten? Du weißt, dass es gegen die Regeln verstößt.«

»Ich weiß, aber ich wollte etwas anziehen, was zu mir passt. Diese ganzen Kontrollen gehen mir auf die Eierstöcke.« Ich hob die Schultern und setzte mich auf eine niedrige Mauer, als hätte ich alle Zeit der Welt. »Willst du mich verpetzen?« Ich wusste nicht, was ich tun würde, um ihn daran zu hindern, oder was ich dafür tun würde, dass er den Mund hielt. Ich tat so, als wäre ich mir sicher, dass er nichts verraten würde.

»Das hört sich plausibel an. Mich würde es nicht überraschen, wenn du rebellierst.«

»Ja, kann schon sein.« Ich hob wieder die Schulter, dann wiederholte ich die Frage, auf die es mir ankam. »Willst du mich verpetzen?«

»Was wirst du für mich tun, wenn ich alles für mich behalte?«

»Tut mir leid, aber ich lasse mich nicht erpressen.« Mein Trotz resultierte zum Teil aus einer angeborenen Courage, zum Teil aber auch aus der Erkenntnis, dass ich schon tief genug in der Scheiße steckte. Ich wusste, dass ich Libertys Regeln gebrochen hatte, aber an sich war das keine große Sache. Doch wenn ich gefeuert werden sollte, brauchte ich nicht mehr zu entscheiden, ob ich Imo und Liberty hintergehen sollte oder nicht, und das war fast eine Erleichterung.

»Nein.« Lance fasste mich an. Seine Hand fühlte sich überraschend weich an für einen so großen Mann. »Ich erwarte nicht, dass du mir etwas anbietest. Du gehst gern deinen eigenen Weg, nicht wahr, Tess? Du bist ein kleines Luder.«

Ich verwahrte mich nicht gegen solche Unterstellungen, denn ich wusste, dass er Recht hatte. Ich wusste genau, was ich erreichen wollte, und ich würde fast alle tun, um an dieses Ziel zu gelangen. Niemand würde mich wegen meiner Entschlossenheit für ein Luder halten, wenn ich ein Mann wäre.

»Was machst du eigentlich hier draußen?« Ich hatte genug davon, Fragen zu beantworten, deshalb drehte ich den Spieß mal um.

»Ich war in den Räumen von Liberty und war auf dem Weg zurück auf mein Zimmer.«

Ich hatte nicht mit einer Antwort auf meine Frage gerechnet, und die Antwort, die ich erhielt, gefiel mir nicht. Wieso war er bei ihr gewesen? Hatte er seine ungewöhnlichen Fähigkeiten bei ihr trainiert, oder hatte er über seinen Verdacht gesprochen? Ich führte es auf seinen Argwohn zurück, dass er sich überhaupt getraut hatte, mich mit zwei schwulen Kerlen in die Folterkammer zu schicken.

Von nun an würde er noch mehr Grund haben, mir zu misstrauen. Ich überlegte, ob ich ihn verführen sollte, um ihn abzulenken, aber wie ich Lance einschätzte, würde er diesen Versuch als Eingeständnis meiner Schuld ansehen. Außerdem wusste ich gar nicht, ob ich ihm sexuelle Lust geben konnte, denn ich würde mich nicht so anbieten, wie Imo es getan hatte. Wenn ich also nicht zu allem bereit war, konnte ich mir den Versuch einer Verführung auch sparen.

Seine Stimme wurde noch leiser, und doch trug sie weit in die Dunkelheit hinein. »Weißt du, was wir tun würden, wenn wir herausfinden, dass du uns belogen hast?« Ich schüttelte den Kopf. Dumm, ich weiß, weil es so dunkel war, aber er fuhr fort: »Du erinnerst dich an die Liste über die Dinge, die du nicht tun willst? Anal, lesbisch, Schmerz und Erniedrigung. War das schon alles? Also, wenn ich erführe, dass du uns verraten hast, würde ich all deine Tabus nacheinander brechen und jede Sekunde nach Herzenslust genießen.«

Ich zweifelte keinen Augenblick daran. Ich glaubte sogar, dass er es schaffen würde, meine bisherige Einstellung zu bestimmten Praktiken zu ändern, aber ich wollte nicht daran denken, wie ich mich danach fühlen würde. Ich weiß, es klingt einfältig, aber meine eigenen Einschränkungen waren mir wichtig. Solange ich mich an sie halte, bin ich tief in mir immer noch ein gutes Mädchen. Da können Sie lachen, so laut Sie wollen. Ich glaube, jeder Mensch hat seine kleine Schwäche, und dies war eben meine.

»Dann kann ich ja froh sein, dich nicht verraten zu haben«, sagte ich, als ich meiner Stimme wieder trauen konnte. Ich war froh, auf dem Mäuerchen zu sitzen, denn wenn ich gestanden hätte, wären meine Beine ins Zittern geraten, und das hätte Lance bestimmt nicht übersehen.

»Hast du nicht?«

Ich war ihm so nahe, dass ich das Weiß seiner Augen sehen konnte. Er schien nicht zu blinzeln, wie es normale Menschen tun. »Ich weiß von Imo, dass du eine journalistische Karriere einschlagen willst, wenn du die Uni verlässt. Die Sache ist die – ich begreife dich nicht, Tess, und solche Leute sind mir suspekt. Pass also gut auf dich auf. Und jetzt ist es Zeit für dich, ins Bett zu gehen.« Seine Stimme fiel zurück in die ruhige Lässigkeit, die beinahe verbarg, was für ein Bastard er war. »Du wirst deinen Schlaf brauchen, denn morgen wartet eine ganz spezielle Szene auf dich.«

»Was?«, fragte ich. Mir gefiel die Art, wie er den letzten Satz betonte, überhaupt nicht.

»He, bezähme deine Neugier, die ist schon den Vögeln nicht gut bekommen.« Sein Lachen ließ das Blut in meinen Adern gefrieren, aber längst nicht so sehr wie das, was er dann noch hinzufügte: »Willst du herausfinden, was die Neugier mit Tess anstellt?«

Ich hielt es für besser, diesmal das zu tun, was mir gesagt wurde – ich ging ins Bett. Um genau zu sein, ich rannte auf mein Zimmer und verschloss die Tür, auch wenn mir klar war, wie überflüssig das war, denn ich wusste schließlich, dass Lance einen Schlüssel hatte.

Ich schob einen Sessel unter die Türklinke, damit ich rechtzeitig wach wurde, falls jemand sich Einlass verschaffen wollte. Ich schlief nicht gut. Meine verdammte Phantasie reichte nicht aus, um mir vorzustellen, was er alles mit mir anstellen würde.

# *Siebtes Kapitel*

Wenn ich sagte, ich wäre am anderen Morgen nicht in allerbester Verfassung gewesen, handelte es sich um eine unzulässige Untertreibung. Sandkörner schienen meine Augen zu reizen, und ich hatte einen faden Geschmack im Mund, als hätte ich die ganze Nacht gesoffen. Dazu kamen pochende Kopfschmerzen. Es war schwer, sich auf irgendwas anderes zu konzentrieren als auf die Albträume, die sich so real anfühlten wie alles, was ich seit meiner Ankunft auf Liberty Hall erlebt hatte.

Trotzdem musste ich so tun, als wäre alles in bester Ordnung. Ich war so aufgedreht, dass ich mir fast wünschte, Lance würde mir Einzelheiten der Szene schildern, die er in der Nacht erwähnt hatte. Um mich abzulenken, stellte ich mich unter die Dusche, rasierte meine Beine und trimmte meinen Busch. Dann griff ich nach dem Telefon und bestellte mein Frühstück. Ich wollte nicht daran denken, dass es vielleicht meine Henkersmahlzeit sein könnte.

Ich nahm eines der frisch gebackenen Brötchen in die Hand. Normalerweise wäre ich darüber hergefallen, aber ich starrte auf den weißen Umschlag, der auf dem Tablett lag und den ich nicht öffnen wollte. Ich war mir fast sicher, dass ich getestet werden sollte Aber ich wusste nicht warum.

Warum sollten sie mich zu ihren hochkarätigsten Gästen schicken, wenn sie mir misstrauten? Und wenn die Leute, die ich bisher kennen gelernt hatte, nicht zu den Hochkarätern gehörten, wer, zum Teufel, zählte dann dazu? Vielleicht würde ich das heute erfahren. Ich konnte immer noch nein sagen, wenn sie mich mit einem Gast zusammenbringen wollten, der mir zu bizarr war. Nun, es war Unsinn, das Unvermeidbare aufzuschieben, also riss ich den Umschlag auf und erwartete wie bisher eine präzise Liste von Anweisungen. Aber diesmal fand ich im Umschlag nur ein weißes Stück Papier mit dem geheimnisvollen Satz: Melde dich um zehn Uhr im Fitness Center. Ich ließ das Papier fallen, als hätte ich mich daran verbrannt.

Das Fitness Center lag mitten in Lance' Reich. Das hieß für mich, in die Höhle des Löwen zu gehen. Aber wenn ich nicht ging, war das der Beweis, dass irgendwas oder irgendwer mich abgeschreckt hatte. Und Lance liebte es, Angst und Schrecken zu verbreiten. Manchmal glaubte ich, dass er davon lebte, wie Vampire Blut brauchen, um überleben zu können. Oder lief meine Phantasie wieder Amok?

Wenn sie Beweise hätten, wäre ich längst eingesperrt oder auf irgendeine Weise entfernt worden. Also hatten sie keine Beweise, und ich befand mich in Sicherheit. Ich aß das Brötchen und verdrängte die alte Redensart, den Leuten einen Strick zu geben, der lang genug war, um sich damit aufzuhängen.

Ich schaute in den begehbaren Kleiderschrank und fragte mich, was eine gute Hure trug, wenn sie ins Fitness Center ging. Ein paar Jogginganzüge hingen da, weiß natürlich, und für drunter gab es eng anliegende Trikots. Ja, ein Trikot wäre gut, denn es war ein zusätzliches Kleidungsstück. Aber dann verwarf ich den Gedanken gleich wieder – Lance konnte mich fesseln und dann alles zerschneiden, was ich auf dem Körper trug.

Solche Vorstellungen, rief ich mir stumm zu, sollten nicht dazu führen, dass sich meine Nippel aufrichteten und meine Pussy nass wurde. Ich hatte kein Interesse an Fesselspielen, erst recht nicht mit Lance. Mit Rupert wäre es vielleicht eine andere Geschichte. Eine gute Idee, wenn ich heute Abend ein paar Bemerkungen in Ruperts Gegenwart fallen ließ. Aber ich hatte keine Zeit für vage Dinge. In dreißig Minuten musste ich entweder im Fitness Center sein oder aus der Tür. Alles hinzuwerfen, war immer noch eine Option.

Das weiße Lycra Trikot streckte sich, als ich es anzog, und es war so durchsichtig, dass man den Schatten meiner Schamhaare deutlich sehen konnte. Ich überlegte, sie ebenfalls zu rasieren, denn sie sahen billig und provozierend aus, aber dann wurde mir klar, dass solche Provokationen dazu gehörten, eine Hure zu sein. Deshalb rührte ich mein Schamhaar nicht an. Das Trikot hatte einen tiefen Ausschnitt, wodurch man meine Brüste bis fast zu den Nippeln sehen konnte. Aber wenn meine Vermutung zutraf, würde ich das Trikot sowieso nicht lange tragen. Und sollte Lance mich in seine Falle locken, dann würde ich meine Bekleidung nicht lange anbehalten.

Dieser wenig hilfreiche Gedanke konnte mich kaum aufmuntern. Ich stieg in den weichen Jogginganzug und band meine Haare zu einem Pferdeschwanz zusammen. Gleich darauf änderte ich meine Ansicht und flocht Zöpfe, die ich im Nacken zu einem Dutt band. Das sah ein bisschen streng aus, aber es war die ideale Frisur fürs Fitness Center.

Ich wusste, dass ich völlig beschwingt sein musste, als hätte ich keine einzige Sorge auf der Welt und erwartete auch kein Arg. Es fiel mir nicht leicht, aber ich glaube, ich muss ein Bild der Unbekümmertheit abgegeben haben. Meine Schnürsenkel waren gebunden, und in meinem Bauch zog sich alles zusammen. Ich ging hinüber zum niedrigen Gebäude.

Keine Schreie von Menschen in Todesangst oder im Lustrausch empfingen mich, und von Lance war auch nichts zu sehen. Meine Laune stieg sofort an. Als ich den Saal mit den vielen Geräten betrat, hatte ich mich fast überzeugt, dass ich mir Dinge nur eingebildet hatte, was nach meinen Albträumen so verwunderlich nicht war. Aber jetzt war Tag, und ich hatte einen Job zu erledigen, auch wenn ich noch nicht wusste, worin dieser Job bestand. Aber dann erkannte ich sie sofort!

Sie waren Englands größte Hoffnungen der Leichtathletik. Zwillingsbrüder, beide groß, schlank, schwarz und prachtvoll. Im Moment starrten sie mich an, als wären sie Tiger und ich ihre Mahlzeit.

»Hallo, ihr«, sagte ich und konnte nicht verhindern, dass meine Stimme ein wenig zitterte. Ich hätte nie mit zwei Gästen gerechnet, und weil ich viele Bilder von ihnen in Dickies Zeitung gesehen hatte, erkannte ich sie auch gleich. Offenbar taten sie alles gemeinsam – und ich meine *alles*.

»Ah. Bist du gekommen, um uns Gesellschaft bei der Gymnastik zu leisten?«, fragte Cody. Ich wusste, dass er Cody war, weil sein Name in dicken Lettern auf dem engen Unterhemd stand. Sein kurzes Sprinthöschen war nicht weniger eng.

»Wenn ihr wollt.« Ich versuchte, ruhig und cool zu klingen und nicht daran zu denken, was zwei Kerle gewöhnlich mit einer Frau anstellen. Liberty hatte gesagt, sie respektierte meine Einschränkungen, solange ich ihre Regeln einhielt. Also sollte ich mich auf der sicheren Seite befinden.

Aber was war, wenn Liberty wusste, dass ich mich nicht an alle ihre Anweisungen gehalten hatte? War dies ihre Art der Bestrafung? Aber das wusste ich natürlich nicht, und wenn ich jetzt davonlief, würde ich damit zugeben, Libertys Rache zu fürchten. Also beschloss ich zu bleiben. Das Fitness Center war nicht abgeschlossen, und ich konnte mir nicht vorstellen, dass diese goldenen Jungs ihren Ruf aufs Spiel setzten, indem sie bei mir zu weit gingen.

»Dir muss viel zu heiß sein in dem Ding«, sagte Cain und zeigte auf meinen Jogginganzug. Ich nahm seinen Einwand als Stichwort und begann, ihn langsam auszuziehen. Ich war mir ihrer Blicke auf meinem Körper bewusst.

»Hübsch«, murmelte Cody und ging auf mich zu, während Cain mich umkreiste. Sie legten beide ihre Arme um mich. Selbst wenn ich gewollt hätte, wäre es mir unmöglich gewesen, auch nur einen Schritt zu gehen.

Ich fühlte mich, als würde ich von zwei Bären geherzt. Papa Bär stand hinter mir, und sein Schwanz schob sich in meine Kerbe, und er drückte nach, als wollte er gleich durch meinen ganzen Körper stoßen. Sein Ding war so lang, wie die Gerüchte besagten, und der Schaft, der gegen meinen Bauch stieß, fühlte sich noch größer an.

»Wir werden Spaß miteinander haben, was?« Cain strich mit seinen Händen über meinen Rücken. Er fuhr unter das Trikot, teilte meine Backen und schob einen Finger versuchsweise nach vorn.

Ich war noch nicht nass, und über meinen Kopf hinweg tauschten sie Blicke. Dann hob Cody mich auf legte mich bäuchlings auf den breiten Balken, der gewöhnlich für ganz andere gymnastische Übungen genutzt wird. Der Balken war etwa zwei Meter lang und zwanzig Zentimeter breit, und er war in einer Höhe von zwei Metern angebracht.

Meine Arme und Beine hingen an den Seiten hinab, und Cain arrangierte meine Brüste, bis sie auch hinunterhingen. Ich begann zu keuchen, teils aus Angst, teils aus Spannung.

»Wir müssen sie ein bisschen anwärmen.«

Ich brauchte Cody nicht anzusehen, um zu wissen, dass er sein charakteristisches Grinsen zeigte, das die Kameras und eine Million Frauen liebten. Die meisten dieser Frauen würden mich um meine Position beneiden. Ich begann mich allmählich zu entspannen.

»Kopf oder Zahl?«

»Ich werfe die Münze«, sagte Cain, und ich lag immer noch auf dem Bauch, während er eine Pfundmünze in die Luft warf. Offenbar sollte sie entscheiden, wer mich zuerst haben sollte. Als ob ich selbst kein Mitspracherecht hätte. Natürlich hatte ich keins. Ich hatte auch nicht damit gerechnet. Sie hatten mich für die nächsten paar Stunden gemietet, und dieses Wissen allein machte mich an.

Cody hatte sich für Kopf entschieden, was in diesem Fall meine Brüste bedeutete. Cain konnte sich den Dingen jenseits der Taille widmen. Sie nahmen ihre Positionen ein, als hätten sie auch diese Übung oft genug trainiert. Cody kroch unter den Balken und langte hoch. Er mühte sich nicht, meine Brüste freizulegen; er nahm sie nur in seine gewaltigen Hände und begann sie zu drücken.

Stellen Sie sich vor, Sie wären in einem mit Samt ausgelegten Schraubstock gefangen, dann ahnen Sie, was ich fühlte. Aber das war noch das Geringste. Cain massierte meine Pobacken und zog sie bei jeder Bewegung ein bisschen weiter auseinander. Der Lycrastoff rutschte immer höher und glitt in meine Kerbe.

»Du hast einen guten Körper«, sagte er und riss den Stoff weg.

Ich spürte leichte Berührungen an meinen Schenkeln, aber entscheidender war, dass mein Po nackt war und allen zur Verfügung zu stehen schien. Ohne Hast zog Cain meinen Körper nach unten. Er glitt über den mit Leder verkleideten Balken, wobei sich der Rest des Trikots nach oben schob.

Als er mich mit den Beinen ans Ende des Balkens positioniert hatte und mein Po in die Luft stieß, bedeckte das Trikot nicht einmal mehr meinen Bauch. Cody bewegte sich mit seinem Bruder, aber er behielt den Druck auf meinen Brüsten bei. Ich erkannte, wie verletzlich ich war, und begann zu wimmern. Cody lächelte. »Entspanne dich, Schätzchen.«

Sie kannten meinen Namen nicht. Ich nehme an, sie legten auch keinen Wert darauf. Für sie war ich nur ein Körper, den sie benutzen konnten – aber auf welche Weise wollten sie ihn benutzen?

Als wäre mein Wimmern ein Auslöser gewesen, verließ Cain meine Backen und streichelte über meinen Bauch, bevor er sich langsam nach unten orientierte. Eine Hand presste auf die Spitzen des Schambergs, sodass sich die Labien gehorsam öffneten. Ein heißer, dicker Finger glitt dazwischen.

Ich hatte immer noch Angst, aber ich war auch geil geworden. Er grunzte zufrieden, als er meine Nässe wahrnahm und über die Klitoris rieb. Ich hob die Hüften an, um ihn zu ermuntern, und inzwischen genoss ich die Behandlung. Die Sensationen wurden immer besser. Er schob einen Finger in mich hinein, dann fügte er einen zweiten hinzu. Ich wimmerte wieder, aber nicht aus Protest, und ich glaube, das hörten sie heraus.

»Langsam, Mädchen«, raunte Cain. Er glaubte vielleicht, ein Pferd vor sich zu haben, kein Mensch mit Nöten und Wünschen und Ängsten. Er intensivierte den Druck auf meine Klitoris und auf den Schamberg. Ich hatte mich noch nie so weit geöffnet gefühlt. Er schob einen dritten Finger hinein, und aus meinem Wimmern wurde ein lautes Keuchen. Ich konnte mir ausmalen, wie meine Pussy aussehen musste, dünn und gestreckt, mit glänzenden Säften überzogen. Zu wissen, dass er nicht weniger scharf war als ich, machte das Erlebnis mit den Zwillingen noch besser.

Cody musste sich gelangweilt haben, denn er veränderte seine Taktik. Er ließ von meinen Brüsten ab und zerrte am Lycrastoff, bis er riss, aber er ließ die Fetzen, wo sie waren. Stattdessen riss er mir noch zwei gezackte Löcher in den

Stoff, durch die meine Nippel lugten. Ich schrie auf, als er die Brustwarzen lang und durch die Löcher zog, und er seufzte, aber nicht aus Lust, sondern mit einer Mischung aus Ärger und Enttäuschung.

Oh, verdammt, dachte ich. Ich wurde wegen der richtigen Resultate bezahlt, und bei einem der Brüder schien mir das nicht zu gelingen. Also musste ich mich ganz enorm anstrengen. Nicht nur, weil ich nicht rausgeworfen werden wollte, sondern auch, weil ich mich nicht so schnell geschlagen gebe. Es war wahrscheinlich ein dummer Zeitpunkt, um wetteifern zu wollen, aber ich fühlte mich wild entschlossen.

Ich stöhnte wieder, schwenkte meinen Arsch vor Cains Gesicht hin und her, und Codys Mund schnappte sich einen Nippel. Er nagte behutsam daran, während Cain meine Kerbe streichelte und dann mit zwei Fingern wieder in meine Pussy drang. Ich gewahrte die Fülle sowie den stärker werdenden Druck auf dem Venushügel und an den Nippeln.

Cody nahm sich jetzt meine andere Brust vor. Er drehte am Nippel, und seine Finger ahmten die saugenden Bewegungen seines Mundes nach. Cains Finger arbeiteten intensiv in mir, und ich wusste, dass ich bald kommen würde. Mein Bauch zog sich zusammen, und ich fühlte den Schwall Nässe, der aus mir brach. Ich musste auf dem Leder eine Lache hinterlassen haben. Dann befand ich mich wieder hoch in der Luft, und immer noch wühlten die Finger in mir.

»Sie ist beinahe da.« Cain hörte sich so an, als diskutierte er den Zustand des Hähnchens im Backofen. Ich stöhnte, weil die herrlichen Gefühle nachließen. Cody trug mich irgendwohin, wobei meine Arme und Beine über seinen Arm baumelten. Ich versuchte, mich an seinem Handgelenk zu reiben, denn ich brauchte nicht viel, um von der Klippe zu springen. Aber er schüttelte spöttisch den Kopf.

»Dir besorgen wir es bald«, versprach er lachend. »Bisher haben wir noch keine Beschwerden gehört, nicht wahr, Cain?«

Das glaubte ich ihnen unbesehen. Aber ich hatte andere Probleme. In der Ecke lagen mehrere Übungsmatten. Cain hatte sich schon auf einer ausgestreckt, nackt wie am Tag seiner Geburt; seine Erektion wie ein Fels in der Latexhülle, die sich weiß gegen den schwarzen Körper abhob.

Cody ließ mich auf ihn sinken und brachte mich dann in eine Position, in der ich über Cain grätschte. Er glitt in mich hinein, und ich stöhnte vor Lust. Seine Finger hatten mir schon gutgetan, aber jetzt spürte ich, wie groß er war, und wenn ich nicht so nass und gestreckt gewesen wäre, hätte ich das Weite gesucht, bevor er wirklichen Schaden anrichten konnte. Ich nahm tiefe Atemzüge und hielt meinen Körper sehr ruhig.

»Immer noch zu eng«, grunzte Cain und stellte seine Bewegungen ein. Hinter mir hörte ich einen reißenden Laut, als hätte jemand Zellophan geöffnet. Ich wusste sofort, dass ich in argen Schwierigkeiten steckte. Lance hatte mir das eingebrockt. Er wusste genau, wo meine Limits lagen. Er war ein verdorbener Bastard, dem es Spaß machen würde, aus irgendeiner Ecke zuzuschauen, wenn die Zwillinge mir vorführten, dass es in diesem Umfeld keine Tabus gab.

Kühles Gel berührte meine Backen. Cody arbeitete damit und strich mit einem Finger um die hintere Öffnung. Mir wurde klar, was mir bevorstand. Wenn ich mich weigerte, würden sie sich beklagen, und ich würde Liberty Hall verlassen müssen, auch wenn ich in diesem Moment die Aussicht, meinen Job zu verlieren, als kleinstes Problem ansah.

Ich war nicht sicher, ob sie glaubten, dass meine Proteste zum Standard dieser Szene gehörten. Ich konnte es ihnen nicht einmal verübeln. Sie mussten davon ausgehen, dass Liberty ihnen eine Hure schickte, die alles mitmachte.

Was sollte ich also tun? Cody war so stark wie sein Bruder, und einer seiner breiten, heißen Finger, die ich vor kurzem noch in mir gespürt hatte, drückte sich jetzt genau in die Öffnung, die ich unversehrt lassen wollte. Jeden Augenblick würde der Finger mich öffnen, und ich wusste, dass es wie verrückt schmerzen würde.

»Da weiß ich was Besseres.« Seltsam, dass man so verängstigt sein und gleichzeitig so gelassen klingen kann. Dabei hatte ich das Gefühl, dass mir der Boden unter den Füßen weggezogen wurde, und das Loch, in das ich fallen würde, schien von Sekunde zu Sekunde tiefer zu werden.

»Ja?« Codys Finger drückte immer noch leicht gegen meinen Anus, aber er war nicht eingedrungen. Das bedeutete, dass ich noch eine Chance hatte. Aber es wurde Zeit, dass mir was Überzeugendes einfiel.

»Niemand bläst so gut wie ich.« Als sein Finger sich bewegte, wusste ich, dass ich eine bessere Vorlage geben musste. Oder hatte ich mein Pulver schon verschossen? Der Finger bewegte sich wieder, aber nicht in mich hinein, sondern von mir weg.

»Davon bist du überzeugt?« Er lachte tief und kehlig. »Aber das ist nicht das, was wir bestellt haben.«

»Kann sein. Aber was ich anbiete, ist besser.«

Ich hatte mich nicht geirrt. Der Bastard Lance hatte mich absichtlich in diese Lage gebracht, und nur wenn ich Glück hatte, würde ich die Szene in einem Stück verlassen. Die Zwillinge waren erheblich kräftiger als ich, und das Fitness Center war so abgelegen, dass keiner mal zufällig vorbeiging. Aber selbst wenn jemand meine Schreie hörte, würde niemand hereinkommen und helfen.

Nach allem, was ich in den letzten Wochen auf Liberty Hall erlebt hatte, würde ich auch nicht einschreiten, wenn ich eine schreiende Kollegin hörte, oder wenn ich eine schreiend wegrennen sah. Ich hätte sofort gedacht, dass die Schreie zu einem Spiel gehörten, wie auch die Zwillinge glaubten, dass mein Widerstand nicht ernst gemeint war. Sie lachten beide, und mir fiel ein, wie viele Männer darauf abfahren, sich vorzustellen, eine Frau gegen ihren Willen zu nehmen.

»Wenn es euch nicht besser gefällt, könnt ihr euer Spiel anschließend an mir auslassen, und ihr braucht keinen Penny mehr zu zahlen.« Ich ging ein Risiko ein und streckte mich, um meine Verfügbarkeit zu reduzieren. Cain arbeitete in mir, aber ich konnte nicht sehen, wie weit er eingedrungen war. Zwei von dieser Sorte würde ich unmöglich verkraften können, also musste ich ihnen wirklich Qualität bieten.

Ich legte meine Hände um meine Brüste. Cody schaute mir über die Schultern zu. Langsam und hoffentlich verführerisch rieb ich die Brüste zusammen, massierte die Nippel und hob und senkte mich langsam auf Cains Schaft. Er war so groß, dass ich fürchtete, es könnte mich zerreißen. Er grinste breit, dann begann er schneller zu atmen, und ich spürte, dass er nicht an Mädchen gewohnt war, die selbst die Initiative übernahmen. Bei seinem Schwanzumfang würde er sowieso Schwierigkeiten haben, eine junge Frau zu finden – deshalb die Besuche bei Liberty, wo sie sich nach Herzenslust austoben konnten.

Nur heute würden sie tun, was ich wollte. Ich ließ meine Brüste schwingen und griff hinter mich an Codys Schaft. Er war so glitschig wie der seines Bruders. Ich umfasste ihn mit einer Hand und drückte seine Hoden mit der anderen. Langsam begann ich ihn zu reiben. Nicht heftig und nicht hastig. Ich gab mich so sicher, als ob ich Angst nie gekannt hätte.

Jede Auf- und Abbewegung wiederholte meine Pussy mit Cain, und als sie gemeinsam keuchten, schöpfte ich Hoffnung, auf diese Weise davonzukommen. Ich selbst fand auch

Gefallen an der Situation, und sie wurde noch besser, als Cain meine Hüften packte und zu pumpen begann. Jedes Mal berührte er meinen G-Punkt, und ich fühlte, wie ich auf seinen Bauch tropfte. Meine Hände fassten seinen Bruder fester, und dann hörte ich mich ganz laut stöhnen. Nicht, weil ich Angst hatte und wollte, dass er aufhörte, sondern weil ich mehr haben wollte.

»Mehr, härter«, sagte ich, als sie auf mein Stöhnen nicht reagierten.

Cain stieß einen Überraschungspfiff aus. »Meinst du das wirklich?«

Wenn es vorbei war, würde ich wund sein, aber zu diesem Zeitpunkt meinte ich es ganz ernst. »Ja, ja«, rief ich, aber dann fluchte ich, weil Cain unter mir wegrutschte. Sein Bruder entzog mir seinen Schaft und langte in eine Tasche seines Trainingsanzugs. Er holte die Münze heraus, die sie eben schon mal benutzt hatten.

»Kopf oder Zahl?«, fragte er wieder, und ich wusste, dass ich gewonnen hatte. Ich bewegte mich nicht und blieb auf dem Balken hocken, den Kopf erhoben und bereit, den Po in die Luft gereckt. Ich wartete darauf, dass sie entschieden, wer welche Öffnung haben sollte.

Cain hatte Kopf gewählt und kniete sich vor mich hin. Er zog sein Kondom ab. Hinter mir zog Cody meine Backen wieder auseinander. Einen Moment lang zitterte ich vor Angst, aber dann war ich erleichtert.

Cody stieß in meine Pussy, und Cain schob sich in meine Kehle. Ich schwöre, es fühlte sich so an, als träfen sich die beiden in meiner Mitte. Es schmerzte, aber nicht sehr lange, denn Cody streichelte mit einer Hand über meinen Bauch, ehe die Finger sich tiefer nach unten schoben.

Zwei Finger zogen meine Labien auseinander, zwei weitere schlossen sich um meine Klitoris; sie drückten sanft.

Cains Hände lagen auf meinen Schultern; einmal stützte er mich auf diese Art, und zum anderen hielt er mein Gesicht gegen seinen Schwanz gepresst. Dadurch hatte ich meine Hände frei.

Ich langte hoch und begann seine Bälle zu massieren. Ich ertrank in sensationellen Gefühlen. Die Lust übermannte mich. Seine Bälle waren groß und hart. Ich konnte meine Lust schmecken und auch Cains Lust, dann spürte ich, wie er sich in meinem Mund zusammenzog, genau wie Cody, der sich in mir rhythmisch bewegte. Es fühlte sich herrlich an.

»Komm jetzt!«

Codys Stimme war nicht zu erkennen, sie klang harsch und aggressiv und hatte nichts mehr vom lockeren Charme, den seine Fans so liebten. Seine Hände drückten meine Klitoris, dann holte er zu einem wuchtigen Stoß aus. Sein Schaft schwoll an, bis meine Lustschreie und alle Gefühle über mir zusammenbrachen. Cain überflutete meinen Mund, aber ich saugte weiter, und meine Hüften mahlten unablässig – ich wollte es ihnen so anständig besorgen, dass sie keine Energie mehr für einen weiteren Durchgang hatten.

Cody fiel nach vorn und pinnte mich auf den Balken. Cain ließ mich los; er warf den Kopf in den Nacken, während er pumpte und pumpte. Er sackte auf mir zusammen, und ich bekam keine Luft mehr. Es schien noch eine kleine Ewigkeit zu dauern, bis sie sich von mir lösten.

»Nun?«, fragte ich, entschlossen, mir von ihnen bestätigen zu lassen, dass ich besser war als das, was sie eigentlich hatten haben wollen. Und auch Lance – von dem ich erwartete, dass er aus einem Versteck heraus alles beobachtet hatte – sollte erfahren, dass seine Tricks nicht immer ziehen. »War die Vorstellung ihr Geld wert?«

Selbst im schlaffen Zustand war Cody größer als die meisten Männer. Er zog sich mit mehr Umsicht aus mir zurück, als ich gedacht hätte, wofür ich ihm dankbar war. Dann sagte er: »Du warst es wert. Und das nächste Mal …«

Er brauchte den Satz nicht zu beenden. Das nächste Mal wollten sie beide Öffnungen im Wechsel füllen, aber nur ich wusste, dass es kein nächstes Mal geben würde. Ich musste hier weg, aber vorher würde ich noch ein paar Takte mit dem hinterlistigen Lance reden.

Als ich wieder normal atmen konnte, zog ich die Reste meines Trikots über den Kopf und reichte es Cain, als wäre es einer seiner wertvollen Pokale. Das weiche Vlies des Jogginganzugs fühlte sich auf meiner reichlich benutzten Pussy wie Schmirgelpapier an, als ich mich anzog, aber das störte mich nicht.

Ich habe mir meine Tabuzone erhalten, deshalb lächelte ich die Zwillinge breit an und machte mir nicht einmal die Mühe, meinen Triumph zu verbergen.

»Das nächste Mal wird es noch besser werden«, versprach ich und ging aus dem Fitness Center. Ich schwenkte die Hüften, als wäre ich heiß darauf, noch einmal von vorn zu beginnen. Wie ich ahnte, hing Lance gleich hinter der Tür herum.

»Du hast mich in eine Falle gelockt«, fauchte ich ihn an. Er reagierte mit seinem Reptiliengrinsen.

»Würde ich so etwas tun?«

»Wir hatten eine Vereinbarung!« Vielleicht hätte ich ihn nicht anschreien sollen, aber ich war mit den Nerven fertig. »Ich habe einen verdammten Vertrag unterschrieben.«

»Ja, stimmt. Und jetzt wirst du behaupten, dass du alle Vereinbarungen eingehalten hast, was?« Er packte meinen Arm und zog mich in ein kleines Büro, lehnte sich gegen die Tür und nahm mir damit den einzigen Fluchtweg.

»Natürlich sage ich das.« Ich atmete tief ein und ließ dann die Luft ab. »Wenn du glaubst, ich hätte gegen irgendeine Regel verstoßen, dann gehe zu Miss Hall und beweise es.

Wenn du das nicht kannst, hau ab. Ich bin nicht an dir oder deinen perversen Spielen interessiert, und du kannst mich auch nicht erpressen, weil ich nichts Verbotenes getan habe.«

»Bist du dir da so sicher? Du hast dir nie das gusseiserne Bett in deinem Zimmer angesehen und dich gefragt, wie es sich anfühlen würde, wenn du an die Bettpfosten gefesselt wärst? Wenn jemand dich langsam ausziehen würde? Oder wenn ich zuschauen und Rupert sagen würde, was er als Nächstes mit dir anstellen soll?«

Ich verwünschte diesen Mann, denn dieses Bild war das erotischste meiner Träumereien gewesen. Ich sagte nichts, und er schien das auch gar nicht zu erwarten. »Was wäre gewesen, wenn die Zwillinge weitergemacht hätten? Hättest du sie dann abgewiesen?«

»Ja«, erklärte ich, aber ich war mir nicht sicher, ob das so abgelaufen wäre. »Ich habe meine eigenen Regeln.«

»Das weiß ich doch«, stimmte er beunruhigend rasch zu. »Du hältst dich für eine moderne, liberale Frau, Teresa Morgan. Aber im Prinzip bist du immer noch Jungfrau.«

»Glaube mir«, sagte ich, »nach dem, was bis eben geschehen ist, bin ich alles andere als das.«

Er starrte mich an, die Augen zu schmalen Schlitzen verengt. Dann zog er meine Hose nach unten. Ich hätte schreien sollen, hätte mich wehren und ihn schlagen müssen. Aber ich tat nichts. Nicht, weil ich mehr Sex haben wollte. Ich war wahrscheinlich für mehrere Wochen bedient. Ich ließ es geschehen, weil er mich anschaute. Das klingt verrückt, ich weiß, aber diese sehr dunklen Augen starrten in meine, und ich fühlte mich bezwungen. Es war mir nicht möglich, ihn an dem zu hindern, was er mit mir anstellen wollte.

Ich weiß nicht, ob es Hypnose war oder die Kraft seines Charakters, aber ich stand nur da, während er seine Hände auf meine Scham legte und einen Pfiff ausstieß.

»Lege dich auf die Couch.«

Ich wollte protestieren, aber ich fand die Worte nicht.

»Du bist nicht zu gebrauchen, wenn du wund bist«, sagte er, und ich sah erste Anzeichen von Ungeduld bei ihm.

»Oh, ja, natürlich.« Sarkastische Bemerkungen fielen mir immer ein, wenn ich erleichtert war. »Glaubst du, ich hätte dich für einen besseren Menschen gehalten?«

»Ich weiß, dass du nicht blöde bist. Zieh jetzt deine Hose aus und lege dich hin.« Er wandte mir den Rücken zu, als könnte er nicht glauben, dass ich mich weigerte. Da die Kombination von Adrenalin und Orgasmus geschwunden war, schmerzte meine Pussy wie ein überstrapazierter Muskel. »Auf deinen Bauch«, befahl er, und ich wälzte mich langsam herum und bedeckte meine Backen instinktiv mit den Händen.

»Ich sagte, ich würde dir nichts tun ...«, sagte er und schob meine Hände weg. Ich glaubte ihm, aber dann wurde ich wieder starr, als er an seinen letzten Satz noch anhängte: »Noch nicht.« Er stellte ein Glas mit einer Creme neben meinen Kopf. Sie roch wunderbar nach Reinheit und Limonen. »Damit werde ich dich kurieren«, behauptete er.

Er bewegte sich von mir weg. Ich hörte Wasser rauschen, dann kam er mit einer Schüssel dampfenden Wassers und einigen Waschlappen zurück.

»Ich schaffe das schon allein«, protestierte ich, aber ich hatte nichts dagegen, dass er nicht reagierte. Rupert hatte mir erzählt, dass Lance ein Masseur war, und ich hatte seine Kunst bei Imo gesehen. Jetzt lernte ich sie auch kennen. Er war gut wie bei allem, was er tat.

Er wusch mich am ganzen Körper. Er schob einen Waschlappen in mich hinein, und er gab nicht Ruhe, bis alle Spuren der Zwillinge getilgt waren. Dann wusch er seine Hände, trocknete sie und griff mit den Fingern in das Glas mit der

Creme. Er massierte sie in meinen Rücken. Die Massage hatte absolut nichts Sexuelles an sich, sie gab mir nur ein warmes, entspannendes Gefühl. Er schien jede Falte aus allen Muskeln zu streicheln. Als er mir sagte, mich auf den Rücken zu legen, ließ ich meine Schenkel auseinanderfallen – ich war zu müde, um ein Bild des Anstands abgeben zu wollen.

»Siehst du«, murmelte er, und er hörte sich amüsierter denn je an, »Gehorsamkeit bringt einem eine ganz eigene Lust, nicht wahr? Aber jetzt weiß ich, dass wir dir ein paar Tage Schonung gewähren.« Er schlüpfte mit seinen gut eingecremten Fingern in mich hinein und drang in jeden Winkel vor. Ich seufzte und wand mich gegen seine Hand, gefangen von den Gefühlen, die er in mir auslöste. Er lachte leise. »Dir gefällt einfach alles, was?«

Dies wäre der Moment gewesen, in dem ich ihn an meine Tabus hätte erinnern sollen, aber ich war zu schläfrig. Ich war fast sicher, dass ich ihn sagen hörte: »Und wenn ich mit dir fertig bin, wirst du mir zustimmen.« Aber ich war dem Schlaf so nahe, dass dieser Satz auch aus meinen Albträumen der vergangenen Nacht hätte stammen können.

# *Achtes Kapitel*

Ich war noch nackt, als ich aufwachte, aber Lance hatte eine Decke über mich gelegt, was ich als gutes Omen empfand: Dass er mich den Zwillingen ausgeliefert hatte, war keine besondere Rache an mir gewesen, sondern war nur eines seiner perversen Spielchen.

Behutsam kam ich auf die Füße, weil ich damit rechnete, dass jede Bewegung schmerzen würde, aber ich war überrascht, weil ich mich so gut fühlte. Nach dem Erlebnis mit den Zwillingen würde ich mindestens eine Woche lang nicht geradeaus gehen können, doch ich spürte nur eine leichte Steife in den Gliedmaßen. Das war fast so wie nach Weihnachten, wenn du über mehrere Tage hinweg nichts Anstrengenderes unternommen hast, als nach den Schokotafeln oder nach der Fernbedienung zu greifen. Wenn du dann so verzweifelt bist, beschließt du, ab morgen wieder zu joggen. Lance hatte gesagt, dass ich ein paar Tage lang in Ruhe gelassen würde.

Zeit zu denken, Zeit zu planen. Wie konnte ich abhauen, bevor Lance mich das nächste Mal reinlegen würde? Denn ein zweites Mal würde ich vielleicht nicht so viel Glück haben. Konnte ich den Auftrag, mich der Zwillinge anzunehmen, als Grund angeben, aus dem Vertrag auszusteigen? Er bekäme es mit Liberty zu tun, und das würde mir gefallen.

Doch ich musste auch zugeben, dass ein Teil von mir gar nicht gehen wollte, denn die meisten Dinge hatten Spaß gebracht.

»Oh, nein, Tess«, murmelte ich, als ich meinen Jogginganzug wieder trug und zur Tür ging. »Geh nicht in diese Falle. Noch hat es dir Spaß gemacht, aber du weißt auch, dass es Dinge gibt, bei denen der Spaß aufhört. Und Geld ist nicht alles.«

Was Geld anging, so war ich immer vom Gegenteil überzeugt gewesen, aber vielleicht haben die Gutmenschen, die mir solche Weisheiten mit auf den Weg gegeben haben, doch ein bisschen Recht gehabt. Ich konnte immer noch spüren, wie der dicke Finger in meinem Anus gewühlt hatte. Meine Muskeln verspannten sich automatisch und schickten einen Schmerz durch mich hindurch, der zu meinen düsteren Gedanken passte.

Aber mehr war nicht geschehen, und ich war nicht so dumm, darauf zu warten, bis ich herausfand, wie es sich anfühlte, oder? Imo hatte erklärt, dass es ihr Spaß machte, aber ich war nicht Imo. Ich wollte auch nicht so werden wie sie, so heiß auf Schmerzen wie ein Junkie auf Stoff. Das war ein weiterer guter Grund, sofort auszusteigen, aber ich hatte vor, mich mit einem Knall zu verabschieden. Ich würde Lance bei Liberty anschuldigen, um dann hoch erhobenen Hauptes und mit dicker Brieftasche das Hotel zu verlassen.

Auf diese Weise auszusteigen, war sicher ein guter Plan, aber ich stieß bei der Umsetzung auf einige Schwierigkeiten. Liberty befand sich auf irgendeiner Wohltätigkeitsveranstaltung in London und würde erst am nächsten Morgen zurückkehren. Das war zwar ärgerlich, aber ein Beinbruch war es nicht. Ich konnte genauso gut am anderen Morgen abreisen. Vor mir lag das Geld, das Liberty mir vertraglich zugesichert hatte, und vor mir lag auch das dicke Honorar, das Dickie für mich verdienen wollte. Ich schätzte mein Einkommen auf zwanzig- bis dreißigtausend Pfund – und das für die Arbeit eines Monats. Also ging es mir immer noch sehr gut, als ich zurück auf mein Zimmer ging.

Morgen Abend würde ich in einem anderen Hotel übernachten, weit, weit weg von hier, aber es würde nicht diese Qualität haben. Diesen Luxus würde ich mir erst in ein paar Jahren erlauben können.

»Tess?«

Wenn es ein anderer als Rupert gewesen wäre, hätte ich mich taub gestellt, denn ich hatte keine Lust, mich mit jemandem zu unterhalten, den ich bald schon verraten würde. Mit Rupert verhielt sich das anders, und außerdem war ich wahnsinnig scharf auf ihn. Seine zerzausten Haare waren klamm, und sein verschwitztes T-Shirt klebte an seinem Brustkorb, als wäre er einen Halb-Marathon gelaufen.

Er hatte einen Tennisschläger eingepackt unterm Arm, und ich fragte mich, ob er wirklich Tennis gespielt hatte, oder ob ihm die Idee zu einer anderen Verwendung des Schlägers gekommen war. Der breite Griff aus Leder hatte genau die richtige Dicke, dachte ich, wenn er sich zwischen die Beine des glücklichen Mädchens kniete. Ich wäre zu gern dieses Mädchen gewesen.

»Sollen wir zusammen essen gehen?«, fragte er, und ich verwarf sofort meinen Plan, mir das Essen aufs Zimmer bringen zu lassen, und lächelte ihn an.

»Ja, warum nicht?«

»Ich habe von dir und den Zwillingen gehört.« Ich wurde rot, und er wechselte sofort das Thema. »Du musst auf Lance aufpassen. Ich glaube, er plant irgendwas Böses. Er stellt mir andauernd Fragen über dich, aber es gibt nichts, was ich ihm sagen könnte.«

»Ich weiß, dass er irgendwas plant, aber danke für die Warnung. Du bist ein Schatz.«

Ich hakte mich bei ihm ein und wusste, dass ich ihn vermissen würde. Vielleicht konnte ich mit ihm in Verbindung bleiben, falls er noch mit mir zu tun haben wollte, nachdem ich auch ihn verraten hatte. Ich versuchte mir einzureden, dass ich wieder viel zu melodramatisch war, aber mir blieb ein fader Geschmack im Mund, deshalb überließ ich ihm den größten Teil der Unterhaltung, während wir Melone aßen, frischen Hummer und eine sündhafte *mousse au chocolat*. Ich hätte mich nie getraut, die *mousse* anzurühren, wenn ich nicht vorher die Gymnastik mit den Zwillingen getrieben hätte.

»Gefällt es dir hier?«, fragte er, während er den kleinen Löffel mit einer großen Ernsthaftigkeit ableckte. Das Bild war umso erotischer, da er sich dessen nicht bewusst war.

»Ich weiß es nicht.« Es war schon eigenartig, dass ich meinte, ehrlich zu ihm sein zu müssen. Gewöhnlich ist das nicht eine meiner Schwächen, aber dies war das letzte Mal, dass ich ihn sehen würde, deshalb zählte das nicht. »Ich wäre schreiend weggerannt, wenn du mir bei meiner Ankunft irgendwas von dem erwähnt hättest, was ich dann vier Wochen lang erlebt habe.«

»Ich kenne das Gefühl.« Er starrte mich an, aber ich hatte das Gefühl, dass er etwas völlig anderes sah. »In meinem ersten Sommer wäre ich fast hundert Mal weggerannt. Viele Leute überleben den ersten Tag nicht.«

Ich nickte und war froh über die Information. Das würde meine plötzliche Abreise nur noch plausibler machen. Wenn ich meine Erlebnisse klug beschrieb, würden sie vielleicht gar nicht wissen, wer aus dem Nähkästchen geplaudert hatte. Vielleicht konnte ich einen Bericht mit der Unterzeile ›Wie man unserem Reporter erzählte‹ verfassen. Ich würde die Story vom Standpunkt eines Mannes aus schreiben und so tun, als hätte es einen unbekannten Beobachter gegeben.

»Und Lance.« Rupert schüttelte den Kopf. »Ich will nicht wissen, wie sein Gehirn tickt.«

»Ich weiß. Aber heute war er fast nett zu mir.«

Ich erinnerte mich, wie gut sich seine Hände angefühlt hatten, und ich hätte gern gewusst, ob er Imo auch so massiert, wenn er sie seiner offenbar typischen Behandlung unterzogen hat. Bald würden das auch nur noch Erinnerungen sein wie das Mondlicht auf dem See oder wie das Rascheln des Windes, der die Lichterkette rund um die Terrasse schaukelte.

Ja, bald würde ich das alles vergessen haben, und doch hatte ich jetzt das Gefühl, dass mein Abschied nicht so einfach sein würde. Ich war mir nicht sicher, ob der Blümchensex jemals wieder genug für mich wäre. Hier auf Liberty Hall hatte ich auf der Überholspur gelebt, und ich war überrascht festzustellen, dass es mir dort gefiel. Noch überraschter war ich von dem, was mir gerade durch den Kopf ging.

»Einen Penny für deine Gedanken«, sagte Rupert und nahm meine Hand.

»Ach, ich habe nur mal nachgedacht.«

»Über dein Bett?« Er senkte die Stimme, und meine halbgaren Pläne wurden noch verführerischer. »Über das, was geschehen würde, wenn du eines Nachts aufwachst und mich in deinem Zimmer findest?« Seine Stimme wurde noch ein bisschen leiser. »Mit eisernen Handschellen? Würdest du dich wehren, wenn ich dich festbinde, Tess? Oder würdest du mich anflehen, sofort damit aufzuhören? Oder würdest du es sogar genauso genießen wie ich selbst?«

Ich rutschte unruhig auf dem Stuhl herum und versuchte, die Bilder zu verdrängen, die seine Fragen ausgelöst hatten.

Er seufzte. »Aber Lance hat dich eine Woche außer Betrieb gestellt, weil du wund bist.«

»Es gibt ja noch andere Möglichkeiten. Außerdem bin ich gar nicht so wund.«

Vielleicht war ich ja wirklich blöde, aber ich dachte, dies

könnte die letzte Möglichkeit sein, diese Fesselspiele mal auszuprobieren. Ja, natürlich konnte ich irgendwo einen Kerl auflesen, der mich fesselte. Das Internet ist voll von Chats, in denen solche Leute ihre Beute suchen. Außerdem zieht jede Universitätsstadt junge Menschen mit außergewöhnlichen Vorlieben an.

Doch ich wollte Rupert. Es klingt vielleicht töricht, aber ich vertraute ihm. Und er wollte es mit mir machen. Wenn ich ihn seine liebste Phantasie ausspielen ließ, würde es mir nicht so schwerfallen, ihn zu verraten.

»Würdest du dich wehren?«, fragte er wieder, und auch dieses Mal blickten seine blauen Augen ernst.

»Das musst du schon selbst herausfinden.« Eine deutlichere Einladung würde ich ihm nicht geben. Doch er wechselte wieder das Thema, deshalb wusste ich nicht, wie es weitergehen sollte.

Wir sprachen über die reale Welt, die so weit entfernt schien, jedenfalls weit weg von diesem abgelegenen Hotel; über seine Filmkarriere und über meinen Ehrgeiz, eine gute Journalistin zu werden. Filme liebten wir beide. Er war überzeugt, der nächste George Lucas oder Stephen Spielberg zu werden. Aber das hofft vielleicht jeder, der die Filmschule besucht.

»Ich gehe ins Bett«, sagte ich, als die Uhr im Turm anschlug. Halb elf, Zeit für meinen Schönheitsschlaf. Es war schade, dass ich ihn zurücklassen musste, aber ich hatte auch ein bisschen Hoffnung. Würde er zu mir kommen wie ein Dieb in der Nacht? Wenn ja, was würde er tun? Würde ich mich zur Wehr setzen? Hätte ich überhaupt die Möglichkeit dazu?

Ich dachte darüber nach, als ich unter der Dusche stand. Dann rieb ich mich wieder mit der nach Limonen duftenden Creme ein, die eine freundliche Seele mir ins Bad gebracht hatte. Ich massierte die schmerzenden Muskeln und schlüpfte nackt zwischen die weißen Baumwolllaken.

Die Tür schloss ich nicht ab, damit er es einfacher hatte. Eine Weile lag ich hellwach in meinem Bett und verkrampfte beim leisesten Geräusch. Dann aber holten die Strapazen des Tages mich ein, meine Lider wurden schwer, und dann war ich auch schon eingeschlafen.

Zuerst war ich überzeugt, in einem Traum zu sein. Der träge Kuss ließ mich nach mehr lechzen, aber dann fühlte ich ein seidenes Tuch, das mich knebelte. Ich konnte es nicht glauben. Dann wachte ich endgültig auf, und ich wusste, dass es kein Traum war. Einen Moment lang geriet ich in Panik, aber dann hatten sich meine Augen an die Dunkelheit gewöhnt – es war Rupert. Er war wie ein Dieb gekleidet, enger schwarzer Rollkragenpulli und eine noch engere Skihose, unter der sich eine riesige Erektion verbarg. Aber seine hellen Haare leuchteten in der Dunkelheit, und wenn er lachte, sah ich seine weißen Zähne.

Er drückte die Nachttischlampe an, und ich stieß ein Stöhnen aus, als ich die Tasche auf dem Boden sah. Viel war von meinem Stöhnen nicht zu hören; vielleicht ein bisschen mehr als durch Imos Knebel, aber meine Proteste würden nirgendwo zu hören sein.

Aber ich würde auch gar nicht protestieren, denn ich wollte nicht gerettet werden. Ich hatte diese Erfahrung gewollt, seit ich Imo so hilflos gesehen hatte. Nach dieser erniedrigenden Orgie wollte ich wissen, wie sich so etwas anfühlte. Ein anderer Teil von mir wollte auch dann begehrenswert sein, wenn ich nicht solche Spiele mitmachte. Ruperts Lächeln wurde breiter, als er nach meinem Handgelenk griff.

Ich schlug nach ihm, aber es war mehr eine Geste als eine ernsthafte Abwehr, und so hatte er keine Mühe, die eiserne Acht um mein Gelenk schnappen zu lassen. Innen waren die Handschellen mit irgendwas gefüttert, vielleicht mit Samt, deshalb schmerzten sie nicht.

Bald würde ich hilflos sein, dachte ich, und dieser Gedanke erregte mich. Er könnte dann mit mir tun, was er wollte. Er konnte mir einen Orgasmus nach dem anderen bringen, bis ich ihn anflehte, dass es jetzt genug war, aber ich hatte keine Möglichkeit, ihn an der Fortsetzung zu hindern.

Er lächelte, offenbar genoss er den Anblick meiner gefesselten Arme, dann zog er das Laken, mit dem ich bedeckt war, bis zur Taille hinunter und verband beide Handschellen mit einer Kette. Grinsend band er die Kette um die Bettpfosten, bis meine Arme sich über meinem Kopf befanden. Ungewohnt, aber noch ganz bequem.

»Bald wirst du völlig hilflos sein«, murmelte er und küsste meinen Hals ab. Er arbeitete sich weiter nach unten, zuerst zu den Brüsten, dann zum Bauch, und auf jeden Quadratzentimeter nackte Haut pflanzte er süße kleine Küsse.

Vielleicht hätte ich härter kämpfen sollen, aber es fühlte sich so gut an, und es war ja nur ein Spiel. Er zog das Laken weiter nach unten, und ich erwartete, seine Zunge zu spüren, wenn sie sich um meine Klitoris kraulte. Er leckte die Innenseiten meiner Schenkel, bis ich zu stöhnen begann. Ich genoss die gedämpften Laute, die sich an dem Seidentuch vorbeimogelten. Sie waren ein weiteres Zeichen meiner Verletzlichkeit. Dann stieß ich einen Schrei aus. Er hatte nämlich mit dem Lecken aufgehört und sich sogar aufgerichtet.

»Du bist noch nicht hilflos genug.«

Er schloss die Tür ab und steckte den Schlüssel in seine Tasche, um zu unterstreichen, dass er die volle Kontrolle besaß. Dann verriegelte er auch das Fenster. Er grinste, als er wieder in seine Tasche griff und etwas herausnahm, von dem ich bisher nur gelesen hatte.

Das Ding war ein Spreizer, der benutzt wurde, um die Schenkel (meist einer Frau) in einem bestimmten Abstand zu halten. Ein Holzknüppel mit Manschetten an beiden Enden und einem Gleitmechanismus, um die Distanz zwischen den Manschetten zu variieren. Sobald das Opfer angeschlossen ist, kannst du die Beine spreizen wie bei einer dieser biegsamen Puppen, mit denen wir als Kinder gespielt hatten.

Als er mir das Foltergerät unter die Nase hielt, sah ich, dass auch diese Manschetten mit Samt gefüttert waren. Die Manschetten waren mit vielen Ringen versehen. Ich schätzte mal, dass man sie brauchte, um Ketten daran aufzuhängen, die deine Spielgefährtin in eine bestimmte Position bringen.

Ja, ich wollte, dass er mich den Spreizer spüren ließ. Ich wusste, dass er mir eine letzte Chance gab, um rechtzeitig auszusteigen. Aber das wollte ich nicht. Auf der anderen Seite würde unser Spiel bald fade werden, wenn ich ohne Gegenwehr alles mit mir geschehen ließ.

Ich zog meine Knie an, bis sie auf meiner Brust lagen, dann versteckte ich meine Füße unter mir. Nur mühsam konnte ich mich aufrichten, und das Ziehen der Kette, als ich meine Arme bewegte, erinnerte mich daran, dass ich eigentlich jetzt schon hilflos war. Ein gut gezielter Tritt in seine Weichteile hätte diese Situation zu meinen Gunsten verändert, aber ich hatte andere Pläne mit seinen Weichteilen.

»Du wirst völlig hilflos sein«, wiederholte er und drückte mich zurück aufs Bett.

Zu jeder anderen Zeit hätte ich ihm gesagt, er sollte sich einen besseren Drehbuchschreiber suchen, bevor er mit seiner Regie begann, aber ich konzentrierte mich auf andere Gedanken, lag da und starrte zu ihm hoch. Ich ertrank in Lust.

Er griff nach meinem Fußgelenk und zog den Fuß unter meinem Körper weg. Ich tat so, als hätte ich was dagegen, dann lag ich aber unterwürfig da, während er die Spreizstange einsetzte. Sie hielt den Abstand meiner Beine auf Bettbreite. Die Muskeln in den Oberschenkeln protestierten gegen den Druck, aber die Schmerzen waren auszuhalten und entlockten mir nicht einmal ein Stöhnen.

Als ich in seinen Augen hilflos genug war, richtete er sich auf und studierte seine Arbeit. Ich schüttelte mich, als mir einfiel, was Lance gesagt hatte: Er würde Rupert auftragen, mich zu fesseln, und er würde ihm genau vorschreiben, was er alles mit mir anstellen sollte.

Aber Lance war nicht hier. Rupert war in meinem Zimmer, und er lächelte mich an, deshalb machte ich mir grundlos Sorgen. Ich musste mich nur entspannen, dann würde es so gut werden, wie ich mir gestern Abend vorgestellt hatte.

Ich lag da und kostete aus, so hilflos und entblößt zu sein. Jetzt wartete ich darauf, dass Rupert das Schlimmste tat, was ihm einfiel. Ich hatte kein Mitspracherecht. Meine Beine konnte ich zwar noch bewegen, aber ich konnte sie nicht schließen. Und ich hatte den Eindruck, dass er noch nicht fertig war mit mir. Nach längerer Überlegung befestigte er eine weitere Kette um den Spreizer und schlang sie dann um den Bettpfosten. Im nächsten Moment zog er sich aus und schlüpfte neben mich ins Bett.

Ich konnte ihn riechen, ich konnte ihn sehen, und ich konnte nach ihm lechzen, aber ich konnte ihn erst haben, wenn er wollte. Ich hatte das Gefühl, er würde mich ganz lange zappeln lassen. Schon zu diesem Zeitpunkt nahm ich mir vor, wenn wir dieses Spiel noch einmal spielten, würde er hilflos sein und ich die Kontrolle übernehmen.

Mir fiel ein, dass es kein nächstes Mal geben würde. Morgen um diese Zeit würde ich weit weg sein von hier und auf meinem Hotelzimmer sitzen, um die Berichte zu schreiben, die mich berühmt machen sollten. Eine Sekunde lang bereute ich, was ich vorhatte.

»Du bist schön«, sagte er und breitete meine Haare auf dem Kissen aus. Ich musste wie eine jungfräuliche Opfergabe ausgesehen haben. Er fing an, mit seinen Finger über meinen Körper zu streicheln; nie verharrten die Finger irgendwo so lange, dass ich kommen konnte. Er neckte mich, zwickte leicht meine Labien, und ich stöhnte, hob den Bauch an und versuchte, ihn zu ermuntern.

»Noch nicht«, flüsterte er und knipste das Licht aus. »Wir haben die ganze Nacht für uns, und du entkommst mir nicht so leicht.«

Ich hatte mich noch nie so warm, so nass und so hungrig gefühlt. Im nächsten Moment übermannte mich das geballte Entsetzen, und ich hätte mir fast in die Hose gemacht. Die Deckenlampe wurde eingeschaltet, und ich musste blinzeln, während eine kalte Stimme sagte: »Nein, sie wird uns überhaupt nie entkommen.«

Lance! Und ich war hilflos und fühlte mich wie eine Närrin. Ich hatte vergessen, meine Aufzeichnungen wieder ins geheime Versteck zu bringen, was ich bisher immer getan hatte, wenn ich mein Zimmer verließ. Ich war zu müde, zu sicher gewesen, dass ich gewonnen hatte, zu versessen auf Rupert, um unsere gemeinsame Phantasie Wirklichkeit werden zu lassen, um noch an die üblichen Sicherheitsmaßnahmen zu denken. Jetzt hielt Lance meine Notizen in den Händen, und ich wusste, dass ich knietief in der Scheiße steckte.

»Willst du mir diese Zettel erklären?«, fragte er.

Rupert stand auf; es schien ihn nicht zu stören, dass er nackt war. Seine Erektion wedelte vor ihm her, als er zu Lance ging. Ich hasste den untersetzten Kerl noch mehr, weil er mir

Ruperts schönen Schwanz vorenthielt. »Erkläre mir zuerst mal, was das soll. Ich hatte die Tür abgeschlossen.«

»Und ich habe einen Schlüssel, was sich als vorteilhaft erweist.« Er schwenkte den Arm mit meinen Notizen wie ein Detektiv im Fernseh-Thriller, wenn er erklärt, wie clever er am Ende war. »Oder kennst du diese Notizen, Rupert?«

»Ob ich wusste, dass sie ein Tagebuch führt?« Bei mir keimte Hoffnung auf, dass ich noch eine Chance hatte. Rupert lachte trocken auf. »Natürlich.«

»Hast du gewusst, dass sie einen Vertrag über fünfzehntausend Pfund hat, wenn sie Berichte über uns für eine dreckige Sonntagszeitung schreibt?«

Rupert schwang herum und starrte mich an. Seine Erektion hatte stark abgenommen. »Ist das wahr?«

»Natürlich ist das wahr«, antwortete Lance für mich. »Sie ist auch nachts draußen herumgeschlichen. Als ich sie neulich dabei erwischt hatte, wusste ich nicht, was sie da getrieben hat, aber jetzt wissen wir es. Wir müssen überlegen, was wir mit ihr anstellen.«

»Liberty soll sich um sie kümmern.« Rupert mied es, mich anzuschauen, während er sich anzog, da wusste ich, dass er mir nicht helfen würde. Warum sollte er auch, wenn ich bereit war, seinen Ruf zu besudeln?

Nun ja, ich war nie so einfältig gewesen, von ihm die dicke Freundschaft zu erwarten, nur weil wir einige Male gevögelt hatten. Ich empfand ja auch nicht viel für ihn. Das stimmte nicht. Ich empfand schon einiges für ihn, aber ich wusste, dass ich kein Recht hatte, dieses Gefühl auch von ihm zu erwarten.

»Wer, glaubst du, hat mir den Auftrag gegeben, sie im Auge zu behalten?« Lance lachte trocken auf und fuhr mit einem Finger über mein Gesicht. »Sie hat uns die ganze Zeit verkauft, und bevor du es sagst, Rupert – es kann keine unschuldige, harmlose Erklärung dafür geben. Wenn es eine gäbe, hätte sie es längst hinausgeschrien. Schau doch hin. Sie beteuert nicht ihre Unschuld, nicht wahr?«

Ich konnte nicht. Zum Ersten konnte ich nicht sprechen, und zum Zweiten gab es keine gute Erklärung. Ich lag nur da, starrte ihn an und hoffte, dass mein Blick etwas Trotziges hatte und keine Angst ausdrückte. Ich wünschte, ich hätte meine Schenkel schließen können. Lance betrachtete mich von oben bis unten und hatte sein brutales Lächeln drauf.

Er langte nach unten, und ohne jedes Anzeichen von Lust und Leidenschaft schob er drei Finger in mich hinein. Ich versuchte, mich zurückzuziehen, aber ich war so völlig hilflos, wie er mich die ganze Zeit hatte sehen wollen.

Ich glaube nicht, dass Rupert etwas mit diesem Plan zu tun hatte, aber ich wusste, wer ihn auf die Idee gebracht hatte, mich zu fesseln und wer ihm die ganzen Geräte gegeben hatte. Ich war mal wieder Lance' Spielball, und zu meiner Angst gesellten sich Scham und verletzter Stolz – und, um ganz ehrlich zu sein, auch ein Hauch von dunkler Erregung.

»Sie ist nass«, murmelte er und schaute Rupert spekulierend an. »Nass und bereit. Diese Gelegenheit müssen wir ausnutzen, oder was meinst du? Und du kannst alles filmen.«

»Und du willst …?« Rupert sprach den Satz nicht zu Ende, und ich fühlte mich plötzlich ganz klein und sehr ängstlich. Mir war schlecht. Rupert war ein schamloser Genießer, der wahrscheinlich an fast allem seinen Gefallen fand, aber jetzt sah er Lance mit fasziniertem Horror an.

»Sie hat es nicht anders verdient«, sagte Lance kühl. »Du brauchst dir keine Sorgen zu machen, ich erwarte gar nicht, dass du dich beteiligst. Nur filmen, das genügt.«

»Soll mir recht sein.« Rupert schien sich zu entspannen. »Solange alles in Libertys Sinn ist.«

»In Libertys Sinn?« Lance lachte und kam auf mich zu, ein dickes schwarzes Tuch in der Hand. Er reichte meine Notizen an Rupert weiter, der die verschiedenen Seiten überflog und dann zur Seite legte. Er schüttelte traurig den Kopf. Aber Rupert war mein geringstes Problem, denn Lance legte mir eine Augenbinde um und sagte: »Sie hat das alles arrangiert, und sie hat auch festgelegt, dass die Szene gefilmt werden soll. Sie hat ihre eigenen Pläne für dieses kleine Luder, und ich auch.«

Lance löste die Ketten, die meine Hand- und Fußmanschetten an die Bettpfosten banden. Was würden sie mit dem Film anfangen? Wie hatte ich nur so einfältig sein können? Wie dumm, wurde mir erst klar, als Lance mich doppelt schlug und die Handgelenke und Fußgelenke zusammenband. Wenn er mit mir fertig war, würde ich wie ein Fötus zusammengekauert daliegen, die Pobacken weit auseinander, offen und verletzlich.

Ich erwartete, dass er mich wieder anfasste und irgendwas in mich hineinrammte, aber er öffnete nur die Tür und brachte einen Wagen herein, den die Zimmermädchen für die Berge schmutziger Wäsche benutzten. Mit Ruperts Hilfe steckte er mich auf die schmutzige Wäsche und deckte mich auch noch mit ihr zu. Dann spürte ich, wie ich gefahren wurde.

Wir waren wahrscheinlich unterwegs zur Halle. Ich war entschlossen, mein Gehirn mit exakten Überlegungen zu beschäftigen, statt meiner wachsenden Panik nachzugeben, denn dann hätte Lance auch noch die Genugtuung gehabt, mich heulen und schluchzen zu hören. Den Flur entlang, dann ein holperiger Weg die Treppe hinunter und schließlich über eine harte Oberfläche, die vielleicht Beton sein könnte.

Das bedeutete, dass wir zum Fitness Center unterwegs waren, zu den kleinen anonymen schalldichten Räumen. Aber wir fuhren nicht nach rechts, stattdessen blieben wir auf dem Weg, und ich erinnerte mich an die anderen kleinen Außengebäude.

Ich hatte mir schon länger vorgenommen, herauszufinden, was sich in diesen Gebäuden befand, aber ich hatte ja vorsichtig sein müssen, und zu viele Fragen zu stellen, traute ich mich auch nicht. Verdammt, genutzt hatte meine Vorsicht nicht. Meine Liste der Tabus fuhr mir durch den Kopf, und ich wusste, dass Lance begeistert sein würde, mich an einem Abend durch meine Liste zu hetzen.

Mit voller Wucht biss ich auf den Knebel, denn ich wollte kein Geräusch von mir geben, das Lance als Hilferuf oder Flehen um Gnade deuten konnte. Ich musste mir einen Ausweg einfallen lassen. Aber bis die ratternde Fahrt endete, war mir keine Idee gekommen.

Sie setzten mich ab und kümmerten sich nicht mehr um mich. Ich weiß nicht, wie lange sie mich allein ließen, vielleicht nur Minuten, vielleicht auch Stunden. Um mich herum war alles finster, und ich konnte die Turmuhr nicht hören, an deren Zeit ich mich sonst orientieren konnte. Sensorische Entbehrung, sagen die Psychiater dazu, und ich kann nur sagen, dass sie ungeheuer wirkungsvoll war.

Ich begann mich zu schütteln, ich brauchte eine Toilette, aber ich konnte meine Situation nicht ändern. Weil Arme und Beine gefesselt waren, konnte ich nicht gegen die Seitengitter rütteln, um auf mich aufmerksam zu machen, und ich weiß auch nicht, ob ich überhaupt wollte, dass mich jemand in meiner Lage bemerkte. Es kostete mich große Mühe, mich zum logischen Denken anzuhalten, und schließlich fand ich eine Erklärung, die einen Sinn ergab.

Sie warteten auf Libertys Rückkehr, deshalb blieb mir eine klitzekleine Hoffnung auf Flucht. Sie hatten keinen Beweis, was ich mit meinen Notizen anfangen wollte, und selbst wenn, wäre das auch noch kein Verbrechen gewesen.

Nicht zu vergessen – ich war die Freundin von Libertys Tochter. Das musste doch für mich sprechen, oder? Ich war mir selbst nicht sicher, aber ich wollte nach jedem Strohhalm greifen. In der Stille hörte ich mein Herz klopfen. Ich wollte nicht daran denken, was passieren könnte, falls sich meine vagen Hoffnungen nicht erfüllten.

Es war, als wäre eine Ewigkeit vergangen, als ich wieder Schritte hörte. Männerschritte und Frauenschritte, denn ich vernahm das Klicken hoher Absätze. Die schmutzige Wäsche wurde von meinem Körper genommen, dann erlöste mich jemand von der Augenbinde. Ich blinzelte und war fast geblendet vom grellen Licht, als Lance mich aus dem Wagen hob. Ich hoffte, er würde mich gehen lassen, als er nach meinen Manschetten griff. Aber er löste nur die Schlingen, damit ich mich aufrichten konnte.

Aber ich konnte es nicht; eine weitere Demütigung. Ich war so kalt und steif und verkrampft, dass er mir auf die Füße helfen musste. Er rieb meinen Körper so behutsam wie nach meinem Erlebnis mit den Zwillingen. Er führte mich danach zu einem Sitzplatz, und ich konnte das erste Mal meine neue Umgebung ansehen.

Vier Kameras waren an der Wand befestigt, alle auf ein weiteres gusseisernes Bett gerichtet. Dieses hier war breiter als das auf meinem Zimmer, und ich brauchte nicht Einstein zu sein, um zu ahnen, dass ich wieder ans Bett gebunden werden würde. Auf der einen Seite des Betts stand eine Liege, die mich an das Möbelstück erinnerte, auf dem Imo gelitten hatte. Ich selbst saß jetzt auf einem dieser Leinenklappstühle, die sonst den Regisseuren vorbehalten bleiben.

Ich versuchte, Lance zu treten, als er zwischen meinen offenen Schenkeln kniete, aber die Mühe hätte ich mir sparen können. Es klickte einige Male, dann war die Spreizstange an den Stuhlbeinen festgemacht. Nur für den Fall, dass ich immer noch Hoffnungen auf eine Flucht hegte, befestigte er weitere Ketten an die Handgelenkmanschetten und schlang sie um die Armlehnen des Stuhls.

Schließlich, als ich so hilflos wie möglich war, band er ein Handgelenk um die Holzlehne des Stuhls und wiederholte das auch mit dem anderen Arm. Dann nahm er den Knebel aus meinem Mund, und der Drehstuhl in meinem Rücken schwang zu mir. Liberty Hall sprach das erste Mal.

»Nun?«, fragte sie gelassen. Sie trug ein rotes Abendkleid aus Samt. Es sah nach einem Original von Chanel aus. Ein Halsband funkelte, und ich schätzte, dass es echte Diamanten waren. Nie habe ich mich unbedeutender gefühlt.

»Ich habe nichts getan«, war alles, was ich vorbringen konnte, und es stimmte ja auch. Ich hätte das Wörtchen ›noch‹ einfügen sollen, aber das war eher spitzfindig.

»Und was sollen diese Notizen dann?« Sie hörte sich nicht allzu wütend an, als sie meine Aufzeichnungen hochhielt, aber das schien mir noch bedrohlicher zu sein.

»Ich führe immer ein Tagebuch, da können Sie Ihre Tochter fragen. Und wenn Sie schon dabei sind, können Sie ihn da fragen« – ich entschied mich für den Zorn der Gerechten und ruckte den Kopf in Richtung Lance – »was er sich bei seinen elenden Spielen denkt. Seit ich ihm gleich zu Anfang gesagt habe, dass ich bei seinen kranken Spielchen nicht mitmache, ist er hinter mir her.« Beinahe hätte ich erwähnt, dass er schon in mein Zimmer eingebrochen war, noch bevor wir uns bekannt gemacht hatten, aber wenn ich jetzt diese Beschuldigung vorbrachte, würde Liberty mich fragen, warum ich mich nicht gleich bei ihr gemeldet hätte. Das würde nicht zu meiner Pose der wütenden Unschuld passen. »Heute hat er mich den Zwillingen zum Fraß vorgeworfen, was nicht in Ordnung war, denn wir hatten schließlich eine Vereinbarung. Kein Anal…«

»... keine lesbischen Spiele, keine Erniedrigungen und keine Schmerzen«, zählte Liberty gleichmütig auf, und ich hörte heraus, was sie von meinen Einwänden hielt – nichts. »Ich kann mich daran erinnern, dass zu der Vereinbarung auch ein Stillschweigen über unsere Angelegenheiten gehörte. Soll ich den Vertrag holen, um auszuschließen, dass ich mich irre?«

»Nein«, sagte ich, aber dann wehrte ich mich wieder: »Ich habe keinem irgendwas erzählt.«

»Dann lügt also Dickie Lawrence? Du bist nicht seine Wanze, die er uns ins Hotel gesetzt hat? Er hat dir keinen Vertrag angeboten, den du bereitwillig unterschrieben hast?« Sie hob ein Papier auf, das vor ihr auf dem Tisch lag.

Oh, verdammt, dachte ich, als ich den Vertrag erkannte, den ich unterschrieben hatte.

»Er hat dich nicht verraten«, sagte Liberty. Sie griff nach einem Glas Mineralwasser, das auch auf dem Tisch stand.

Mein Mund fühlte sich trocken an, und der fade Geschmack stammte vom Knebel. Ich hätte meine Seele für einen Schluck Wasser verkauft, aber sie bot mir nichts an. Sie nahm einen Schluck und beließ das Wasser lange in der Mundhöhle, als wüsste sie ganz genau, wie ich mich fühlte.

»Aber er konnte nicht widerstehen, seinem Redakteur von seinem großen Coup zu erzählen. Die Frau des Redakteurs ist eine Freundin von mir aus alten Tagen, und sie hat ihren Mann gebeten, doch mehr über diese Wanze herauszufinden. Heute Abend hat sie mir berichtet. Ich habe gleich mit dem Vorsitzenden des Presserats gesprochen und dann auch mit Dickie. Alles klar?«

»Ich hatte keine Wahl«, sagte ich. Sicherlich konnte sie mich verstehen, schließlich war sie selbst mal arm gewesen. »Ich war pleite, und er kam auf mich zu ...«

»Du bist auf ihn zugegangen«, stellte sie klar. »Er hat mir schließlich alles erzählt.«

Ich hätte gern gewusst, was sie mit ›schließlich‹ meinte, aber ich wollte sie nicht noch mehr verärgern, deshalb sagte ich nichts.

»Nun?«, fragte sie und stieß einen Seufzer aus. »Du bist eine gierige kleine Schlampe, Tess. Du würdest alles tun, um das zu bekommen, was du dir in den Kopf gesetzt hast.«

»Sind Sie denn so anders?« Ich hatte geschworen, nichts über das Leben auf Liberty Hall zu erzählen, aber ihre kaltschnäuzige Art ging mir auf den Geist. »Ich habe nichts getan, was Sie nicht auch getan hätten, wenn Sie in meiner Position gewesen wären.«

»Aber ich hätte dafür gesorgt, dass ich nicht aufgeflogen wäre. Ich hätte alles Notwendige mitgemacht, ohne so eine Liste zusammenzustellen, und ich hätte alles vermieden, was die Neugier anderer Menschen erregen könnte.« Sie schaute zu Lance, der wie im Siegesrausch lächelte. »Aber am Ergebnis hätte das auch nichts geändert, Teresa.«

Die Leute nennen mich nur dann Teresa, wenn ich in bösen Schwierigkeiten stecke, aber so böse waren die Schwierigkeiten noch nie. Und ich hatte auch noch nie so große Angst gehabt.

»Wir haben dir eine Chance gegeben, davonzulaufen, aber du hast sie nicht genutzt. Du warst sicher, klüger zu sein als wir. Jetzt kennst du die Wahrheit. Du warst überhaupt nicht klug, und jetzt zahlst du den Preis und lernst, was du wirklich bist.«

# *Neuntes Kapitel*

Ich sparte mir eine Antwort. Ich wusste, dass sie ihre Meinung nicht ändern würde, ganz egal, was ich noch zu sagen hatte. Liberty beobachtete mich mit der leidenschaftslosen Neugier eines Quizmasters, der für das Nichtwissen seiner Kandidaten nichts als Verachtung empfindet.

»Erinnerst du dich an deine kleine Liste? Alles das wirst du auf einmal erleben.«

»Das werden Sie sich nicht trauen. Einen solchen Skandal können Sie sich nicht leisten.« Sie mochte zwar eine Menge Einfluss haben, aber niemand konnte sich über das Gesetz erheben. Oder machte ich mir wieder etwas vor? Ich hatte das schreckliche Gefühl, dass ich immer noch an den Weihnachtsmann glaubte, und dieses Gefühl wurde stärker, als ich sie lächeln sah.

»Wirklich? Auch wenn du gefilmt wirst und zeigst, wie sehr du deinen ›Opfergang‹ genießt? Wenn du zur Polizei gehst oder auch nur ein Wort über mein Hotel schreibst, wirst du das Video, das wir von dir drehen, auf einer Website ansehen können. Jeder muss zahlen, wenn er sich das Video reinzieht, aber das wird deiner gierigen Natur ja nur gefallen. Stell dir vor, Männer auf der ganzen Welt holen sich einen runter, während sie zusehen, wie du bestraft wirst. Es wird ihnen umso besser gefallen, je mehr du dich zur Wehr setzt.«

»Was ist mit Imo?« Das war der letzte Strohhalm, nach dem ich griff, aber Liberty entzog ihn mir sofort.

»Wir werden ihr über all das nichts erzählen. Sie wird im

Glauben gelassen, dass du das Hotel verlassen hast, zweifellos aus Abscheu, als du Lance' Pläne für dich erfahren hast.«

Imo würde also auch nicht in der Lage sein, mir zu helfen (falls sie das überhaupt gewollt hätte, wenn sie von meinem Verrat erfuhr). Ich schloss die Augen und wünschte, ich könnte auch die Tränen so leicht wegschließen.

Liberty fuhr fort: »Wir beginnen mit Demütigungen mit nur einer Prise Schmerz, um dich einzustimmen auf das, was noch kommt.«

Wieder sparte ich mir einen Kommentar, und ich hielt die Augen auch geschlossen, als Lance sich wieder vor mich kniete. Ich hätte es nicht ertragen können, sein intensives Grinsen zu sehen, und außerdem wusste ich ja schon, was er mit mir anstellen wollte. Er befestigte eine längere Kette an meinen Handgelenkmanschetten, dann ebenfalls eine längere zwischen den Fußmanschetten. Erst als ich nach seiner Vorstellung ordentlich verschnürt war, nahm er die Spreizstange zwischen meinen Beinen weg. Er zerrte an meinen Handgelenken, bis ich die Augen aufschlug und langsam vom Stuhl aufstand.

»Hierher.« Sein Lächeln war so verdreht wie sein Charakter. »Das wird mir gefallen.«

»Gut für dich. Mir wird es nicht gefallen.« Es sollte trotzig klingen, aber ich glaube nicht, dass es überzeugend klang.

»Nun, ganz zum Schluss wird es dir doch gefallen. Zuerst wirst du schreien und kreischen und protestieren, aber das ist egal. Das Studio ist schalldicht, und alle hier haben zu viel zu verlieren, um sich für dich einzusetzen oder auch nur, um dich zu bedauern. Wir lieben unser Leben, und wir mögen keine« – seine Hand grabschte zwischen meine Beine und zwickte mich so gemein, dass ich meinen Stolz vergessen und kreischen musste – »kleinen billigen Huren, die sich hier einschleichen und uns alles verderben wollen.« Er schob mich durch eine Tür in ein spartanisch ausgestattetes Bad. Er zeigte auf die Toilette. »Benutz sie.«

Ich hätte ihm gern ins Gesicht gespuckt, aber ich musste so dringend, dass es mir auch egal war, ob er mir zuschaute. Ich setzte mich, presste meine Knie in einem fruchtlosen Versuch zusammen, mich zu schützen, während ich tat, was ich tun musste.

Er griff wieder an meine Kette. »Willst du nicht wissen, was als Nächstes auf dich zukommt?«

»Ich bin sicher, ich werde es früh genug erfahren.« Ich mochte zwar hilflos sein, aber ich wollte verdammt sein, wenn ich seine Freude durch Bitten und Betteln noch erhöhte.

»Mach schon. Setz dich zur Wehr. Aber du weißt, dass du nicht gewinnen kannst«, schniefte er.

Also, versucht habe ich es. Ich trat, ich wehrte mich, ich schrie, aber nichts hat mir irgendwas gebracht. Er ließ mich auf die Liege mit dem schwarzen Lederpolster plumpsen, und ich krachte so heftig auf den Rücken, dass es mir den Atem raubte. Deshalb konnte ich nicht mal protestieren, als er die Ledergurte über meine Brüste, den Bauch und die Hüften befestigte.

»Zuerst Demütigungen und ein bisschen Schmerz, dann erst kommt das Hauptgericht«, sagte er fröhlich.

Das Hauptgericht würde Analsex sein, den er mir aufzwingen wollte. Ich wusste, dass er mich auch zwingen konnte, Analsex zu genießen, und das war fast noch schlimmer als der Akt selbst. Ich hoffte, dass er schnell damit fertig war, aber auch das hätte ich besser wissen müssen.

Ich hörte ein sanftes Wimmern, das von gepresster Luft rührte. Meine Liege wurde rückwärts gekippt, bis mein Kopf dem Boden näher war als meine Füße. Nur um zu verdeutlichen, wie hilflos er war: Er schob Gummikissen unter meine Hüften, bis die Pobacken mindestens zehn, zwölf Zentimeter über der Liege schwebten. Ich presste meine Lippen aufeinander und wartete auf das Unvermeidbare. Sein Lächeln wurde breiter.

»Noch nicht«, sagte er und verschwand in einen Bereich, der mit spanischen Wänden abgetrennt war. Als er zurückkam, rollte er einen Servierwagen herein, auf dem medizinisch aussehendes Gerät stand, und der Rest meines Stolzes und meines Trotzes verflog.

»Nein!«, schrie ich, und es war mir egal, dass die anderen Leute im Studio neugierig zu mir schauten.

»Du musst zuerst rein sein, bevor wir dich filmen«, sagte er. »Das sind wir dir und auch dem Kameramann schuldig.«

»Bitte?« Ich hatte mir geschworen, nicht zu betteln, aber dies hier war was anderes. Ich sah einen Wasserbeutel, der an einem Gestell hing, und ein langer Schlauch führte vom Beutel weg. Der Schlauch hatte einen Ausguss, den Lance mit einem Fett einschmierte.

»Der erste Beutel enthält Seife, damit wir dich so sauber wie möglich kriegen, deshalb rechne ich nicht damit, dass es dir gefallen wird. Aber bald wirst du herausfinden, wie klein der Unterschied zwischen Lust und Schmerz ist.« Er rieb jetzt das Fett in die Kerbe und sadistisch langsam auch um den After. Seine Finger pressten dagegen, dann zog er sie zurück, und fast gleichzeitig schob er die ausgussartige Spitze in mich hinein. Ich jammerte vor Entsetzen, aber ich spürte noch ein anderes Gefühl. Ich hätte nie zugegeben, dass es Lust war.

»Willst du nicht wieder den Knebel im Mund haben?« Seine Stimme verließ nie die Ebene des Gesprächstons, was schlimmer war, als wenn er triumphiert hätte. »Damit wäre es dir nicht möglich, laut zu schreien oder um Gnade zu betteln, was dir sowieso nicht gut zu Gesicht steht. Viele Frauen mögen das, weil sie sich durch einen Knebel noch hilfloser fühlen. Nein? Nun, meine Liebe, wirf mir später nicht vor, dass ich dir nicht die Wahl ermöglicht habe.«

Ich antwortete nicht, aber bald wünschte ich mir, ich wäre seinem Vorschlag gefolgt, denn der ganze Stolz hätte mich nicht von den Schreien abhalten können, als er mit einem Finger in den Anus eindrang. Ich klemmte meine Muskeln zusammen, um mich ihm zu widersetzen, aber die Kombination seines glitschigen Fingers und des einmassierten Fetts ließen meine Gegenwehr gar nicht zu. Er drang in mich ein, wie ein heißes Messer durch weiche Butter dringt.

Er hatte Recht: Es tat weh, und es war sehr, sehr erniedrigend.

»Mach nicht so einen Wind«, tadelte er mich. »Noch habe ich dir nicht wehgetan.«

»Doch, hast du«, jammerte ich und biss mir auf die Lippen, um mit dem Weinen aufzuhören. Der körperliche Schmerz war nicht halb so schlimm, wie ich erwartet hatte, aber was wirklich schmerzte, war mein innerer Zustand. Ich wollte das alles nicht, aber ich wusste, dass er sich nicht davon abhalten ließ, und er würde nicht eher Ruhe geben, bis ich das genoss, was er mit mir anstellte.

Ein Teil von mir fand bereits Gefallen an meiner Hilflosigkeit. Er zog den Finger heraus und bohrte ihn wieder langsam hinein. Er wiederholte das so oft, bis er keinen Widerstand mehr spürte, dann nahm er einen zweiten Finger dazu.

»Willst du immer noch nach Barmherzigkeit schreien?«, fragte er, aber ich schüttelte den Kopf. Ich wollte nichts anderes als ein rasches Ende meiner Qualen und viele, viele Meilen weg von Liberty Hall zu sein. Aber natürlich wusste ich, dass sich diese Wünsche nicht so schnell erfüllen würden.

»Nein? Dann lasst uns fortfahren. Aber damit es wirklich

eine Demütigung wird, brauchst du Zuschauer dieser Szene, nicht wahr? Rupert?«

Rupert erschien, und mich überraschte, dass er wie ein gewöhnlicher Arbeiter aussah. Er vermied es immer noch, mich anzusehen.

»Rupert hasst es, wenn ich das bei ihm ausprobiere. Dir haben meine kleinen Spiele nie gefallen, nicht wahr, Rupert?«

Rupert schüttelte den Kopf, die vollen Lippen vor Ekel zusammengepresst. Er starrte auf den Boden, aber ich glaubte nicht, dass Lance das durchgehen ließ.

»Schau dir das an.« Lances Tonfall hatte sich nicht verändert, aber sein Lächeln wirkte noch gehässiger als sonst. »Was, glaubst du, wird aus deiner Karriere, wenn sie ihre Artikel veröffentlicht? Renommierte Regisseure drehen keine Pornos, oder?«

Rupert sah weg, und ich wusste, dass ich die winzige Hoffnung auf einen Verbündeten begraben konnte. »Es ist nur nicht mein Ding«, murmelte er lustlos.

»Das muss auch nicht sein«, antwortete Lance. »Du sollst nur zuschauen. Wenn du willst, kannst du sie ja trösten, wenn sie anfängt zu schluchzen.«

Ich schwor, dem Bastard nicht die Genugtuung zu geben, mich schluchzen zu hören, aber mir war jetzt schon zum Heulen zumute. Ich hatte nie geglaubt, dass Rupert und ich ein Herz und eine Seele waren, aber wir hatten gute Zeiten miteinander erlebt, und ich hatte ihm vertraut, dumme Kuh, die ich war. Jetzt starrte er mich an, als hätte er mich noch nie gesehen und als ob ihm mein Anblick nicht gefiel.

»Warum, Tess?«

Ich machte mir nicht die Mühe einer Antwort. Er würde sie nicht verstehen, und ich traute mich nicht, den Mund zu öffnen, weil ich fürchtete, ich könnte schreien, denn Lance war dabei, die Tülle in meinen Anus zu drücken.

»Es schmerzt mehr, wenn du dich sträubst, und du hast gesagt, dass du nicht auf Schmerzen stehst«, warnte er.

Ich biss umso härter auf meine Lippen und wehrte mich weiter gegen das Eindringen.

Es schmerzte, und ich wette, dass er jede Sekunde genoss, als er zuerst den Stutzen und dann den Schlauch einführte. Ich hatte das Gefühl, es dauerte die halbe Nacht, aber schließlich war er fertig und trat zurück. »Sieht gut aus«, murmelte er mit einem widerlichen Lächeln.

Ich verfluchte ihn und versuchte, das Ding mit meinen Muskeln hinauszudrücken, denn irgendwie wollte ich ihn aufhalten. Aber dann hielt ich inne. Die Flüssigkeit begann zu fließen, und mein Bauch verkrampfte entnervend. Ich wusste genau, was passieren würde, wenn es mir gelang, den Schlauch aus mir herauszuholen. Ich würde mich selbst entsetzlich versauen, um eine höfliche Umschreibung zu benutzen. Nein, ich würde nicht selbst zu meiner Erniedrigung beitragen.

»Atme tief ein und aus, dann wird es nicht so schlimm sein«, flüsterte mir Rupert zu. Ich starrte ihn an und wünschte, ich traute mich, den Mund zu öffnen, um ihn auch zu verfluchen. Aber wenn ich damit anfing, könnte ich vielleicht nicht aufhören, also blieb ich still. Die Krämpfe im Bauch wurden stärker. Ich dachte, schlimmer könnte es nicht kommen, deshalb wollte ich es mal versuchen.

Es war schwer, sich auf meine Atmung zu konzentrieren und nicht auf das Seifenwasser, das in mich hineinsickerte, bis ich platzte. Aber dann schaffte ich es irgendwie, und ich musste zugeben, dass Rupert Recht hatte. Allmählich ließen die schlimmen Krämpfe nach und auch das Gefühl, jeden Moment zu platzen. Aber natürlich fühlte ich mich voll, wenn ich auch dachte, so schlimm würde es wohl nicht werden.

Dann, als wüsste dieser Bastard genau Bescheid über meine Gedanken, erhöhte er die Geschwindigkeit der Brühe, die in mich hineinlief.

»Ich bin sicher, du willst das bald hinter dir haben. Und wir können die anderen nicht warten lassen.«

Ich beobachtete den Wasserbeutel, wie ein Kaninchen die nahen Scheinwerfer anstarrt, nur dass ich nicht die Option hatte, einfach wegzulaufen. Aber das war es, was ich wollte. Die Krämpfe, die ich eben gespürt hatte, waren nichts im Vergleich zu jetzt, als die Flüssigkeit meine hintere Passage überflutete. Mein Bauch wurde vom Druck nach oben gegen die Ledergurte gedrückt, und ich beschimpfte mich wegen meiner Entschlossenheit, des Stolzes wegen nicht zu schreien. Ich schrie und schrie und hoffte, etwas gegen die unmenschliche Fülle zu unternehmen, aber ich war gefesselt und konnte mich nicht einmal regen.

»Es wird etwa fünf Minuten dauern, um sie ganz zu füllen.« Lance sprach nicht mit mir, wodurch sich mein Gefühl der Erniedrigung noch verstärkte. »Dann nehmen wir den Schlauch heraus, setzen einen Stöpsel ein und lassen sie weitere fünf Minuten in diesem Zustand. Das ist die erste Wäsche, und danach spülen wir sie noch mal durch.«

»Bitte, tu das nicht.« Scheiß auf Stolz. Jetzt ging es mir nur noch ums Überleben. Vielleicht würde ich eines Tages Vergeltung üben können, aber selbst das Überleben schien in diesem Moment gar nicht mehr so sicher zu sein. »Ich mach alles, was du willst. Ich werde keinen Bericht schreiben, kein Wort, und ich bin bereit, deine Spiele mitzumachen. Aber nimm jetzt den Schlauch raus.« Noch nie habe ich etwas so ernst vorgetragen. Mein Bauch fühlte sich an, als würde er jeden Augenblick explodieren. Ich konnte nicht begreifen, wie jemand auf so etwas abfuhr!

»Du verstehst immer noch nicht, was?«

Ich begann zu weinen, denn ich verstand sehr gut, und seine leidenschaftslose Erklärung brachte mir endlich die Realität, die ich bisher einfach ignoriert hatte.

»Du hast nichts, was sich zum Verhandeln eignet, denn du bist bereits in dem Stadium, in dem du alles tun wirst, was wir von dir verlangen, Tess. Wir brauchen keine Rücksicht auf dich zu nehmen, und wir tun's auch nicht. Wir bestrafen dich, und du wirst früher oder später deinen Spaß daran haben, denn so lange werden wir dich bearbeiten. Eines Tages kommst du vielleicht zu mir und bettelst darum, genau wie Imo.«

Ich schloss die Augen und tat so, als geschähe das alles nicht. Aber ich konnte immer noch fühlen, wie das Wasser in mich hineinlief, und in meiner Phantasie wurde der Wasserbeutel immer größer und mein Bauch immer voller.

Rupert ließ ein paar tröstende Geräusche hören und strich über meine Haare, was mir natürlich nicht half, aber zum Glück konnte ich sehen, dass der Beutel leer war. Lance zog den Rüssel, aber bevor ich etwas sagen konnte, hatte er den langen Stöpsel in mich hineingestoßen. Ich heulte laut auf, denn er war hart und kalt. Eine weitere Welle von Krämpfen überfiel mich, und ich schrie und schluchzte.

»Sie schafft das nicht«, sagte Rupert.

»Natürlich schafft sie es. Sie ist nur eine kleine Exhibitionistin. Wenn sie zu viel Theater macht, kneble ich sie und verbinde ihr die Augen.«

Ich hörte auf zu schreien, denn wenn ich nicht sehen konnte, was geschah, würde ich garantiert mit meinen Gefühlen nicht mehr fertig.

»Siehst du? Es werden noch zwei Krampfwellen kommen, dann lassen wir es aus ihr heraus, und wenn wir sie spülen, wird sie einen Orgasmus haben.«

Ich konnte mir nichts vorstellen, was weniger wahrscheinlich war, aber ich wollte nicht riskieren, dass er seine Drohungen umsetzte, deshalb hielt ich den Mund. Ich lag da und wünschte mir, mich einzurollen und auf den Tod zu warten. Die beiden Krampfwellen, die er vorhergesagt hatte, versuchten mich in Stücke zu reißen, aber ich stöhnte und jammerte nur leise, damit ich ihn nicht verärgerte.

Ich hatte das Gefühl, als wären Stunden vergangen, als er die Ledergurte löste und die Ketten um die Manschetten öffnete, bevor er mich ins Bad führte. Er schaute mich an, dann zog er den Stöpsel heraus. Ich presste meine Backen zusammen, um weitere Demütigungen zu vermeiden.

Er wusste das natürlich, deshalb ließ er mich eine kleine Ewigkeit warten, bis er auf die Toilette wies. Das Seifenwasser schoss aus mir heraus, sobald ich mich gesetzt hatte. Es war eine unglaubliche Erleichterung, und es war mir egal, dass Lance zuschaute. Ich ließ mir viel Zeit, aber diesen kleinen Trick kannte Lance auch. Er ruckte kurz an der Kette, und schon stand ich wieder auf meinen Füßen. Es ging zurück zur Liege.

Diesmal wehrte ich mich nicht, als er die Fesseln erneuerte. Ich war keine Anhängerin seiner Qualen geworden, aber mir war längst klar geworden, dass ich seinen Spaß erhöhte, wenn ich mich wehrte. Ich wusste, dass bald die Schmerzen kamen, denn sie waren Teil der Bestrafung, aber je länger ich sie hinausschob, desto besser.

»Jetzt wirst du kommen«, sagte er, als er den Stutzen wieder einfettete. »Wenn nicht, werden wir das so lange wiederholen, bis du den Orgasmus zulässt. Verstehst du, Tess?«

Ich nickte und schloss die Augen, als er in seiner Routine fortfuhr. Es schmerzte nicht mehr so sehr wie beim ersten Mal, wofür ich dankbar war. Ich versuchte, mich davon zu überzeugen, dass der Analsex dann auch nicht schmerzen würde.

Das Wasser begann wieder zu fließen, und ich verspannte mich und wartete darauf, dass die Krämpfe einsetzten. Ich musste überrascht gewirkt haben, als sie ausblieben, denn Lance fiel zurück in den Tonfall, mit dem er seine Erklärungen vorbrachte.

»Diesmal nehmen wir einen Liter Wasser, warm und labend. Fühlt sich doch gut an, nicht wahr?«

Ich antwortete nicht, aber er hatte Recht. Noch kam ich mir sehr voll vor, sehr erniedrigt und sehr, sehr verängstigt. Lance begann meinen Bauch zu massieren, und die Gefühle wurden noch zehnmal stärker.

»Die Nervenenden sind sehr empfindlich, wenn man so gefüllt ist«, erklärte er, und ich weiß, dass er gesehen haben musste, wie sich meine Augen weiteten. Ich hasste meinen Mangel an Kontrolle fast ebenso sehr, wie ich ihn hasste.

Ich wusste bereits, wie empfindsam die verdammten Nervenenden waren, denn es fühlte sich so an, als ob alles Gewicht der Welt gegen meinen Venushügel gedrückt wurde. Mein Geschlecht fühlte sich schwer und geschwollen an, und die hintere Passage, mit Schlauch und Wasser gestopft, drückte dagegen, bis meine Klitoris nach vorn geschoben wurde. Und immer noch floss das Wasser.

»Siehst du, wie sie es mag? Es ist also gar keine Bestrafung für sie. Erleichtert das dein zartes Gewissen, Rupert?«

Rupert drehte sich um und ging weg, ohne etwas zu sagen. Ich biss mir auf die Lippe, denn was der Bastard gesagt hatte, traf zu, und dass Rupert das sehen konnte, war die größte Demütigung. Oder jedenfalls hoffte ich, dass es die größte war, aber ich hatte das Gefühl, dass Lance erst begonnen hatte.

Ich wollte nicht kommen, aber mein Körper hatte andere Vorstellungen, und Lance war gut in seinem kranken Gewerbe. Die Krämpfe schlugen wieder zu, aber nicht so schlimm wie zuvor, und er rieb weiter über meinen Bauch. Als der letzte Tropfen Wasser aus dem Beutel floss, wusste ich, dass er auch diesmal Recht hatte.

Noch nie hatte ich mir einen Orgasmus weniger gewünscht als in diesem Moment, deshalb klemmte ich die Backen zusammen, als er mir wieder einen Stöpsel in den Anus schieben wollte, aber er lächelte nur.

»Wenn du nicht willst, lasse ich den Stöpsel draußen. Aber dann wird das ganze Wasser herausschießen, wenn du kommst, und jeder wird wissen, was für eine kleine schmutzige Schlampe du bist. Soll Rupert das auch filmen? Es würde wahrscheinlich eine wunderbare Szene geben.«

Danach leistete ich keinen Widerstand mehr und redete mir ein, dass ich gerade eine Pornoszene anschaue. Oder ein Buch, in das ich mich vertieft habe. Lance beschränkte sich darauf, meinen Bauch zu massieren. Er berührte nicht meine Klitoris und nicht meine Brüste, und das war auch gar nicht erforderlich. Ich hatte einen Stöpsel im Po, mein Bauch war so voll, dass jede Berührung hundertfach verstärkt wurde, und der Bastard würde gewinnen. Meine Nippel verhärteten sich, und meine Brüste wurden warm und schwer.

Mein Bauch zog sich zusammen, aber nicht wegen eines Krampfes, den der Einlauf verursachte, sondern wegen der vertrauten Zuckungen, die den Orgasmus ankündigten. Er presste hart auf meinen Schamberg, und ich schrie auf. Mein Po presste sich um den Stöpsel zusammen, und das Zittern übertrug sich durch die dünne innere Wand auf mein Geschlecht. Die Wand fühlte sich so an, als würde sie jeden Moment reißen. Dann brach der Tumult aus. Und ich kreischte, als die Kombination aus Lust, Erniedrigung und der Angst, dass ich nicht wusste, was noch kam, zu einem gigantischen Orgasmus führte.

Lance gab sich nicht die Mühe zu warten, bis ich aufgehört

hatte zu schluchzen und geschüttelt zu werden. Er löste die Ledergurte von meinem Oberkörper, trug mich zur Toilette und zog den Stöpsel. Warmes Wasser schoss heraus, und ich schrie noch lauter, als meine Lust ersetzt wurde vom kranken Wissen, was mir geschehen war.

»Siehst du?«, murmelte er. »Erniedrigung kann dir einen Orgasmus bescheren. Willst du mal raten, was jetzt kommt?«

Ich brauchte nicht zu raten. Da ich jetzt sauber war, würde der nächste Halt auf seiner Tour durch meine Einschränkungen das sein, was ich bei den Zwillingen noch hatte verhindern können. Es gab nichts, was ich tun konnte, um ihn zu bremsen, und nach den bisherigen Erfahrungen ahnte ich auch, dass es mir gefallen würde. So dumm es sich auch anhört, aber davor hatte ich die größte Angst.

Lance wischte mich sauber, und ich traute mir keine Gegenwehr zu. Er hob mich wieder hoch und trug mich in die Duschkabine. Eine Kappe für meine Haare, dann schäumte er mich mit einer Seife ein und hielt sich besonders lange mit den Brüsten auf, die auch gleich reagierten, was ihn diabolisch freute. Als er fertig war, keuchte ich laut und befand mich dicht vor einem weiteren Orgasmus. Wegen der Tränen fühlte ich mich fast blind, und ich konnte nichts sehen.

»Noch nicht«, flüsterte er. »Um genau zu sein, es wird noch ziemlich lange dauern.« Er rieb meinen Körper mit Babyöl ein, bis meine Haut zu glänzen begann. »Ich will, dass du vor den Kameras nur vom Feinsten aussiehst«, sagte er fröhlich, dann begann er meine Haare zu bürsten, und ich konnte nicht verhindern, dass ich sein sanftes Bürsten zwischen meinen Beinen spürte.

Wenn ich das gute Mädchen gewesen wäre, für das ich mich immer gehalten hatte, hätte nichts von den Dingen an diesem Abend mich erregen können. Aber mich erregte fast alles, und er wusste das und genoss es, und dieses Wissen erhöhte noch die Demütigung.

Es wurde noch schlimmer, als er mich zurück ins Studio führte und ein Mädchen auf mich zulief, einen Kasten mit Make-up Präparaten in der Hand. Sie sah mich an, nicht überrascht oder entsetzt, sondern mit der leidenschaftslosen Art, die auch Lance seinen Opfern gegenüber zeigte.

»Die Tränenbäche sind nicht leicht zu übertünchen«, sagte sie, nachdem sie mich länger betrachtet hatte.

»Fang an. Sie muss aussehen, als lechzte sie danach.«

Das traf nicht zu, aber ich hatte aufgehört, darum zu betteln, dass etwas nicht geschehen sollte. Es würde geschehen, und es würde mir gefallen, und es gab nichts, was ich tun konnte, um sie zu stoppen.

»Lege dich hin und spreiz deine Beine«, ordnete Lance an, nachdem er mich durchs Zimmer und an das gusseiserne Bett geführt hatte, das mir schon vorher aufgefallen war.

Ich gehorchte und spürte, wie die Manschetten an meinen Fußgelenken zerrten, als sich die Kette spannte. Ich dachte, er würde mich total gespreizt haben wollen, wie man es in den Büchern liest. Stattdessen setzte er wieder die Spreizstange ein und gab eine Länge vor, die mich wieder zur Hilflosigkeit verdammte, aber zum Glück streckte er die Lendenmuskeln nicht so sehr, dass sie schmerzten.

Er hob die Spreizstange an, und damit gingen auch meine Beine in die Höhe. Ich glitt im Bett hinunter, rutschte über schwarze Satinlaken, hielt mich mit meinen gebundenen Händen am Kopfbrett fest, damit meine Hüften nicht gegen das eiserne Fußbrett krachen konnten.

Lance schien nicht zu bemerken, wie unbequem ich auf dem Bett lag, oder es war ihm egal. Er zupfte und zurrte, bis meine Hüften das Bett nicht mehr berührten, dann befestigte er den Spreizer an zwei Haken an der Decke, er schob

Gummikissen unter meine Hüften und schaute auf meine Hände. Meine Arme schmerzten schon, weil ich mich immer noch am Kopfbrett festhielt, und offenbar gefiel ihm das, was er sah.

»In dieser Position wirken deine Brüste besonders gut. Wir lassen sie so, ja?«

»Du solltest ihr noch ein bisschen mehr Kette geben, wenn sie über einen längeren Zeitraum so liegen soll, aber sie sieht gut aus«, stimmte das Mädchen zu. »Soll ich ihr die Augen verbinden?«

»Nein. Wir legen Wert darauf, dass sie erkannt wird und wie sehr sie es will.«

Als das Mädchen in meine Nähe kam, versuchte ich mit der Kette um mich zu schlagen, aber dann spürte ich Lance' Finger zwischen meinen Backen.

»Ich könnte das Öl wegwischen«, murmelte er, und ich blieb ganz still wie eine Puppe liegen, während er die Manschetten ans Bett festband. Jetzt entfernte er die Kette dazwischen, und das Mädchen begann, mich zu schminken. Die dumme Kuh hielt mir sogar einen Spiegel hin, damit ich ihre Fortschritte miterleben konnte. Aber ich musste zugeben, dass sie von ihrem Job etwas verstand.

Alle Spuren meiner Tränen waren bald verschwunden; mein Gesicht war leicht gerötet, und meine Augen sahen weit geöffnet aus. Ich konnte nicht sagen, ob aus Angst oder Erregung; jedenfalls könnte ich später niemandem erzählen, ich hätte es nicht gewollt.

Ich hatte einen Job angenommen und einen Vertrag unterzeichnet, dass ich für alle (nicht näher definierten) Dienstleistungen zur Verfügung stand. Von meinen Einschränkungen würde in diesem Vertrag keine Rede sein. Nichts sprach für mich.

Lance nickte zustimmend, und das Mädchen verdrückte

sich. Er übernahm es, meine Haare auf dem Kissen rund um mein Gesicht auszubreiten. Dann hatte er plötzlich einen Schal unseres Colleges in der Hand, und ich musste schwer schlucken, denn wenn die Uni jemals davon hörte, war ich dort auch erledigt. Die Troddel des Schals strichen über meine Brustwarzen, aber Lance achtete darauf, dass sie nichts verdeckten.

Dann trat Rupert wieder auf. Er trug eine schwarze Kiste, von der einige Kabel abgingen. Ich geriet in Panik, weil ich nicht wusste, welches Sexspielzeug darin verborgen sein mochte, dann begriff ich, dass es sich nur um ein Mikrophon mit einem Packen von Batterien handelte.

»Das Band ist fünfunddreißig Minuten lang«, sagte er zu Lance. »Ich habe zwei Blondinen und zwei Rothaarige in Bereitschaft. Alles ist bereit.« Er grinste mich an, als hätte ich mich auf dieses Bett gedrängt. »Du wirst nicht der Mittelpunkt dieser Orgie sein. Es gibt zwei Scheinwerfer mit je zweitausend Watt, und zwei Scheinwerfer mit je fünfhundert Watt werden die aussagekräftigsten Ausdrücke deines Gesichts festhalten.«

»Ja, klar. Du willst mich von der besten Seite zeigen, was?« Ich versuchte, trotzig zu klingen, aber es fiel mir immer schwerer, irgendwas zu tun, außer da zu liegen und zu zittern. Ich wusste, was geschehen würde, und ich hasste es. Warum also war ich scharf und gleichzeitig angewidert?

»Hast du denn eine beste Seite?«, fragte Lance grinsend und mit sadistischer Lust. »Wir zeichnen alles mit fünf Kameras auf, dann suchen wir die besten Aufnahmen für das Video aus.«

Das hatte ich mir schon gedacht. Die Kameras umgaben mich von allen Seiten; um das Bett herum standen sie auf Stativen. Eine andere hing über mir an der Decke.

»Rupert wird die Handkamera benutzen, die über ein

großes Zoom verfügt. Du wirst jede Szene auf dem Monitor verfolgen können.«

Er war mir bisher nicht aufgefallen, aber jetzt begriff ich nicht, wie ich den Monitor hatte übersehen können. Der Bildschirm war irre groß, fast einen Meter in der Breite. Teufel, ich würde der Star in einem Porno sein, und niemand würde glauben, dass ich dazu gezwungen worden war. Das hatte ich nun von meiner Ambition, eine recherchierende Reporterin zu sein.

»Bist du bereit?«, fragte Lance, und Rupert nickte.

»Muss nur noch den Ton testen.«

»Komm schon, Tess. Stöhne für die Kamera«, sagte ein gemein grinsender Lance.

Wenn ich meine Sinne beisammengehabt hätte, wäre ich seiner Anweisung nachgekommen, aber wenn ich überhaupt einen Funken Verstand hätte, wäre ich jetzt nicht nackt – vom College-Schal mal abgesehen, die Hände mit den Manschetten ans Kopfbrett gefesselt.

Ich hatte mir diesen Moment auch nicht für eine Erinnerung aus meiner Kindheit ausgesucht. Dad hatte immer vorausgesagt, es würde ein schlimmes Ende mit mir nehmen, und jetzt musste ich wohl zugeben, dass er damit ins Schwarze getroffen hatte. Ich blieb stur und gab keinen Laut von mir. Mir war nicht viel Kontrolle geblieben, aber in dieser Szene war ich oben, und da würde ich bleiben, solange es möglich war. Jede Sekunde, die ich aushielt, machte mich stärker.

»Kameras bereit?«, fragte Lance und blieb Zentimeter neben mir stehen.

Rupert nickte und trat zurück, um sicher zu sein, dass er nicht ins Bild geriet, nehme ich an. Er hatte einen breiten Gürtel um seine Taille gelegt, und jetzt schob er eine Kamera in eine Art Halfter. Sie hing nach unten, aber ein Riemen sorgte dafür, dass sie das Gleichgewicht hielt und stets einsatzbereit war.

Rupert fuhr die Zoomlinse aus, bis der Monitor auf der anderen Wand mit zwei großen Brüsten gefüttert wurde. Lance griff mit seinen gebräunten Händen nach meinen geschwollenen Brustwarzen. Ich musste schlucken, denn seine Hände waren nicht leer. Er hielt zwei Klammern und befestigte sie zeitgleich auf meinen Nippeln.

Ich sah, wie die Dornen in mein Fleisch bissen, aber ich hielt den Schrei zurück, bis er begann, die Dornen hin und her zu bewegen. Mein Schrei musste dem Toningenieur den Kopf weggeblasen haben. Hatte Lance das gemeint, als er sagte, er würde mir beibringen, wie man Schmerzen genießen kann? Wenn ja, lagen noch viele Stunden Arbeit vor ihm.

Tränen rannen mir übers Gesicht, aber ich war sicher, dass sie darauf vorbereitet waren, indem sie wasserdichtes Makeup verwendet hatten. Die Tränen würden also nicht einmal das Unvermeidbare hinauszögern.

»Stöhne für die Kamera, Tess. Es soll sich so anhören, als ob du es wirklich willst.«

Ich stöhnte. Ich hätte alles getan, um ihn davon abzuhalten, die Klammern hin und her zu bewegen.

»Du musst dir mehr Mühe geben. Du weißt, dass du es kannst.« Ich stöhnte so laut es ging und warf den Kopf von einer Seite zur anderen, damit es noch überzeugender wirkte.

»Gut.« Er nahm mir die Klammern wieder ab. Meine Nippel waren unglaublich erigiert und pochten fast unerträglich, als die Durchblutung wieder einsetzte. »Sie hat beschlossen, doch zu kooperieren. Jetzt geht der Spaß erst richtig los«, hörte ich Lance sagen.

Er verschwand, aber weil ich auf den Monitor schauen konnte, wusste ich, wo er war und was er tat. Er legte einen

Striptease hin, um den ihn jeder Chippendale beneidet hätte. Wahrscheinlich wurde diese Szene auch gefilmt, um zu verdeutlichen, dass ich meine langen Ferien ausgenutzt hatte, um Pornos zu drehen! Zuerst fiel das Hemd und enthüllte einen eingeölten Torso, dann legte er seine Kampfhose ab und schließlich die enge schwarze Lederunterhose.

Darunter war er schon hart, aber er schaute in die Kamera und rieb sich mit übertriebenen Gesten. Nun, ich hatte nichts dagegen. Je mehr er sich aufgeilte, desto eher würde er in mir kommen, und desto schneller wäre diese Szene vorbei. Plötzlich hielt er ein Kondom in der Hand, worüber ich sehr erleichtert war. Er zog es auf seinen Penis und stolzierte dann hinüber zum Bett, gefolgt von Rupert mit seiner verdammten Kamera.

Die Szene auf dem Monitor änderte sich, er wurde geviertelt. Ein Bild zeigte mich, ein anderes verfolgte, wie Lance sich breitbeinig vor mich stellte, wobei sein Penis gegen meinen Po drückte. Jetzt wusste ich auch, was die vielen Kissen bezweckten. Ein Stoß, und er wäre in mir. Eine der Kameras hatte meinen Po im Visier, jetzt setzte der Zoom ein, und ich konnte auf dem Monitor meinen Schließmuskel sehen.

Ich war so sehr damit beschäftigt, auf den Monitor zu starren, dass ich Lance irgendwie aus den Augen verloren hatte. Ich wimmerte, als kaltes Gel auf meine Haut gerieben wurde, und dann sah ich seine dicken, langen Finger, wie sie das Gel rund um den Schließmuskel rieben.

Immer näher kamen die Finger, bis ich sah und spürte, wie ein Finger eindrang. Ich hielt die Luft an und stöhnte auf, aber eher wegen der Kamerabilder als wegen der Schmerzen. Er schob noch einen anderen Finger nach, und ich sah mit schrecklicher Faszination zu, wie er in mich hineinstieß.

Rupert holte mein Gesicht ganz nahe heran, denn er wollte meine Reaktion einfangen. Ich sah die Nahaufnahme auf dem Monitor. Mein Gesicht war gerötet, mein Mund war beim Stöhnen geöffnet, und meine Augen waren weit aufgerissen und strahlten hell, entweder von ungeweinten Tränen oder aus Leidenschaft. Ich wollte schreien, dass ich das nicht wollte, aber ich wusste, dass sie mich bestrafen würden, wenn ich ihren Film ruinierte, ganz abgesehen davon, dass sie die Szene neu drehen würden.

Ich möchte gern glauben, dass dies der einzige Grund für mein Mitspielen war, doch die Wahrheit war ein bisschen anders. Ich hätte schwören wollen, dass ich jede Sekunde hasste, aber mir gefiel das Spiel seiner Finger. Die Kameras zeichneten meine Reaktionen auf, auch den Moment, in dem die Wut durch den Beginn der Lust ersetzt wurde.

Er dehnte meinen Po noch mehr, aber dann, als der Schmerz einsetzte, kümmerte sich seine freie Hand um meine Klitoris. Er spreizte die unteren Lippen, bis ich den kleinen pinkfarbenen Knopf sehen konnte, um ein Vielfaches auf dem Monitor vergrößert. Die Klitoris glitzerte immer noch vom Öl, das er nach der Dusche eingerieben hatte. Jetzt glitten die Finger über den kleinen Hügel.

Ich wimmerte, aber nur, weil er wieder einmal Recht gehabt hatte. Er konnte mich dazu bringen, diese Spielchen zu mögen. Dabei wusste ich, dass es jetzt schlimmer sein würde als alles, was er mir bisher angetan hatte, denn der Beweis würde für die ganze Welt sichtbar sein.

»Gutes Mädchen. Schmutzige kleine geile Hexe.«

Dies war das erste Mal, dass ich Lance etwas sagen hörte, was nicht überlegen war. Jetzt wusste ich, dass er von der Szene auch angemacht wurde. Aber ich hatte nicht das Gefühl von Macht, das ich beim Politiker und beim Bischof gehabt hatte. Und trotzdem war es auf seine verdrehte Art eine Geilheit, die mich trotz aller Vorsätze erfasste.

Ich stöhnte, ich warf den Kopf von einer Seite auf die

andere und ich versuchte, auf seinen Fingern zu reiten. Er schob seine Finger tiefer in mich hinein, bis ich ihn durch die dünne Membran auch in meiner leeren Pussy fühlen konnte. Ich brauchte nicht auf den Riesenschirm zu schauen, um zu wissen, dass ich klatschnass war.

Er zog seine Finger heraus und verrieb ein bisschen Gel auf die Spitze des Kondoms. Er positionierte die Erektion zwischen meine Backen. Sie fühlte sich viel größer an, als ich sie in Erinnerung hatte, und ich begann aus Angst zu schwitzen. Die andere Hand blieb auf meiner Klitoris, und ich schwöre, es wäre nur eine Energieverschwendung gewesen, wenn ich versucht hätte, mich gegen ihn zu wehren. Aber dieser Entschluss hielt nur Sekunden, dann stieß ich doch einen gewaltigen Schrei aus, als er gegen den Schließmuskel stieß.

Auf dem Monitor waren die erbarmungslosen Bilder zu sehen, als er langsam tiefer eindrang, und auch das schmerzte. Man sah mein gerötetes Gesicht, und durch die gute Tonanlage war jedes Schluchzen zu hören.

Ich konnte ihn tief in mir spüren, schwer und hart und heiß. Er hörte erst auf, bis seine Hoden gegen mich schlugen. Er streichelte über mein Gesicht, eine Geste vorgetäuschter Zärtlichkeit, und öffnete meine Lippen. Er schob den Finger hinein, der bisher meine Klitoris bearbeitet hatte.

Ohne es zu wollen oder zu müssen, saugte ich an seinem Finger. Ich schmeckte das Öl und meine eigenen Sekrete. Ich war froh, mich auf etwas anderes konzentrieren zu können als auf meine gedehnte hintere Passage. Ich wartete auf den ersten Stoß, der Schmerz und Todesangst bringen würde. Er kam nicht, und als mein Körper sich an den Eindringling angepasst hatte, ließ der Schmerz nach.

»Klemm dich an mir fest«, flüsterte er, aber ich schüttelte den Kopf.

»Wie du willst.« Er zog sich zurück, dann wiederholte er

die Prozedur, diesmal in einem einzigen harten Stoß, der mich schreien ließ. »Wir können das machen, solange du willst«, murmelte er so leise, dass die Kamera nichts hören konnte, »wir können auch das Gel abwischen. Oder du machst endlich, was ich sage.«

Ich tat das einzig Sinnvolle und gehorchte. Ich klemmte ihn ein, und dann fing ich aus einem neuen Grund an zu wimmern: Es fühlte sich unglaublich an. Die Hand, die sich jetzt wieder um meine Klit bemühte, fügte noch eine weitere Lust hinzu. Ich saugte härter an seinem Finger und versuchte, alle anderen Gefühle auszuschalten.

Er lächelte, als wüsste er genau, wie es um mich stand, und begann sich langsam zu bewegen. Nicht so hart und heftig wie eben, als er mir bewusst den Schmerz zugefügt hatte, sondern ein langsames, leichtes Gleiten in meinen Körper.

Ich wimmerte wieder, und der Druck auf meine Klitoris wurde intensiver, bis mein Wimmern anhielt. Ich ritt ihn jetzt, hob die Hüften an, um seinen tiefen Stößen zu begegnen, und es war mir schon lange egal, was alles auf dem Monitor zu sehen war. Alles, was jetzt zählte, war die hitzige Lust, die mich überkam, als ich so sehr gestreckt wurde wie seit dem Verlust der Jungfernschaft nicht mehr. Er quetschte die Klitoris zwischen zwei Fingern, während der Daumen und zwei weitere Finger in meine tropfende Pussy drangen, und dann geschah das, von dem ich geschworen hatte, dass es nie eintreten würde – ich kam. Laut.

Ich hasste mich dafür, aber das änderte nichts. Mein Po rieb sich immer noch gegen ihn. Ich wollte jedes Quäntchen an Sensation mitnehmen, das es gab, und ich wusste, dass er es nicht weniger wollte als ich.

Sein sonst so emotionsloses Gesicht wurde von Lust verzerrt, und seine Stöße kamen härter und kräftiger. Ich war so geil, dass ich sogar das Dehnen meines Pos willkommen hieß, obwohl ich wusste, dass ich später wahnsinnig wund sein würde.

Er trieb ein letztes Mal in mich hinein und gab ein langes, animalisches Grunzen von sich, bevor er seinen Mund auf meinen presste. Die Hand, deren Finger in meinem Mund gewesen waren, quetschte meine Brüste zusammen. Ich öffnete den Mund und spürte seine Zunge, dann fühlte ich ihn in mich hineinpumpen und kommen.

Er sackte auf mir zusammen. Sein Gewicht plättete meine Brüste, als sein Körper in meinen zuckte. Ich kam zurück auf die Erde und begriff sofort, was geschehen war. Nicht nur hatte er mich in den Arsch gevögelt, sie hatten mich dabei auch noch gefilmt. Und ich hatte es geliebt.

Ich konnte mir nicht einreden, es nicht gewollt zu haben. Klar, ich konnte vorbringen, dass ich gefesselt und hilflos war, was der Wahrheit entsprach. Aber ich hatte nicht wirklich gegen Lance gekämpft, und erzwungener Sex und dieser massive Orgasmus passten nicht zusammen.

Ich hoffte, dass sie mir die Fesseln abnehmen würden, aber dieses Glück hatte ich nicht. Lance erhob sich und zog sich aus mir zurück. Er wischte sich an meinem Bauch ab, bevor er sich anzog. Ich hörte Rupert und den Toningenieur darüber reden, ob sie genug Reaktionsszenen eingefangen hatten. Niemand kümmerte sich um mich. Ich lag da, meine Handgelenke schmerzten, aber dann gelang es mir, auf dem Bett ein wenig nach oben zu rutschen.

Ich wünschte, ich hätte mich nicht bewegt, denn jetzt sah ich Liberty Hall, so blond und makellos, wie ich dunkel und völlig zerzaust war.

»Na, das war doch gar nicht so schlimm, nicht wahr?« Sie lächelte süß.

Ich schloss meine Augen. Ich brauchte nicht auf den Monitor zu schauen, um zu wissen, dass meine Brustwarzen noch hart waren, dass meine Pussy noch klaffte und der College-Schal noch meine Nippel kitzelte.

Ich hatte keine Ahnung, was nun mit mir geschehen würde, da sie ihren Spaß mit mir gehabt hatten. Ich hatte alle Versprechen gebrochen, dass ich nichts gegen meinen Willen zulassen würde. Ich begann zu heulen.

# *Zehntes Kapitel*

Nach einer Weile zwang ich mich, mit dem Heulen aufzuhören, damit ich mit dem Denken beginnen konnte. Rupert hatte gesagt, dass die Videos eine Länge von fünfunddreißig Minuten haben, und ich hatte schon fünfzehn Minuten vergeudet, weil ich mich selbst bemitleidete. Dabei hätte ich Kraft sammeln müssen für das, was vor mir lag. Zwei Tabus hatte ich hinter mir, zwei kamen noch.

Vor mir lagen eine Lesbenszene sowie eine Schmerz-Szene. Es sei denn, sie hätten beschlossen, schon genug zu haben, denn Schmerzen hatten sie mir mehr als genug zugefügt. Als Lance das erste Mal voll in mich eindrang, war das so schmerzvoll gewesen, dass es mir für ein ganzes Leben reichen würde. Aber würde ihnen das auch genug sein?

Fast hätte ich wetten wollen, dass es ihnen nicht genug war. Aber was würden sie mit mir anfangen, wenn sie alle meine Tabus gebrochen hatten? Würden sie mich als Gefangene behalten, um Lance' abartige Vorlieben zu bedienen? Oder vielleicht verkauften sie mich an jemanden, der noch schlimmer drauf war. Diese Vorstellung führte zu frischen Schluchzern, aber dann ließ ich die Realität wieder in meine Gedanken. Solche Szenarien machen sich gut in Romanen oder Filmen, aber heutzutage ist es nicht so einfach, Menschen verschwinden zu lassen. Jedenfalls hoffte ich das.

Dickie Lawrence wusste, wo ich war, aber dieses Wissen würde mir auch keine Hilfe sein. Wenn ich Liberty Hall glauben konnte, war auch er ein Gefangener. Ich glaubte ihr, und ich hoffte, dass er viel mehr litt als ich. Wenn der kleine Wicht den Mund gehalten hätte, wäre ich längst in Sicherheit. Aber er hatte geplaudert, und ich musste dafür zahlen.

Eines Tages, schwor ich mir, würde ich mich an ihm schadlos halten. Aber zuerst musste ich irgendwie diesem Chaos entfliehen. Ein unmöglicher Traum war das nicht, denn Liberty Hall würde bestimmt versuchen, eine Vereinbarung mit mir zu treffen. Ihr Schweigen über mich gegen mein Schweigen über sie. Sie besaß das Video, um ihre Position zu stärken.

Damit konnte ich leben, denn verglichen mit den anderen Optionen schnitt ich dabei noch ganz gut ab. Ich hoffte, dass ich mir meine Situation nicht wieder schönmalte, aber schließlich war da noch Imo, und sie würde sich wundern, was aus mir geworden war.

Aber das führte mich zu einem anderen Problem. Angenommen, ich überlebte das alles und konnte zurück zur Uni gehen, wie würde ich dann Imo begegnen? Ich wusste nicht, ob ihre Mum ihr erzählt hatte, was ich hatte durchführen wollen, nämlich mit einer Artikelserie die schlimmsten Geheimnisse von Liberty Hall ausposaunen.

Verdammt, ich mochte Imo, und was bizarre Sexszenen anging, war ich nicht besser als sie. Ich hatte fast alles getan, worüber ich bei ihr die Nase gerümpft hatte. Mir hatten diese Dinge Spaß gemacht, und dass ich zum Spaß gezwungen worden war, hatte meine Orgasmen nicht getrübt.

Ja, mit Imo würde ich ein Problem haben. Entweder beichtete ich ihr alles, was mir nicht gefiel, oder ich musste mich auf einen Kampf mit ihr einlassen, und sie würde mich nie wieder sehen wollen.

Aber es gab eine dritte Option. Ich konnte um eine zweite Chance bitten und dann ganz normal meiner Arbeit im Hotel nachgehen. Auch auf diese ›ehrliche‹ Weise verdiente ich eine ordentliche Stange Geld. Liberty würde wissen, dass mir nichts anderes übrig blieb, als mich auf ihre Seite zu stellen.

Würde ich das können? Mir vorschreiben lassen, mit wem ich schlief, ganz egal, welche Ansprüche der Kunde stellte? Ich schüttelte mich bei dem Gedanken und versuchte, an etwas anderes zu denken. Das gelang mir leidlich gut, und als sich die Tür wieder öffnete, war ich zwar nicht entspannt, aber ich schrie und bettelte nicht.

Es überraschte mich nicht, Lance und Liberty zu sehen. Ich hatte keinen edlen Ritter in silberner Rüstung erwartet, der zu meiner Rettung kam, denn die gibt es nur in Märchen, aber dies hier war knallhartes Erleben.

»Selbst wenn sie verschwitzt und glitschig ist«, sagte Liberty, »hat sie was an sich.« Sie blieb neben dem Bett stehen und betrachtete mich von oben bis unten, als wäre ich eine Schweinehälfte auf dem Fleischerhaken.

Ich schloss die Augen, das war mir lieber, als die Kontraste zwischen uns zu sehen. Sie war frei, ich war gefesselt. Sie war sehr schön gekleidet, ich war nackt. Am schlimmsten aber war, sie war reich und machtvoll, und ich fühlte mich in diesem Moment, als wäre ich weniger als nichts.

»Die Gäste mögen sie«, warf Lance ein. »Sie hat sich gut eingebracht, und sie reagiert sehr schnell. Ich hatte nicht geglaubt, dass sie die Szene mit den Zwillingen nach ihrem Geschmack drehen kann, aber sie waren begeistert, dass sie sich gern von ihr zu anderen Plänen überreden ließen. Sie würden sie auch das nächste Mal wieder haben wollen.«

»Das ist ungewöhnlich. Vielleicht ändert sich dadurch das, was wir mit ihr vorhaben«, meinte Liberty.

Ich wusste, dass sie erwarteten, von mir bedrängt zu werden, was als Nächstes mit mir geschehen würde, vielleicht auch Winseln um Gnade oder rasch hingeworfene hundert Versprechen. Nichts von allem tat ich, aber ich war kurz davor, besonders, als Liberty über meinen Bauch streichelte.

»Also, Tess?«

Sie hatte gewartet, bis ich meine Augen wieder öffnete, bevor sie wieder redete, und ich wusste, dass sie wusste, was ich fühlte. Sie war nicht schadenfroh und hämisch wie Lance, aber sie wusste, dass ich mich so tief wie nur irgend möglich fühlte. Aber Mitleid hatte sie nicht, kein bisschen. Was sie anging, hatte ich das bekommen, was ich verdient hatte. Wer weiß – vielleicht hatte sie Recht?

»Wie geht es dir?«, fragte sie.

»Wie soll es mir denn gehen?«

Ich wünschte, ich hätte mir die schnippische Antwort gespart, als Lance eine kleine Peitsche hob. Sie hatte einen hölzernen Griff und neun kleine Gummiriemen, die am Ende verknotet waren. Ich brauchte nur eine Sekunde, bis ich begriff, um was es sich handelte, was bestätigte, was sie über Furcht sagen – sie verbessert die Reflexe.

»Hüte deine Zunge, wenn Miss Hall mit dir spricht«, blaffte er mich an, und ich begriff, dass ich mich wieder geirrt hatte: Es gab jemanden, der Lance kontrollieren konnte, und sie stand direkt vor mir. »Soll ich?«, fragte er mit widerlichem Eifer.

»Ein Schlag. Über die Brüste«, sagte sie, und Lance hob die Peitsche.

Ich hielt den Atem an. Nein, anders: Ich bin ziemlich sicher, dass ich das Atmen ganz eingestellt hatte, als die Riemen auf mich niederprasselten und ein präzises Muster roter Striemen über meine Brüste legten. Es gelang mir, nicht wie ein Hund aufzujaulen, aber nur deshalb, weil der Schock des Schlags mir den Atem geraubt hatte. Die Riemen schienen sich um meine Nippel zu rollen. Ich konnte nur froh sein, dass auf dem Monitor nichts zu sehen war;

wenigstens wurde meine erneute Demütigung nicht aufgezeichnet.

»Wie fühlte sich das an?«, fragte Liberty.

»Es hat geschmerzt wie die Hölle.«

»Das genügt mir nicht«, sagte Liberty. Ich hielt stur den Mund, und sie nickte Lance zu, der die Peitsche wieder hob. Diesmal landete der Schlag quer über meinem Bauch, und ich heulte auf und vergaß meinen Plan, mich trotzig zu geben.

»Das nächste Mal spürst du die Peitsche zwischen deinen Beinen. Deshalb frage ich dich ein letztes Mal: Wie hat es sich angefühlt, Tess?«

»Als die Peitsche aufschlug« – Himmel, ich wollte doch eine Karriere mit Worten beginnen – »hat es sich angefühlt, als würde es mich zerreißen.«

»Aber deine Haut ist nicht gerissen, deshalb konnte es dich nicht zerreißen, nicht wahr?«, stellte Liberty mit eisiger Logik fest. »Du hast gesagt, dass du keine Schmerzen magst, und mir gefällt es nicht, verraten zu werden.«

»Was haben Sie mit mir vor?« Ich hätte nie gedacht, dass ich mal so tief sinke, eine solche Frage zu stellen, aber ich hatte große Angst, deshalb wusste ich mir sonst nicht zu helfen.

»Das kommt darauf an.« Liberty lächelte und fuhr mit den Fingerspitzen über die neun Striemen über meinen Brüsten. »Was bist du bereit, für uns zu tun?«

»Ich werde niemandem irgendwas über das hier erzählen, was Sie nicht wollen«, entfuhr es mir.

»Das wissen wir schon.« Sie lächelte in die Kamera des Monitors. »Dieses Videoband wird als Spezialität gelten. Wir könnten ein Vermögen damit verdienen, und wir könnten noch mehr aus dir herausholen, wenn du mitmachst. Wenn du dich durch unsere Tricks gearbeitet hast, wird man deinen Namen in jedem Haus Englands kennen, und es wird dir ergehen wie mir. Aber du willst das nicht, oder? Aber das wollte ich gar nicht fragen. Was wirst du für uns tun, wenn wir dich gehen lassen?«

»Was soll ich denn tun?« Die Peitsche kam wieder hoch, und ich prustete meinen nächsten Satz heraus, denn ich zitterte vor der Aussicht, die Riemen quer über meinen Schamlippen zu spüren. »Ich werde alles tun.«

»Alles?« Libertys Lächeln sah seltsam aus, als erinnerte sie sich an irgendeine Szene aus ihrer frühen Zeit. »Nehmen wir mal an, wir binden dich los.« Ich nickte eifrig, denn meine Schultermuskeln verkrampften, und meine Schenkel schmerzten. »Ich würde dich auspeitschen, und du zeigst mir, wie man sich Lust mit einem Stöpsel besorgt.«

Ich hatte das Gefühl, dass sie sich eine solche Szene ausgedacht hatte, um mir vorzuführen, wie klein und hilflos ich war. Das wäre nicht nötig gewesen, aber ich fühlte mich geschmeichelt, dass sie mir noch so viel Widerstandsgeist zutraute. Ich versuchte, ihrer (falschen) Erwartung gerecht zu werden.

»Und ich nehme an, Sie wollen die ganze Szene auch filmen?« Ich tat so, als wäre mir alles egal.

»Möchtest du das?«, fragte sie, und sie klang, als wäre sie besonders amüsiert.

»Nein, bitte ...« Was sie von mir auf dem Band hatten, war mehr als genug.

»Du wirst es also machen?«

»Ja«, murmelte ich.

»Ich vergaß zu erwähnen, dass wir nicht eher aufhören, dich mit der Peitsche zu schlagen, bis es dir gekommen ist. Aber das ist kein großer Unterschied, nicht wahr?«

Es machte einen riesigen Unterschied, was sie auch wusste, aber es war zu spät, um mit ihr zu streiten. Ich konnte keine Bedingungen stellen, und vielleicht war ich auch ein bisschen neugierig. Eben noch hatte ich darüber nachgedacht, ob ich mich trotz meiner Müdigkeit fertigmachen könnte. Und jetzt redeten sie davon, dass sie mich gehen ließen, wenn ich das tue, was sie von mir verlangen. Damit hatte ich gar nicht gerechnet. Dann, schwor ich mir, würde ich Dickie Lawrence finden und an ihm alles anwenden, was ich von Lance gelernt hatte. Er sollte mehr leiden als ich.

Meine Pläne für Dickie halfen mir bei der Ablenkung, während Lance meine Fußgelenke befreite. Er ließ die Spreizstange fallen, bis meine Beine über den Bettrand baumelten. Er rieb meine Gelenke mit unpersönlicher Tüchtigkeit, bis die Durchblutung wieder einsetzte. Er löste die Manschetten.

Ich versuchte erst gar nicht, gegen ihn zu kämpfen. Er und Liberty hatten oft genug bewiesen, wer die Kontrolle ausübte – und ich war es nicht. Aber eines Tages würde sie bei mir sein, die Kontrolle, und wenn ich diese Quälerei überlebte, war ich diesem Tag ein Stück näher.

Als er fertig war, nahm er sich meine Handgelenke vor, aber mit denen hatte ich weniger Glück. Er ersetzte die Kette nur mit einer längeren, die lang genug war, dass sich meine Hände überall bewegen konnten. Dann befahl er mir, aufzustehen und ihm zu folgen.

Ich stolperte und fiel einige Male hin, aber er half mir nicht auf die Füße, auch dann nicht, als ich auf den Po fiel. Dabei wusste er ganz genau, dass Liberty mir einen Stöpsel reingesteckt hatte. Jetzt wurde er tiefer hineingetrieben, und das tat höllisch weh. Aber ich musste mich ja an Schmerzen gewöhnen. Ich musste diese bevorstehende Szene genießen, wenn ich schlimmeren Bestrafungen entkommen wollte.

»Knie dich darüber«, befahl Liberty.

Sie zeigte auf den Regiestuhl, in dem ich vor weiß der Teufel wie vielen Stunden gefesselt gesessen hatte. Das Studio war mit schweren Vorhängen abgedunkelt, deshalb konnte man unmöglich sagen, welche Tages- oder Nachtzeit es war. Ich schätzte, der Morgen musste schon dämmern, das heißt, der zweite Tag meiner Gefangenschaft hatte begonnen.

Ich kniete mich hin, wie befohlen, und Lance befestigte die Kette um den Stuhlrücken. Sie fiel nach unten und zog meine Hände mit, bis sie etwa auf der Höhe meiner Pussy waren. Ich glaubte nicht, dass es sich dabei um einen Zufall handelte.

»Willst du einen Vibrator?«

Zuerst antwortete ich nicht. Meine Klitoris war wund und überbeansprucht, und ich war müde und schmerzte überall, deshalb brauchte ich jede Hilfe, die ich kriegen konnte. Aber da waren auch noch meine Einschränkungen. Wenn ich den Vibrator benutzte, wussten sie ganz genau, wie ich mit mir selbst spiele, und irgendwann könnten sie das gegen mich verwenden. Aber Lance würde die Peitsche tanzen lassen, bis ich meinen Orgasmus hatte, und die Vorstellung, dass sie das miterleben, war viel, viel schlimmer.

»Bitte«, flüsterte ich und senkte den Kopf.

»Ist das nicht besser?« Liberty hörte sich an, als wollte sie einen Säugling im Krabbelalter loben, weil er auf seinen Wutanfall verzichtet hatte. »Siehst du? Du kannst auch gehorsam sein, wenn du willst.«

Ja, konnte ich, aber das konnte ich nicht genießen. Ich hätte auch nie gedacht, dass ich mich mal so unterwerfen könnte wie Imo, die ich wegen dieser Eigenschaft wirklich beneidet hatte. Sie war in Ekstase gewesen, als sie sich Lance völlig ausgeliefert hatte. Was vor mir lag, wäre mir leichtergefallen, wenn ich die Fähigkeit gehabt hätte, mich ganz in seine Hände zu begeben.

»Was du jetzt tun wirst«, begann Lance seine Erklärung, als er meine Finger um den kleinen Vibrator mit der Goldspitze legte, »du wirst deinen Hintern auf und ab bewegen, während meine Peitsche zuschlägt. Lege deine Möpse die ganze Zeit auf den Stuhlrücken. Oh, und wir wollen dich stöhnen hören.«

Ich hatte geplant, ganz still zu bleiben, aber mein Überleben hing davon ab, alles zu tun, was sie verlangten, also ging auch der letzte kleine Rest meines Stolzes zum Teufel. Ich nickte nur und traute mich nicht, ihn anzusehen, als er meine Brüste hob und auf den kühlen Holzrücken des Stuhls legte.

»Ihre Nippel sind noch ganz flach«, erkannte Liberty.

»Ich weiß, aber ich glaube nicht, dass sie das zustande bringt, ganz egal, was man sagt.«

Ich wusste, dass Lance mich lieber leiden als scheitern sah, und ich erinnerte mich, was er gesagt hatte: Er genoss am meisten, wenn er sah, wie er Leute dazu bringen konnte, ihre Tabus zu brechen. Das würde er jetzt auch bei mir schaffen, und ich fürchtete mich wieder vor mir selbst. Vor ihm hatte ich von Anfang an Angst gehabt, schon damals, als er in mein Zimmer eingedrungen war. Eigentlich hätte ich mich inzwischen daran gewöhnen müssen

Aber dies war eine völlig andere Art von Angst. Bisher war mir das alles widerfahren. Jetzt musste ich es mir selber machen, und ich war nicht sicher, ob das gelingen würde. Ich wollte nicht herausfinden, was sie dann mit mir anstellten, also stellte ich den Vibrator an und zerrte an den Ketten, damit ich die Hände bis zu meinen Labien strecken konnte.

Die unteren Lippen waren noch ein wenig glitschig von Lances letztem Spielchen, und zuerst dachte ich, sie wollten sich gar nicht öffnen lassen. Aber dann teilten sie sich zögerlich, und ich konnte den Vibrator an meiner wunden, trockenen Klitoris spüren.

»Und jetzt den Rest«, befahl Lance. Ich hob den Po an und fühlte, wie sich der Stöpsel bewegte.

»Sie ist nicht schlüpfrig genug«, sagte Liberty, und Lance zog den Stöpsel heraus.

So begann meine vorläufig letzte Lektion. Sie wechselten sich ab in ihren Demütigungen, aber dann setzte der Punkt ein, an dem ich mich genauso hasste wie sie, weil ich Lust an all diesen säuischen Dingen empfand.

Ich öffnete die Augen nicht, als es vorbei war. Ich stöhnte, als Lance mich anhob und bäuchlings aufs Bett legte. Mit unerwarteter Rücksichtnahme fesselte er meine Handgelenksketten an die Bettseiten. Er befestigte einen Ledergurt um meine Knie und einen anderen um den oberen Teil des Rückens. Ich war wieder hilflos. Aber wenn ich mich hätte bewegen können, wäre es mir auch nicht besser ergangen, denn mein geschundener Körper befand sich in einem Zustand absoluter Erschöpfung. Wenn ich nach Luft schnappte, hörte es sich wie ein Schluchzen an. Kann sein, dass es auch ein Schluchzen war. Aber dann fühlte ich gar nichts mehr. Ich war ihnen entkommen, wenn auch nur, weil ich einschlief.

Als ich aufwachte, war ich allein. Meine Pobacken schmerzten noch, und ich drehte den Kopf, um zu sehen, warum sie schmerzten. Meine Beine waren rot von den Waden bis zu den Schwellungen der Backen. Ich hatte keine Ahnung, wie lange ich geschlafen hatte, aber wenn ich danach ging, wie steif ich war, musste es eine lange Zeit gewesen sein.

Ich schaffte es, mich Stück für Stück zu drehen, bis ich auf die Tür schauen konnte. Ich musste mich wieder mit den Ketten arrangieren und fragte mich, was jetzt auf mich wartete und ob sie bisher mit mir zufrieden waren. Ich war zweifellos gekommen, wie mir befohlen worden war, und ich hatte so etwas noch nie gefühlt. Ich hatte nie etwas für Schmerzen übrig gehabt, ganz im Gegensatz zu Imo, aber ich konnte nicht leugnen, dass die Erfahrung eine Wucht gewesen war.

»Oh, Himmel«, murmelte ich, als mir bewusst wurde, dass ich mich viel mehr verraten hatte, viel ergiebiger, als Dickie es überhaupt könnte. Ich würde nichts zurückweisen, was Liberty Hall mir eventuell anbot, denn ich wusste, dass ich darauf abfahren würde.

So viel zu meinen so kostbaren Tabus. Hier lag ich, verschmiert, verschwitzt, stark nach meinem eigenen Duft riechend und verzweifelt auf eine Toilette wartend. Ich würde bald in einer Pfütze liegen, wenn nicht jemand schnell kam.

Mein Hals war so trocken, dass jeder Atemzug in meinem Mund kratzte. Aber ich hatte alles so sehr genossen, dass ich in Zukunft nichts mehr ausschließen würde. Jetzt wusste ich genau, wer ich war, und ich hasste mich. Ich schloss die Augen gegen die Tränen, die ich nicht länger zurückhalten konnte, dann nahm ich zur Kenntnis, dass ich nicht mehr allein war.

»Du weißt es selbst, nicht wahr, Tess?« Libertys sanfte Stimme gab mir den Rest. »Und das ist eine schlimmere Bestrafung, als wir dir auferlegen können. Soll ich dir sagen, was du bist?« Ich schüttelte den Kopf und versuchte, Liberty auszublenden, aber sie blieb unbarmherzig. »Du bist ein kleines Luder. Du bist in der Lage, alles zu genießen. Du hast es immer wieder gezeigt, seit du bei uns bist, und bald wirst du deine letzte Barriere überwinden. Du machst das gut.«

»Lass mich in Ruhe«, bettelte ich.

Sie sprach nur das aus, was ich gedacht hatte, aber ich wollte es nicht hören. Ich habe immer gewusst, dass ich nicht das Vorbild bin, das sich mein Vater gewünscht hatte, aber ich wollte auch nicht das Tier sein, das sich von allem anmachen ließ. Nur – genau das traf auf mich zu, und offenbar konnte ich nichts dagegen tun. Und es gab auch nichts, wodurch ich verhindern konnte, dass sie weitere Tabus mit mir brachen, bis Imo neben mir wie ein Pfeiler der Christlichen Gesellschaft wirkte.

Ja, sie konnten mich hierbehalten, bis ich alt und hässlich geworden war oder so schlecht wie Lance.

»Möchtest du ein Bad?«, fragte Liberty. »Und etwas zu essen?«

»Spielt es irgendeine Rolle, was ich mag?«, fragte ich verdrossen. Ich war sicher, dass dies zu einer neuen Form der Folter gehörte. Sie bot mir etwas an, ließ mich glauben, die Dinge würden sich bessern, um mir dann alles wieder wegzunehmen.

»Ja«, sagte sie und befreite mich von den Ketten. »Durch diese Tür geht es zum Bad.«

Ich glaubte immer noch nicht, dass dies etwas anderes als ein Trick sein konnte. Das Bad war nicht so spärlich eingerichtet wie das, in das Lance mich gebracht hatte; es war warm und fühlte sich bequem an. Und es hatte ein Schloss an der Tür. Als Erstes schloss ich die Tür ab, dann dachte ich über meine Möglichkeiten nach. Es gab keine Fenster, also war eine Flucht ausgeschlossen, auch wenn ich nicht pudelnackt gewesen wäre. Welches Spiel trieb Liberty mit mir?

Was immer sie spielte, ich konnte eine Atempause einlegen. In der Ecke stand eine große, tiefe Wanne. Dampfendes Wasser strömte heraus, als ich den Hahn aufdrehte. Ich füllte die Wanne und goss duftendes Öl aus einer Flasche hinein, dann stieg ich langsam ins Wasser und seufzte, als die Wärme meine Schmerzen linderte. Ich wusste immer noch nicht, wie lange ich schon hilflos war, aber das war die geringste meiner Sorgen.

Liberty hatte gesagt, ich hätte mich gut gehalten. Würde sie Wort halten und mich gehen lassen? Ich glaubte ja, doch das sagte noch nichts über meine Zukunft aus. Diese Artikel würden jetzt nie geschrieben werden. Um ehrlich zu sein, ich war mehr erleichtert als enttäuscht.

Als ich in diesem Hotel eintraf, hatte ich mich überzeugen können, dass ich der Welt einen Gefallen erwies, wenn ich die perversen Praktiken der Reichen und Mächtigen entlarvte. Jetzt war ich mir nicht mehr sicher. Hatte ich nicht Praktiken genossen, die genauso verdorben waren? Ich musste auch damit rechnen, in der Öffentlichkeit bloßgestellt zu werden, und bei diesem Gedanken brach mir der Schweiß aus.

Wo befand ich mich also? Wenn die Zeitung zu ihrem Vertrag stand, würde ich fünftausend Pfund einsacken können, der Minimum-Betrag, der mir auch dann zustand, wenn ich keine Zeile lieferte. Ich mochte nicht glauben, dass die Zeitung nicht zahlte, denn dann würde ein Prozess das alles ans Licht bringen. Mit diesem Geld würde ich den dicksten Batzen meiner Schulden bezahlen können.

Aber was war mit meiner Karriere? Dickie Lawrence war ein Klatschweib, deshalb konnte ich nie sicher sein, was er sonst noch über mich verriet.

Mir fehlte ein kleines entscheidendes Puzzlestück, und wenn ich es fand, würden die anderen Teile genau an die richtigen Stellen fallen. Ich streckte mich, schaute mir Hand- und Fußgelenke an und wälzte mich auf den Bauch. Meine Backen schmerzten nicht mehr, aber sie fühlten sich auch nicht gut an. Ich sah keine Striemen mehr, nur ein dumpfes Brennen, das man spürt, wenn man viele Stunden geritten ist, nachdem man seit Jahren nicht mehr auf einem Pferd gesessen hat.

Es war Lance, der mich geritten hatte. Ich winselte vor mich hin und schloss die Augen, als mir wieder bewusst wurde, was ich alles getan hatte. Anal, Schmerz, Demütigung. Jetzt stand nur noch lesbischer Sex aus. Ich würde keinen Preis erhalten, wenn ich erriet, warum Liberty hier war.

Meine Instinkte sagten, dass das allein noch nicht alles war, aber meine Instinkte hatten mich bisher nicht gut beschützt. War es ein Fehler, ihnen jetzt zu vertrauen? Ich wusste es nicht, aber ich wusste wohl, dass es nichts bringen würde, die Szene hinauszuzögern.

Ich stieg also aus der Wanne, trocknete mich ab, schlang mich in das größte Badetuch und öffnete zögerlich die Tür nach nebenan.

Was ich auch erwartet hatte, der Duft nach knackigem Schinken und nach frisch gemahlenem Kaffee war mir nicht in den Sinn gekommen. Einen Moment fragte ich mich, ob dies die neue, raffinierte Folter war; sie würde alles vor meiner Nase verzehren, während sie mich verhungern ließ. Dann schaute Liberty von ihren Morgenzeitungen hoch und lächelte.

»Da bist du ja. Ich habe mich gefragt, ob du es schaffst, bevor alles kalt wird. Komm, setz dich und genieße dein Frühstück.«

Ich war so erstaunt, dass ich mich setzte und kein Wort herausbrachte.

»Soll ich Mutter spielen?«, fragte sie, als sie silberne Halbkugeln von den einzelnen Gerichten hob. Da dampften alle Zutaten eines traditionellen englischen Frühstücks, und mein Bauch rumorte laut. »Irgendwas, was du nicht magst?«

Ich wollte ja sagen, ja, ich mag nicht, was mir in den letzten Tagen widerfahren ist und was als Nächstes geplant sein wird, aber ich hatte gerade noch so viel Verstand, dass ich den Mund hielt und den Kopf schüttelte. Sie füllte einen Teller und stellte ihn vor mich hin, dann schenkte sie Kaffee aus einer Porzellankanne in eine ebenso kostbare Tasse ein.

Sobald sie ihr Besteck in die Hände genommen hatte, griff ich nach meinem. Ich habe noch nie so einen Hunger gehabt, und auch die Angst konnte mich nicht abhalten, mein Frühstück zu genießen. Ich nehme an, sie wusste das, denn sie sprach erst wieder, als ich meinen Teller geleert hatte.

»So«, sagte sie, »was werden wir mit dir anstellen?«

»Ich dachte nicht, dass ich darüber zu entscheiden habe«, sagte ich, diesmal mit mehr Respekt.

»Hast du auch nicht, aber du interessierst mich. Warum hast du es getan, Tess?«

Ich gab nicht vor, ihre Frage nicht zu verstehen. Ich wusste, ich hätte eine Freundin verraten und hatte immer wieder gelogen. Auch jetzt erging ich mehr in Selbstmitleid, dass ich geschnappt worden war, und nicht in Scham, dass ich es getan hatte.

»Ich wollte alles haben«, sagte ich und dachte, wenn mich jemand verstehen könnte, müsste sie es sein. »Ich bin es leid, die ärmste Studentin zu sein. Ich weiß, ich bin nicht wirklich arm, aber verglichen mit den Kommilitoninnen bin ich nichts und habe ich nichts. Ich bin es satt, jeden Penny dreimal umzudrehen, ehe ich ihn ausgeben kann.«

»Aber wenn ich dein Bankkonto betrachte, ist dir das nicht oft gelungen«, sagte Liberty. »Du warst hungrig auf ein anderes Leben. Deshalb hast du getan, was du tun musstest.«

»Ja, so war es tatsächlich.«

»Was ist, wenn es einen anderen Weg gibt, um das zu erreichen, was du willst?«

»Ich weiß nicht.« Ich hatte das Gefühl, ihr Angebot schon zu kennen, aber ich hatte nicht damit gerechnet, deshalb musste ich darüber nachdenken.

»Was immer du auch sonst noch sein magst, aber in jedem Fall bist du eine natürliche Hure.« Liberty hörte sich an wie meine frühere Klassenlehrerin, obwohl der alten Dame ein solcher Ausdruck nie über die Lippen gekommen wäre. »Du bist nicht unterwürfig, das habe ich gestern Abend gesehen. Du hast jede Sekunde gehasst.«

»Ich wünschte, ich wäre wie Imo«, sagte ich, aber ich hätte den Mund halten sollen.

»Ja, Imogen.« Libertys freundliches Lächeln schwand und wurde durch einen besorgten Ausdruck ersetzt. »Ich bin nicht sicher, was ich mit ihr anfangen soll. Sie hat sich geirrt, als sie dich vorgeschlagen hat. Aber du kannst uns immer noch nützlich sein. Imogen glaubt, dass du ihre Freundin bist, und wegen mir und meinem Leben hat sie sonst keine Freundinnen. Das kompliziert die Sache mit dir.«

»Ich bin ihre Freundin«, protestierte ich, aber dann fiel mir ein, dass ich einen wenig überzeugenden Weg gewählt hatte, um das zu beweisen. »Ich weiß, es klingt dumm«, sagte ich und starrte auf meinen fettigen Frühstücksteller, »aber ich habe ihr nie wehtun wollen.«

»Ja, das glaube ich dir, und damit sind wir wieder bei deiner Zukunft. Du kennst meine Geheimnisse, aber ich habe ein Video, und dir wäre es eine Menge wert, wenn es niemand sehen könnte. Deshalb müssen wir uns auf einen Kompromiss einigen.«

»Und was heißt das?« In der Nacht hatte ich über Sklavenhandel nachgedacht, daher schien mir ihre Freundlichkeit fast zu gut, um wahr zu sein.

»Wir könnten uns gegenseitig helfen, sobald deine Bestrafung zu Ende ist. Du willst Geld, und ich brauche ein gutes, verlässliches Mädchen. Unsere Ziele passen zusammen. Stell dir bloß vor, wen du alles kennen lernst. Die Reichen und Mächtigen. Du kennst sie, aber sie haben keine Ahnung, wer du bist. Ja.« Ich hatte das Gefühl, dass sie mich gar nicht wahrnahm, als sie fortfuhr: »Das könnte deine Spezialität sein. Ein maskiertes Mädchen, das nie spricht, ein Geheimnis, das besonders den prominenten Gästen gefallen wird. Stell dir nur mal vor, wie sie sich fragen, in wessen Mund sie da gerade ihren Schwanz stecken. Du könntest jedes Mädchen sein, das sie sich wünschen.«

»Ja.« Ich konnte nicht nur nachvollziehen, was sie damit bewirken konnte, ich würde auch gern dieses Mädchen sein. Ich würde die Macht genießen, die ich über die Männer hätte, die ich gerade bediente, und das Geld würde ich erst recht genießen. Selbst wenn ich nach der Uni sofort einen Job bei einer seriösen Zeitung bekäme, wäre das finanziell kein Vergleich, denn Anfänger werden schlecht bezahlt. Aber ich mag nun mal Sachen mit Chic. Ich schäme mich nicht dafür, auch nicht dafür, dass ich Sex mag – sogar den bizarren Sex, obwohl ich mir mal geschworen hatte, die Finger davon zu lassen.

»Und du könntest eine gute Domina sein, wenn du gut eingearbeitet wirst. Interessiert dich das? Ich meine, wir könnten mit Dickie Lawrence beginnen ...«

»Ich hätte es geschafft, wenn er seinen Mund gehalten hätte«, murmelte ich aufgebracht, bevor mir klar wurde, dass dies nicht die klügste Einlassung war, schließlich saß mir die Frau gegenüber, die ich gegen Geld verraten hätte.

»Ja, ich kann mir denken, dass dir das gefallen würde. Was mich an den letzten Teil deiner Bestrafung erinnert. Ist es dir lieber, wenn wir dich fesseln, oder willst du einfach mitmachen? Mir würde es gefallen, wenn du gefesselt bist, aber es ist deine Entscheidung.«

# *Elftes Kapitel*

Lieber gefesselt und sexuell misshandelt wie in einem billigen Porno, oder eine Liebesszene mit Liberty Hall? Das war eine gewaltige Frage, vor der ich stand, besonders, da die Frage aus heiterem Himmel kam. Anfangs hätte ich den Vorschlag sofort abgelehnt, genauso, wie ich Imo abgeschmettert hatte, als sie versucht hatte, mich anzumachen.

Nach allem, was ich bisher getan hatte, schien es mir albern zu sein, mich nun zu empören. Ich würde nur ein bisschen schauspielern müssen. Um ehrlich zu sein, ich war neugierig darauf, wie sich die Hände einer Frau auf meinem Körper anfühlten. Wie es war, wenn man von einer Frau geliebt wurde. Ganz abgesehen davon, dass ich es tun musste, um meiner Freiheit ein ganzes Stück näher zu sein. Ich würde versuchen, so viel Spaß wie möglich zu haben.

»Wenn du gefesselt bist« – Liberty schien nicht zu bemerken, dass ich sprachlos war – »kannst du entspannen, und du weißt, du kannst nichts tun, um mich von irgendwas abzuhalten. Wenn du dich widersetzen willst, werde ich nicht wissen, ob du das als Spiel betrachtest, oder ob du es ehrlich meinst. Wenn du frei bist und dich widersetzt …« Sie legte eine delikate kurze Pause ein, aber ich wusste, was sie meinte und vollendete den Satz für sie.

»Ich verstehe. Wenn ich frei bin und mich widersetze, habe ich versagt.«

»Genau.«

»Und dir würde es gefallen, wenn ich gefesselt und hilflos

daliege, nicht wahr?« Ich konnte keine Angst haben, wenn ich mit einer Gleichgesinnten redete, besonders, da ich jetzt begonnen hatte, sie zu mögen. Sie tat nur, was sie hatte tun müssen, um zu überleben, und ich hatte das auch immer getan. Es war ein gutes Gefühl, sich nicht um Moral zu kümmern und sich nicht rechtfertigen zu müssen, wenn man kein braves Mädchen gewesen war.

»Ja, das mag vielleicht stimmen, Tess. Ist das ein Problem für dich?«

Ich starrte sie an, während ich meine Antwort überlegte, und ich war überrascht, wie sehr es mich beschäftigte. Man kann es vielleicht professionellen Stolz nennen, aber ich wollte gelobt werden, wenn ich mein Bestes gab. Lance' Gleichgültigkeit hatte mich fast mehr verletzt als das, was er mir angetan hatte, aber ich habe diese Distanz gebrochen und ihn dazu gebracht, scharf auf mich zu sein.

Wenn mir das gelungen war, dann musste es auch möglich sein, Liberty aufzugeilen. Ich glaube, das war der Moment, in dem meine Antwort feststand. Und ich war mir ziemlich sicher, dass sie es auch wusste, aber sie sagte nichts, und nach einer Weile hielt ich es nicht länger aus und murmelte: »Nein, ist es nicht. Ich will nur die Beste sein.«

»In der Tat.« Es war unnötig, mir zu erzählen, dass ich noch einen weiten Weg vor mir hatte, um besser zu sein als sie. Das wusste ich schon, und ich nahm mir vor, den ganzen Weg mit ihr zu gehen und alles von ihr lernen, was es zu lernen gab. »Also, was ist deine Entscheidung?«

Sie wartete nicht auf meine Antwort. Stattdessen knöpfte sie ihre Seidenbluse auf und ließ sie auf den Boden fallen. Ich schaute ihr bewundernd zu. Ihr Alter war ein bestens gehütetes Geheimnis, das selbst der MI5 nicht knacken konnte. Ihr Körper konnte der Körper einer Endzwanzigerin sein, vielleicht auch einer Frau in den frühen Dreißigern.

Man brauchte sie nur anzusehen, um zu wissen, dass sie jeden Tag ihre Zeit im Fitness Center verbrachte und ein Vermögen für kostbare Cremes ausgab. Sie war so gut erhalten, wie Geld es schaffen konnte. Sie zeigte absolut keine Zurückhaltung, sich vor mir auszuziehen, was mich aber nach all den Filmen, die sie gemacht hatte, nicht verwundern sollte. Ihr Rock rutschte an den Beinen entlang, und jetzt trug sie nur noch einen sanften cremefarbenen Seiden-BH und einen passenden französischen Schlüpfer.

»Nun?«, fragte sie mich herausfordernd, und ich stand auf, ließ das Badetuch fallen und versuchte, so selbstbewusst zu sein wie sie.

»Fessele mich«, murmelte ich, und das war keine erzwungene Entscheidung. Ich wollte, dass es so geschah, und nicht nur, um die Freiheit zurückzubekommen. Ich mochte zwar sicher sein, keine lesbische Ader zu haben, aber wenn ich ihren Körper sah und bemerkte, wie sehr sie meinen Körper bewunderte, war ich angetörnt.

Als ich zurück zum Bett ging, sagte ich mir, dass ich sowieso keine andere Chance hatte. Das hört sich jetzt heuchlerisch an, aber es half mir, das Bett auszuhalten, auf dem mir schon so viel widerfahren war. Dies war das erste Mal, dass ich nicht schreien und davonlaufen wollte.

Jemand, ich schätzte, Liberty war es nicht, hatte das Bett frisch bezogen, während ich in der Wanne gelegen hatte. Zuvor war es schwarzer Satin gewesen, jetzt waren die weißen Laken knackig frische Baumwolle, und sie rochen nach Steife, so unschuldig wie keine von uns.

Ich schaute aufs Bett, dann zu Liberty. Nach einem tiefen Atemzug legte ich mich hin. Wenigstens war sie nicht wie Lance. Sie mochte sich daran laben, mich zu fesseln, aber für sie war es nur ein Spiel, glaubte ich, und ich würde es vielleicht auch genießen können.

»Betrachte die wenig Unschuldige, die auch nicht mehr Jungfrau ist und ihr Schicksal erwartet«, rezitierte ich leicht abgewandelt aus dem Haus des Schreckens.

»Braves Mädchen«, murmelte sie. Wenn sie lächelte, wäre ich für sie barfuß über heiße Kohlen gegangen. Aber das brauchte ich nicht. Stattdessen breitete ich als stumme Einladung Hände und Beine aus, aber sie schüttelte den Kopf.

»Die hier bringen mehr Spaß«, sagte sie und hob zwei lange Seidenschärpen vom Boden auf. Mit der ersten fesselte sie mein rechtes Handgelenk an mein rechtes Fußgelenk, und die andere Schärpe hielt die linke Seite auf diese Weise zusammen. Jemanden lahmlegen, nennt man diese Technik, glaube ich, aber das Ergebnis war, dass meine Oberschenkel nach außen zeigten. Meine Pussy und die Klitoris waren leicht zugänglich, und wenn sie mich auf die Vorderseite wälzte, hockte ich auf dem Bett und streckte den Po in die Luft. Ich war zwar hilflos, aber es fühlte sich erheblich angenehmer an als alles, was ich bisher in diesem Zimmer erfahren hatte.

»Du bist schön, und das weißt du.« Liberty legte sich neben mich, immer noch nicht ganz nackt. Ich fühlte mich nackter denn je, während ich darauf wartete, dass sie den Anfang machte. Ich genoss die Hilflosigkeit. »Ich verstehe gut, warum Imo dich haben wollte. Ich wüsste gern, ob das ihr Grund war, dich herzubringen. Wir müssen dafür sorgen, dass sie dich haben wird.«

Sie diskutierte meine sexuelle Zukunft, als ob sie überlegte, welche Puppe sie für ihre Tochter kaufen sollte. Vielleicht war es in ihren Augen auch genauso einfach. Sie fing zum Glück nicht an, von Liebe zu schwadronieren, nicht mal die üblichen Nettigkeiten, die ich bei meinen One Night Stands anwandte, um ihnen zu signalisieren, dass ich ein Mädchen mit Power war und nicht nur eine Schlampe.

»Was hältst du davon? Überhaupt – wie fühlst du dich?«

Sie beantwortete sich die eigene Frage selbst, nicht mit Worten, sondern indem sie mit einem Finger über meinen Bauch strich. Manchmal kratzte sie mit dem langen Nagel, manchmal setzte sie auch nur die Fingerkuppe ein.

Das hört sich nicht sensationell an, aber es war unglaublich, und ich ließ meine Schenkel noch weiter auseinanderklappen, um Liberty einzuladen, alles zu tun, was sie wollte. Ich versuchte, die Hüften zu schwenken, um ihre Finger zu ermutigen, dahin zu wandern, wo ich sie jetzt am liebsten hätte und am dringendsten brauchte, aber sie lächelte nur.

»Noch nicht«, sagte sie und kniete sich zwischen meine Beine. Ich fühlte ihren Seidenschlüpfer, der über meinen Venushügel strich, aber ich wusste, dass sie noch nicht plante, mich dort zu berühren. Stattdessen beugte sie sich vor und begann, an meinen Brüsten zu reiben; kleine erotische Berührungen, die wahnsinnig erotisch waren.

Sie kannte meinen Körper, das ist alles, was ich sagen kann. Bei einem Mann, ganz egal, wie gut er als Liebhaber ist, gibt es immer eine Eingewöhnungsphase, in der er herausfindet, was dich anmacht. Aber dies hier war anders. Sie wusste genau, wo sie mich berühren sollte, und das tat sie auch, zuerst mit den Fingern, dann mit den Lippen. Als sie an meinen Brüsten aufgab und ihre Hände hinunter auf meinen Bauch drückte und noch etwas tiefer zu meiner Muschi, war ich nass und bereit, und leise wimmerte ich nach mehr.

»Bitte!«, bettelte ich, als sie innehielt und der Mund nur ein paar Zentimeter vor meiner geschwollenen Klitoris stehen blieb.

»Bitte was?«, fragte sie mit einem beunruhigenden Lächeln.

Ich versuchte, mich davon zu überzeugen, dass es eine

Frage des Überlebens war, wenn ich das tat, was sie von mir erwartete, und irgendwann würde sie schon an meine Muschi gehen. Aber ich konnte nicht länger stillhalten, und dann spielte es auch keine Rolle mehr.

Wir wollten es doch beide, warum sollten wir uns also nicht amüsieren? Und es würde sie beeindrucken. Das schwebte mir von Anfang an vor. Ich schämte mich nicht, dass ich die Beste sein wollte, und ich schämte mich auch nicht, dass ich nicht das ›liebe Mädchen‹ war, das ich früher mal gewesen bin.

»Ich will dich lecken.« Meine Stimme klang unnatürlich heiser, und Liberty hob den Kopf und lächelte mich an.

»Bist du sicher?«

Das war ich nicht mehr, aber auch das schien sie zu verstehen. Mit feinen anmutigen Bewegungen schüttelte sie den BH und den Schlüpfer ab, und ich geriet wieder ins Staunen. Ich hatte schon öfter Mädchen mit rasierten Pussys gesehen, aber Libertys Labien waren auch noch gepierct. Ein schmaler Goldring zog die Labien nach unten, und ich hätte gern mal mit meinen Zähnen am Ring gezupft.

»Das hat mein zweiter Liebhaber gemacht. Er hatte es mit Sado-Maso«, erklärte sie, als sie bemerkte, dass ich auf diese Stelle starrte. Sie hielt die Lippen auseinander, damit ich alles genau betrachten konnte. »Im Vergleich zu ihm wirkt Lance wie Rupert. Er arbeitete mit dünnen und dicken Ketten, fesselte mich ans Bett und ließ mich tagelang dort liegen.« Ihr Finger glitt in mich hinein. »Soll ich das eines Tages auch mal mit dir machen?« Ich nickte, beinahe so, als hätte sie mich hypnotisiert. »Er befahl mir, ihn zu saugen, genau wie ich dich jetzt auffordere, mich zu saugen.«

Ich glaube nicht, dass ich unterwürfig bin. Vielleicht hatte Liberty Recht, und ich stehe auf alle Arten von Sex.

Aber ihre Worte ließen mich in köstlicher Vorfreude erzittern, und dieses Gefühl verstärkte sich noch, als sie sich über mein Gesicht kniete. Ich konnte sie riechen, eine berauschende Mischung aus teurem Parfum und dem subtileren Moschus einer erregten Frau. Ich wusste, dass ich auch so riechen würde – aber ohne Parfum.

»Was ich bei dir mache, machst du dann bei mir?«

Ich nickte und strich meine Lippen über den goldenen Ring. Sie beugte sich vor und fuhr mit ihrer Zunge leicht über den Schamberg. Ich folgte nach, dann wartete ich mit angehaltenem Atem, bis ihre Zunge mit präziser Genauigkeit über meine Klitoris wischte. Ich kreischte vor Lust, dann erinnerte ich mich an meine Zusage und stieß mit der Zunge – nein, nicht sofort über ihre Klitoris – zuerst über den Goldring und zog ihn sanft nach unten. Ich wurde von ihrem Seufzer belohnt. Ihre Säfte rannen an meinem Kinn hinunter.

Sie schob zwei Finger in mich hinein und begann zu stoßen. Ich konnte sie nicht kopieren, aber das schien sie nicht zu stören. Ihre Zunge fiel über meine Klit her, und ich wiederholte ihre Aktionen an ihrem Körper. Nichts geschah im Eiltempo, kein Hetzen und Schieben, wie ich das häufig beim Vorspiel mit Männern erlebt habe. Nur eine köstliche Erforschung, die erotischer war als alles, was ich mir in den wildesten Träumen vorgestellt hatte.

Ich hob meine Backen an, um ihren Stößen zu begegnen, und fühlte, wie ich zum Orgasmus kletterte, dann fiel mir wieder ein, dass ich nicht kommen sollte, bevor sie bereit war. Also atmete ich tief durch, bis ich mich wieder beruhigt hatte. Das schien sie anzuspornen. Sie zog einen Finger aus meiner Pussy zurück und stieß ihn behutsam in meinen Anus.

Früher hätte ich geschrien und mich gewehrt. Jetzt aber genoss ich die zusätzliche Stimulanz. Zwei Finger und der Daumen in der Pussy, ihre Lippen auf meiner Klitoris saugten wie ein Baby an der Brust. Liberty stieß den Kitzler hin und her, manchmal nuckelte sie daran, manchmal hielt sie die Klit auch nur fest, aber immer achtete sie darauf, dass ich nicht kam.

Ich schluchzte, ich stöhnte und bettelte, aber meine Worte wurden von ihrem Geschlecht gedämpft. Ich wusste genau, dass sie mich nicht zuerst kommen ließ, und dieses Wissen erhöhte die Spannung noch.

Jetzt wünschte ich mir, doch nicht gefesselt zu sein, auch wenn mir bewusst war, dass ich mich dann nicht so frei gefühlt hätte, ihre einzelnen Aktionen so sehr zu genießen. Und Liberty hätte es auch nicht so sehr genossen. Vielleicht sah sie sich in ihrer Rolle, ein unschuldiges Mädchen zu verführen? Ich wusste es nicht, und es war mir egal.

Entscheidend waren nur die sensationellen Gefühle. Ich wollte, dass sie fühlte, was ich fühlte, deshalb stieß ich meine Zunge in sie hinein und wedelte hin und her. Ich wollte sie zum Orgasmus bringen, und zum Teufel damit, was sie wollte. Jeder Tropfen ihres Moschus auf meiner Zunge war Beweis dafür, dass ich den seltsamen Wettbewerb gewinnen konnte.

Ich weiß nicht mehr, wie lange der Tanz dauerte. Wir waren beide entschlossen, der Partnerin mehr Lust zu geben, als man selbst empfing. Was ich aber noch weiß – noch nie habe ich mich so high gefühlt. Vergiss multiple Orgasmen, dieses lange Hinauszögern war unschlagbar, aber sie kannte sich darin viel besser aus als ich.

Ihre Finger glitten in mich hinein und heraus, dann wechselten sie abrupt das Tempo oder zogen sich alle auf einmal aus mir zurück. Sie hob den Kopf, und ich konnte nur noch ihren Atem auf meiner Klitoris spüren. Dann, als ich es nicht mehr länger aushalten konnte, stieß sie die Finger wieder tief in mich hinein. Ihre Zähne umschlossen die Klitoris und vermischten Lust mit dem Ansatz von Schmerz, eine besondere Würze zu den Sensationen. Ich kam wie ein Expresszug.

Ich konnte nicht stöhnen, denn mein Mund war zu voll, aber ich konnte lecken und saugen. Beides tat ich, so hart ich konnte, und als ich fühlte, dass sie kam, wurde mein Orgasmus noch viel besser. Sie schwenkte ihren Körper hin und her und legte sich neben mich. Sie löste meine Fesseln und legte ihre Arme um mich. Ich rollte mich zusammen, lauschte ihrem holprigen Atem und wusste, dass mein Atem sich auch nicht anders anhörte.

»Nun?«, fragte sie.

»Du weißt so gut wie ich, dass es wahnsinnig gut war.« Ich lächelte und streichelte über ihre Brüste, was ich schon gleich zu Beginn hatte tun wollen.

»Aber warst du gut genug für mich?«

Beinahe hätte ich gesagt, dass sie das beurteilen müsste, dann ging mir auf, was sie in Wirklichkeit fragte. Es lag an mir, was ich mit meinem Körper anfing. Ich konnte der Traum eines reichen Mannes sein und selbst reich werden, oder ich konnte das bleiben, was ich vorher gewesen war – arm und vom Leben enttäuscht. Da brauchte man nicht lange zu wählen.

»Ich war nicht schlecht, aber ich habe vor, viel, viel besser zu werden. Willst du mir das beibringen?«

»Nach dem, was ich gerade mit dir erlebt habe, gibt es nicht viel, was ich dir noch beibringen muss. Aber wenn du willst, werde ich das gern tun. Unter der Bedingung« – ihre Hand zwickte meinen Nippel, nicht um richtig wehzutun, sondern eher als Warnung – »dass wir unsere Geheimnisse jeweils für uns behalten.«

Das war eine faire Bedingung, dachte ich. »Also gut, was soll ich tun?«, fragte ich, denn ich wollte meine Lehre so schnell wie möglich beginnen.

»Eins nach dem anderen«, sagte sie, und ihre geschäftsmäßige Stimme schien nicht zum blonden Kopf auf meinen Brüsten zu passen. Ihr Atem umwehte meine Nippel. »Die Zwillinge. Du hast sie bei ihrem Besuch vorgestern heiß gemacht.«

War das schon vorgestern gewesen? Ich hatte das Gefühl gehabt, als hätten wir viele Stunden lang in diesem Zimmer gearbeitet, aber ich hatte nie geglaubt, so lange ihre Gefangene gewesen zu sein. Vielleicht hatte das was mit dem Stockholm Syndrom zu tun: Geiseln verlieben sich in ihre Geiselnehmer. Das würde auch erklären, warum ich Liberty nicht hasste, obwohl sie mir eine Menge angetan hatte.

Ich glaubte nicht, dass es so einfach war. Wir waren zwei einer Sorte, und sie bot mir die Zukunft an, von der ich immer geträumt hatte.

»Mmm«, flüsterte ich. Ich wusste, was vor mir lag, aber ich wusste nicht, ob ich auch den Mumm hatte.

»Sie machen alles zusammen, und worauf sie wirklich stehen, ist …« Sie ging in die Einzelheiten. Ich hörte zu, war interessiert, auch aufgeregt und ein bisschen verängstigt. Aber schließlich nickte ich.

»Ich kann das machen, aber …«

»Aber was ist mit Imo? Sie weiß nichts über dies hier, und ich glaube, so sollte es auch bleiben.« Liberty schaute mich verständnisvoll und ein bisschen traurig mit ihren blauen Augen an. »Sie braucht Träume, nicht wie du und ich.«

Das Gefühl, mit ihr eins zu sein, löste bei mir Wärme und Gemütlichkeit aus. »Ich bin dafür.«

»Ich war überzeugt, dass du das sagen würdest. Aber sei nett zu ihr, sonst …«

Auf diese Drohung hätte ich verzichten können, aber ich nickte trotzdem. Vertrauen musste man sich erarbeiten, und ich befand mich noch in der Probezeit.

»Dann müssen wir uns Dickie Lawrence vornehmen. Noch hat er nicht genug Angst, daran müssen wir arbeiten. Aber du brauchst eine Ruhepause.« Sie streichelte über meine Haare, dann fuhr sie fort wie eine Übungsleiterin, die das Trainingsprogramm vorstellt. »Ich glaube, es ist Zeit, dass du auch lernst, wie man Menschen beherrscht. Ich habe das Gefühl, dass das zu dir passt. Morgen Abend, wenn er seit vier Tagen bei uns eingesperrt ist, sollte er seine Angst kennen gelernt haben. Aber dann ...« Ihr Lächeln sah jetzt nicht mehr weich und liebevoll aus. Es war grausam, und ich war froh, dass ich nicht Dickie Lawrence war. »Wir beginnen deine Ausbildung und seine Erniedrigung. Der Beginn für die Frau ohne Namen, die maskierte Frau, die sich ihre Phantasien erfüllt und nie verrät, wer sie ist.«

»Hast du das so für mich geplant?«, fragte ich, und gegen meinen Willen war ich fasziniert vom kühlen Geschäftssinn in dieser unglaublichen Frau.

»Natürlich. Aber Dickie ist nicht so stark wie du. Er wird schon um Gnade betteln, wenn er deine Ausrüstung sieht. Wenn wir fertig mit ihm sind, wird er alles tun, was wir wollen. Du wirst das sehr nützlich finden.«

»Und du wirst alles filmen?« Ein Teil von mir war abgestoßen von dem Gedanken, dass Kameras mich immer noch wie dicke schwarze Augen anstarrten. Aber ich würde maskiert und anonym sein, deshalb konnte niemand das Video gegen mich verwenden, und ich wollte, dass Dickie so große Angst hatte wie ich – nein, größere Angst. Und er sollte sich auch mehr erniedrigt fühlen als ich. Das war nicht nett, aber ich war mir gerade klar geworden, dass ich auch kein nettes Mädchen war. Mehr noch – es war mir egal.

Es war ein merkwürdiges Gefühl, Imo wiederzusehen, aber ich kann nicht sagen, dass ich irgendwas bedauerte. Warum sollte ich auch? Ich hatte nichts getan, um ihr wehzutun. Was sie nicht wusste, konnte sie nicht verletzen, und ich mochte sie zu sehr, um jetzt nicht erleichtert zu sein, sie nicht in die Pfanne gehauen zu haben. Sie war süß, und sie war immer für einen Spaß gut. Aber auch wenn sie das nicht gewesen wäre, hätte ich nichts gegen sie unternommen, denn nie wieder wollte ich Liberty in die Quere kommen.

»Wie hast du dich mit Mum vertragen?«, fragte sie.

Ich wusste, dass sie zumindest etwas von den Vorfällen ahnte, aber ich sah keine Feindseligkeit in ihrem Verhalten. Es sah so aus, als wäre dieses Problem auch gelöst. Das war mehr, als ich verdient hatte, und so nahm ich mir vor, ihr was Schönes zu schenken. Dann fiel mir etwas anderes ein, was ihr bestimmt gefallen würde, und meine Haut wurde warm und begann zu prickeln.

»Sie und Lance sagten, sie hätten deine Erziehung zu einem guten Ende gebracht und dir danach einen richtigen Job angeboten«, fuhr sie fröhlich fort.

Das hatten sie ihr also gesagt. Nun, sie stimmte nicht weniger als meine Version der Ereignisse, deshalb brauchten wir keine peinlichen Fragen zu befürchten. Ich nickte, und dann wurde ich tatsächlich mal rot. Zum Glück gab sie sich mit dem Nicken zufrieden.

»Du hast einen weiten Weg hinter dir, kleines unschuldiges Vikarstöchterlein.« Sie kicherte und befestigte ihre Strümpfe am Strumpfband, dann griff sie nach zwei langen roten Bändern und schmückte damit ihre kurzen Zöpfe. »Zur Schule habe ich so etwas nie getragen. Du?«

Ich schaute auf meinen kurzen plissierten Rock in Marineblau und auf meine züchtige weiße Bluse. Sie war genauso gekleidet, deshalb musste ich grinsen.

»Meine Schuluniform war grün, und mein Dad hätte einen Anfall bekommen, wenn ich so einen kurzen Rock getragen hätte.« Wenn ich mich bückte, konnte man meine Pobacken sehen, die nur noch ein bisschen rosa waren, trotz der vielen Peitschenhiebe. Meine Strumpfsäume waren bei jeder Bewegung zu sehen. Meine Haare, ebenfalls zu schulmädchenhaften Zöpfen geflochten, schwangen über meine Schultern. Ich sah aus wie eine klassische Figur aus der Fantasywelt.

»Komische Leute, diese Männer.« Imo hatte offenbar von ihrer Mutter die Fähigkeit geerbt, Gedanken zu lesen. Ihre Mutter war mein neuer Schwarm, deshalb fiel es mir auch leicht, Imo in meine Schwärmerei einzubeziehen. »Sie fahren auf die seltsamsten Dinge ab. Stell dir nur mal vor, wie Lance zu sein, der immer Kontrolle ausüben muss.«

Sie schüttelte sich, was ihre Brüste schwingen ließ, was viele Männer garantiert angezogen hätte. Und auch mich ließ das Bild ihrer schaukelnden Brüste nicht ganz kalt. Männer waren besser, aber Frauen waren anders, und ich konnte beide genießen. Um genau zu sein, ich konnte mich an allem erfreuen, und das hatte ich auch vor.

»Aber was wäre, wenn er mal hilflos ist?«, fragte ich und stellte ihn mir gefesselt vor. Ich sah mich, wie ich seine Jeans zerschnitt und sein T-Shirt zerfetzte. Er wäre mir ausgeliefert, und ich würde ihm keine Gnade gewähren. Meinetwegen konnte er schreien und toben und betteln, dass ich ihm einen Orgasmus gestattete. Ich würde aus dem Zimmer gehen und ihn viel länger warten lassen, als er sich bei Imo geleistet hatte. Oh, es gab so viel, was ich gern tun würde. Ich lechzte danach, endlich in diesem Bereich zu arbeiten.

»Oho.« Imo sah mich mit einem seltenen Ausdruck an, dann lächelte sie. »Wenn du auf solche Sachen stehst, dann wird es im nächsten Jahr sehr lustig sein, wenn wir uns ein Bett teilen.«

»Du hast wirklich eine Schwäche für diese Fesselspiele, was?«

»Ja«, sagte sie. »Ich liebe es, wenn man mir sagt, was ich zu tun habe, wenn ich gefesselt werde. Wenn Lance die Kontrolle übernimmt, habe ich nur zwei Dinge zu tun: Ich fühle und genieße. Ich weiß, dass er mich nicht über meine Grenzen hinaus bedrängt.«

Ich war nicht so sicher gewesen, als er mich gefesselt vor sich liegen hatte, aber jetzt verstand ich etwas besser, was Imo fühlte, und vielleicht teilte ich ja auch dieses Gefühl mit ihr. Dies war nicht der richtige Zeitpunkt, darüber zu diskutieren, und noch weniger wollte ich in die Einzelheiten gehen, was ich mit einem Sklaven anstellen würde.

Vor uns lag die Begegnung mit den Zwillingen, Cody und Cain. Diesmal waren wir auf ihre Zimmer eingeladen; eine große Suite ganz oben im Turm. Sie waren beide pudelnackt, als Cody uns die Tür öffnete. Und ich ergötzte mich an ihren Blicken, als sie uns sahen.

»Bitte, Sir«, sagte Imo in ihrer Klein-Mädchen-Stimme, »wir wollen eure Lutscher lutschen.«

Cody lächelte und lud uns ein. Cain lag schon nackt auf dem Bett, die Erektion gewaltig, und ich musste zugeben, dass sie ungeheuer lutschbar aussah. Was ich damit alles anstellen würde ...

»Sie ist zu groß«, quiekte ich, und aus Codys Lächeln wurde ein Grinsen.

»Das letzte Mal hast du das nicht gesagt.«

Das letzte Mal hatten sie mich in den Arsch vögeln wollen, und ich hatte entsetzliche Angst gehabt, aber seitdem war eine Menge geschehen.

»Nicht«, bat Imo. Ihr Gesicht war gerötet, die Lippen leicht getrennt, die Brüste gegen ihr enges Hemd gedrückt. Ich war sicher, dass ihre Knöpfe bald abplatzen würden. Sie war versessen auf das, was bald geschehen würde – und ich auch.

Die Männer lechzten offenbar auch danach. Cody hob Imo an, als ob sie nicht schwerer wäre als eine Kinderpuppe, und ließ ihren Rock hüpfen, als er sie aufs Bett fallen ließ. Sie landete auf allen vieren und sah sich verwirrt um. »Nicht beide von euch gleichzeitig«, quietschte sie, und ich konnte sehen, wie die Zwillinge sich kurz anschauten und ihre Pläne änderten. Aber sie begriffen nicht, dass Imo sie manipulierte. Ich wusste, was Imo meinte – Männer waren leicht zu durchschauen und verdammt leichtgläubig.

»Warum nicht? Sie kann deine Titten lutschen, während wir es tun. Nein.« Cains Gesicht veränderte sich, bis es wie eine afrikanische Stammesmaske aussah, die man in den wirklich teuren Galerien sieht. Stolz und grausam und unnachgiebig. »Du kannst sie ficken, während wir dich ficken.«

»Oh, du bist wirklich schlimm«, quietschte Imo, und ich wusste genau, wie sie sich fühlte, denn mir erging es nicht anders.

Meine Säfte rannen, und meine Gefühle steigerten sich von einer Minute zur nächsten. Imo riss ihr Hemd auf. Sie trug keinen BH, und jeder Mann griff nach einer Brust in den großen heißen Händen. Ich erinnerte mich nur zu gut daran und drückte mit, bis sie zu quietschen begann.

»Ich will auch lieb sein, wirklich lieb sein«, bettelte sie mit ihrer heiseren Stimme, die zum feuchten Traum eines Mannes gehört. »Ich will alles tun, was du willst. Ich werde mich nicht wehren. Zwing mich bloß nicht, irgendwas mit ihr anzufangen.« Sie ruckte den Kopf in meine Richtung, und mir wurde klar, dass ich nicht die einzige Lügnerin in diesem Zimmer war. Sie hatte sich bemüht, in mein Höschen zu kommen, seit wir uns kennen gelernt hatten, aber jetzt hätte ich geschworen, dass sie nicht lesbisch ist und so normal wie ich.

»Du wirst das tun, was man dir sagt.« Cain hob ihren Rock und gab ihr ein paar Klapse auf ihre nackten Backen, bis sie wimmerte und ihren Hintern hin und her wand.

»Es hat keinen Sinn, sich zur Wehr zu setzen, Imo.« Das war mein Stichwort und schaffte es irgendwie, noch aufgeregter zu wirken, als ich war. »Es ist wohl besser, dass wir alles tun, was sie wollen. Vielleicht lassen sie uns dann gehen.«

Wenn die Zeitungen davon erfahren hätten, wäre es für die Skandalreporter ein gefundenes Fressen gewesen. Aber sie würden natürlich nichts erfahren. Das war das große Plus von Liberty Hall; es war ein Ort, an dem die Reichen und Berühmten ihre Phantasien austoben konnten, ohne dass Leichen in ihren Kellern zurückblieben.

Es war auch ein Ort, an dem Menschen wie ich und Rupert, Lance und Imo uns einbringen konnten und für unser Vergnügen auch noch bezahlt wurden. Ich wusste schon, dass nach diesem heutigen Job fünfhundert zusätzliche Pfund auf meinem Konto sein würden. Aber das war nicht der Hauptgrund für mein Bleiben. Ich war jetzt Teil der Phantasie, ich hatte die Macht, die ich mir immer ersehnt hatte, und ich konnte mich auf viel Geld freuen. Und ich liebte meine Arbeit.

»Aber das ist doch nicht deine Sache.« Imo hörte sich so begeistert an, dass ich mich fragte, ob sie wirklich glaube, dies wäre mein erstes Mal.

»Ich mache es deinetwegen«, flüsterte ich, denn die Zwillinge sollten auch glauben, dass sie etwas erhielten, was ihnen eigentlich nicht zustand. Jede Närrin kann tun, was man ihr sagt, aber nur die professionelle Frau gibt dem Freier das Gefühl, dass er das bekommt, was er sich sehnlichst wünscht, auch wenn er gar nicht weiß, was er sich wünscht.

Die Zwillinge stellten sich vor, es mit zwei hilflosen Frauen zu tun zu haben, nicht sehr willig, deshalb war es erforderlich, die Frauen mehr oder weniger sanft zu überreden. Das war die Vorstellung, auf die sie abfuhren. Die guten Jungs des britischen Sports sollten ihren Spaß haben, wenn sie die Frauen zur lesbischen Liebe überreden konnten. Sie waren übrigens nicht die Einzigen, die sich darauf freuten. Bei dem bloßen Gedanken näherte ich mich schon einem Orgasmus, und Imos Körper schüttelte sich, als sie die beiden kräftigen Kerle ansah. Sie verbarg ihre Reaktionen ziemlich gut, aber ich wusste, dass es ihr jeden Moment kommen würde. Wenn sie sich darauf freute, mich endlich verführen zu können, hätte niemand sie anfassen müssen, und ihre Säfte wären trotzdem geflossen.

Sie nennen mich vielleicht eitel, weil ich so sehr von meiner Wirkung auf Imo überzeugt war, aber mir erging es nicht anders als ihr.

»Du hast noch nie was mit einem Mädchen gehabt?«, fragte Cody. Cain starrte mich an, und ich wusste, dass wir sie im Sack hatten.

»Noch nie.« Ich hatte was mit einer Frau gehabt, aber danach hatte er nicht gefragt, und ich würde diese Szene nicht wegen kleinlicher Details verderben.

»Cool«, sagte er mit einem langen Atemzug. Er und Cain schwangen herum und arbeiteten so mühelos Hand in Hand, wie sie es bei ihren Staffelläufen gewohnt waren.

Imos Bluse wurde bis zur Taille hinuntergerissen. Die gestreifte Schulkrawatte ließen sie zwischen ihren Brüsten baumeln. Sie würden sie bestimmt als Leine nutzen wollen. Mir zogen sie die Krawatte aus und banden mich mit ihr an einen Bettpfosten. Ich hockte oben auf dem Bett, und Imos Kopf befand sich zwischen meinen Schenkeln. Ich konnte ihre Brüste sehen, voll und schwer, und mir kam eine neue Idee.

»Bitte, ich will sie nicht anfassen«, bettelte ich. Cain grinste.

»Himmel, Cody, wir haben ein richtiges Unschuldslamm bei uns! Kein Anal, nichts Lesbisches ... es wird höchste Zeit, dass jemand sie erzieht.«

Ich biss mir auf die Unterlippe und fragte mich, ob sie mir das wirklich abkauften. Vielleicht nicht, aber Cain band meine Hände los und legte sie auf Imos Brüste, dann glitt seine Hand unter meinen kurzen Rock und direkt in meine Pussy.

»Die hier ist bereit und kann es kaum erwarten«, sagte er, als er fühlte, wie nass ich war.

Cody unterzog auch Imo dieser Überprüfung, dann begannen die Zwillinge mit der Arbeit. Von einem Kerl gefingert zu werden, während sein Spiegelbild das bei Imo ausführt, das hatte schon seinen besonderen Reiz.

Sie passten ihre Bewegungen einander an und waren dabei so gut, dass sie auch einen Job bei Liberty Hall haben könnten, falls die Leichtathletik nicht mehr so viel abwirft.

Imo bettelte bald schon um mehr, und auch ich gab einige Geräusche von mir. Es überraschte mich nicht, als sie mich vernachlässigten und sich beide auf Imo stürzten. Ihre zierliche blonde Erscheinung schien genau das zu sein, was sie suchten, was aber auch zeigte, wie wenig sie wussten, denn Imo konnte verdammt zäh sein. Sie starrte die Zwillinge abwechselnd an, die Augen groß aufgerissen, offenbar in arger Bedrängnis und völlig verängstigt.

»Tut mir nicht weh«, wisperte sie, als Cody sie aufhob.

Cain legte sich hin, und ich wusste, dass er alles von mir sehen konnte, aber das störte mich nicht. Er fasste mich nicht an, aber er starrte in jede Öffnung.

Ich schaute auch zu und sah, wie Cody eine Tube mit einem Gleitmittel aus der Schublade des Nachttischs holte und Imos Kerbe damit einfettete. Eine breite Hand hielt sie auseinander, und der Kontrast von schwarzer und weißer Haut erhöhte noch den erotischen Reiz des Geschehens. Cody rieb und drückte und stieß erst einen, dann zwei Finger in Imo.

Mich wiesen sie an, sie abwechselnd zu lutschen, dann musste ich ihnen Kondome überstreifen. Cody hob Imo wieder an, hoch über Cains Erektion. Er ließ sie langsam sinken, und ich war nur froh, dass ich nicht so unerbittlich gefüllt wurde. Imo wimmerte, als sie gedehnt wurde. Meine Pussy zog sich zusammen, als ich mich an die gewaltige schwarze Erektion erinnerte, die mich gefüllt hatte, bis ich glaubte, platzen zu müssen.

Imo leistete keine Gegenwehr. Sie hockte über ihm und presste ihr Gesicht gegen meinen marineblauen Rock.

Cody stöhnte und begann in ihre Pussy zu stoßen. Imos Stöhnen wurde lauter, und die beiden Männer grunzten gemeinsam. Sie würden sich gegenseitig fühlen können, dachte ich und begann, Imos Brüste zu streicheln. Sie starrte mich an, Tränen in den Augen. Es musste wehtun, aber ich wusste inzwischen auch, dass Imo auf Schmerzen abfuhr. Ich hoffte, dass sie auch auf meine streichelnden Hände abfuhr.

Ihre Lippen teilten sich, als Cody noch tiefer in sie eindrang. Ich fragte mich, wie es sich anfühlen würde, wenn ich sie küsste, aber dies war jetzt noch nicht meine Rolle. Meine Rolle war die sich sträubende Jungfrau, aber eines Tages würde ich eine neue Rolle aussuchen müssen. Cody steckte jetzt ganz tief in ihr, und Imo hatte aufgehört zu stöhnen. Sie lag still da, als hätte sie Angst, sich zu bewegen.

Cody lächelte. »Und jetzt sie«, befahl er, und Imo schluchzte, als Cain meinen Rock hob.

»Es tut mir leid, Tess«, sagte sie und drückte ihren Mund auf meine Pussy.

Aber was ich fühlte, war großartig. Imo bearbeitete mich,

bis ihre Finger glitschig waren, dann führte sie sie behutsam in meinen Schließmuskeln ein. Meine Schockschreie – teils Lust, teils kurzer, scharfer Schmerz, der aber bald verschwand – waren nicht vorgetäuscht.

Die Männer sahen mein Schreien als ihr Stichwort an und bewegten sich – wieder in perfekter Harmonie. Imos Körper hob und senkte sich mit jedem Stoß, und ihr Atem kam gehetzt. Ihr Mund presste hart auf meine Klitoris, während meine Hände sich immer noch mit ihren Brüsten beschäftigten. Cain drehte sich um, bis er mich küssen konnte; seine Zunge stieß im Takt seines Schwanzes in Imo in meinen Mund. Dies war der Moment, in dem die Welt draußen zu schwinden begann.

Imo wurde zuerst geknackt. Ihre Brüste spannten sich unter meinen Händen, und ihre Nippel waren so hart, dass sie sich hart wie Marmor anfühlten. Ihr Mund und ihre Finger regten sich nicht mehr in mir. Sie stieß einen langen, hohen Laut aus, der unmenschlich klang und wieder diese Mischung aus Schmerz und Lust enthielt.

Ihr Körper verspannte sich um die Zwillinge, aber die Leichtathleten hatten noch nicht genug. Sie zogen sich aus ihr zurück, ihre Körper glänzten vom Schweiß. Dann packten sie mich. Mein Rock zerriss, und ein paar Knöpfe spritzten an die Wand.

Sie rollten mich auf den Bauch. Ich spürte eine Hand unter meinem zerfetzten Rock, aber ich wusste nicht, wessen Hand es war. Meine Hände waren immer noch mit der Schulkrawatte auf den Rücken gebunden, dann befand sich einer in meiner Pussy und der andere in meinem Mund. Ich wusste nicht, wer wo war, aber es war mir auch egal. Ein massiver Schaft füllte mich, und zwei geschickte Hände arbeiteten an meiner Klitoris – eine hielt die Labien auseinander, und die andere streichelte mich mit überraschender Finesse.

Die Erektion in meinem Mund stand der in meiner Pussy nicht nach. Ich konnte Latex schmecken. Ich leckte eifrig. Der Druck auf meine Klitoris wurde intensiver. Die Stöße wurden härter, wilder. Einer von ihnen lachte, und der andere griff nach meinen Brüsten und quetschte sie so heftig, dass ich aufschrie. Erinnern Sie sich, dass ich gesagt habe, ich könnte Schmerzen beim Sex nichts abgewinnen?

Nun, diesmal konnte ich. Ich bäumte mich auf, ich wehrte mich nicht, sondern ich ermutigte sie. Ich wollte mehr, ich hätte auch nichts dagegen gehabt, wenn sie mich wie Imo genommen hätten, aber ich genierte mich, ihnen das vorzuschlagen.

Meine Brüste fühlten sich an, als würden sie abgerissen, und mein Geschlecht wurde so brutal geweitet, dass ich mich nicht gewundert hätte, wenn sie mich geteilt hätten. Der Schaft in meinem Mund war tief unten, und ich schätzte, es könnte nicht mehr lange dauern, bis er dem, der von unten zustieß, begegnen würde.

Ich liebte jede Sekunde. Ich konnte meine Lust nicht herausschreien, weil alles, was aus meiner Kehle kam, gedämpft klang. Ich mahlte meinen Po gegen den Penis, der sich dort ausbreitete und zu zucken begann. Ich intensivierte die Arbeit an dem Ding in meinem Mund, und dann kamen wir alle zusammen in einem verschwitzten Knäuel der Lust.

# *Zwölftes Kapitel*

Am Abend hatte ich mich so gerade von den Strapazen erholt, aber Imo nicht. Sie hatte sich dermaßen verausgabt, dass ich sie wie eine Kranke zu ihrem Zimmer stützen musste. Ich habe sie gewaschen und ins Bett gebracht, und ich habe dafür gesorgt, dass sie wie ein Baby eingeschlafen ist.

Wie ich das geschafft habe, ist ganz allein meine Sache. Ich will nur verraten, dass es so befriedigend war wie mit ihrer Mutter, und viel abwechslungsreicher, da ich ja schon eine Menge gelernt hatte. Aber sie beide an einem Tag gehabt zu haben, das fühlte sich ein bisschen wie Inzest an. Nun ja, ich hatte versprochen, nett zu Imo zu sein, und das war ich.

Jetzt kleidete ich mich an für einen neuen Auftrag. Ich hätte nie geglaubt, ein solches Outfit zu tragen, aber Liberty plante ein neues Spezialgebiet für mich. Ich konnte gut verstehen, warum sie diese Tracht für mich ausgesucht hatte.

Der schwarze Body aus Leder klebte an meiner Haut, und ich wusste, er würde viel zu heiß und verdammt unbequem sein, aber die Wirkung war es wert. Er bedeckte meinen ganzen Körper, aber es gab einen Reißverschluss vom Hals bis zum Schoß und dann weiter bis zur Poritze. Man konnte ihn von beiden Enden öffnen; direkt auf der Klitoris drückte der Zipper. Es lag an mir, wie viel ich zeigen oder verhüllen wollte. Zwei weitere Reißverschlüsse boten einen leichten Zugang zu den Brüsten, und die hohen, bis zu den Lenden reichenden glänzenden Lacklederstiefel rundeten das Bild auf perfekte Weise ab.

Ich posierte mit den Händen auf den Hüften, die Beine gespreizt, und betrachtete mich im Spiegel. Ich hätte gern gewusst, was Imo sagte, wenn sie mich in diesem Aufzug sah. »Bitte, Herrin«, hörte ich sie sagen, während sie zu meinen Füßen über den Boden kroch und mich anbettelte, sie zu züchtigen. Ja, ich würde ihr schließlich den Gefallen tun, aber sie war noch nicht dran.

Dickie würde schon auf seine Bestrafung warten. In dieser Rolle brauchte ich wenigstens nicht den üblichen Wert auf Frisur und Make-up zu legen. Ich hatte meine Haare mit Gel geglättet und zu einem kurzen Zopf gebunden, den ich unter der Kapuze, die ich tragen würde, verstecken konnte. Ich zog sie über den Kopf, zurrte die Augenschlitze an die richtigen Stellen, und dann war ich selbst von meinem Spiegelbild erschrocken.

Der Body war so eng, dass man die erigierten Nippel deutlich sehen konnte, und der Schamberg schob sich frech vor. Man sah mir an, dass Sex mein einziges Ziel war. Niemand würde wissen, wer ich war. Dickie Lawrence würde mich ganz sicher nicht erkennen. Nun, dies alles sollte für ihn sein, zu seinem Nutzen, wobei ich bezweifelte, dass er diesen Nutzen sah.

Vergeltung wäre der bessere Begriff gewesen, aber auch dieses Wort traf nicht genau zu. Mir war die liebste Beschreibung: Ich wollte ihm eine Lektion erteilen. Eine Lektion, die er nicht vergessen oder ignorieren würde. Und ich konnte nicht warten, dass sie endlich begann.

Er würde nicht wissen, dass er vier Tage eingesperrt gewesen war, denn seit er sich nicht mehr in Freiheit bewegen konnte, war eine Ewigkeit vergangen. Sensorische Deprivation und psychologische Kriegsführung waren Lances liebste

Techniken, deshalb hatten sie Dickie entkleidet, kurz nachdem sie ihn geschnappt hatten. Seine Hände waren ihm auf den Rücken gebunden worden.

Um ihm klarzumachen, wie hilflos er war, hatten sie ihn mit Ohrstöpseln versehen und eine Augenbinde verpasst. Dann hatten sie seine Beine zusammengebunden und ihn in den Kofferraum verstaut. Es war eine lange Fahrt von London. Die Augenbinde würden sie ihm vielleicht abgenommen haben, nachdem sie ihn an den Metallrahmen des Betts in der sonst leeren Zelle gefesselt hatten. Nur die Ohrenstöpsel hatten sie ihm gelassen, und das Licht hatte Tag und Nacht gebrannt, weil sie wollten, dass er sich desorientiert fühlte.

Bisher hatte ihn keiner angefasst, aber das war auch nicht nötig, denn Dickie würde sich trotzdem erniedrigt und verängstigt fühlen. Ich erinnerte mich noch viel zu gut, selbst in dieser Situation gewesen zu sein. Aber es war seine Schuld, deshalb wollte ich keine Zeit mit Mitleid verschwenden.

Alles, was ich fühlte, war Lust. Ich fragte mich, wie sich das anfühlen würde, wenn jemand dir hilflos ausgeliefert ist. Diese Frage stellte ich mir, seit ich Imo wie eine Mumie verschnürt gesehen hatte.

Mit Lance' Hilfe würde ich das jetzt herausfinden. Wegen seiner Rolle war ich ein bisschen nervös, denn ich hatte den Verdacht, dass Lance mit mir noch nicht fertig war. Aber heute Abend müsste ich in Sicherheit sein. Ich griff nach der langen Lederpeitsche, steckte sie unter meinen engen Gürtel, der meine Brüste nach oben drückte, sodass ein *Baywatch* Girl neben mir flachbrüstig wirken musste.

Lance wartete draußen vor der Tür von Dickies Zelle auf mich. Er betrachtete mich ohne erkennbare Lüsternheit, was mich nicht überraschte. Lance stand auf menschlichen Reaktionen, besonders Angst. Wenn er nicht diesen Job in Liberty Hall gefunden hätte, würde er seine Zeit als Psychopath in der Psychiatrie verbringen, aber ich verstand allmählich, warum die Leute so viel Geld für seine Fertigkeiten ausgaben.

Dickie würde das nie verstehen, aber Dickie hätte seinen Mund halten sollen. Er hatte nicht einmal den Verstand, sich still zu verhalten, als sich die Tür öffnete. Stattdessen gab er eine Tirade von Flüchen von sich, wenig originell garniert mit Obszönitäten, die sich krank anhörten, wenn man ihn anschaute. Und ich schaute lange hin.

Er saß zusammengekauert auf dem Bett und versuchte, seine Genitalien zu bedecken. Ich sah zu Lance und wartete, dass er mir zeigte oder sagte, was ich zu tun hatte. Er ging langsam auf Dickie zu und zog ihm die Ohrstöpsel heraus.

»Du bist ein sehr ungezogener Junge gewesen.« Lance' Stimme klang sanft, fast sympathisch, aber ich glaubte trotzdem, dass sich Dickie in die Hose machte.

»Das können Sie nicht machen! Ich werde Ihnen die Polizei auf den Hals hetzen!«

»Das glaube ich nicht. Nicht, wenn alles, was hier geschieht, gefilmt wird.«

»Na und? Das wird Beweismaterial für den Prozess sein!«

»Wenn du unbedingt erleben willst, dass sich ein Gericht ansieht, wie heiß du darauf bist, wie ein schwuler Junge genommen zu werden, habe ich nichts dagegen. Du kennst dich ja aus mit den Gesetzen der Pressefreiheit. Die Geschichte, die du deinen Kollegen lieferst, nun, danach leckt ihr euch doch die Finger, oder nicht?« Lance griff Dickie zwischen die Beine und rieb den schlaffen Penis des Opfers.

Dickie stöhnte und versuchte, Lance wegzuschieben. Das war das Stichwort für meinen Auftritt, und ich freute mich darauf. Ich hob die Peitsche und ließ sie knallen, wie ich es den ganzen Nachmittag geübt hatte. Noch hatte ich Dickie nicht berührt, aber die Peitschenriemen kamen ihm immer näher auf dem schmalen Metallrahmen des Betts.

Er erkannte die Gefahr. »Nein, bitte nicht. Ich schwöre, ich erzähle niemandem etwas über euch, wenn ihr das nicht wollt. Ich zahle euch alles, was ihr haben wollt. Lasst mich in Ruhe und lass nicht zu, dass sie mir Schmerzen zufügt.«

»Nein«, sagte Lance. »Du wolltest herausfinden, was wir hier machen. Nun, heute Abend wirst du es erfahren.«

Dickie starrte ihn an, dann schloss er die Augen. Nicht theatralisch oder trotzig, eher so, als hätte er jede Hoffnung verloren. Was auch zutraf, denn ich hatte das auch so empfunden, als ich in seiner Situation gewesen war. Aber wieder mahnte ich mich, kein Mitleid für ihn zu empfinden.

Wenn er den Mund gehalten hätte, wären wir beide noch in sicheren Gefilden gewesen, aber er hatte ja prahlen und protzen müssen. Selbst jetzt, als Kämpfen unsinnig war, hatte er nicht den Grips, das zu tun, was man ihm sagte. Da hatte ich anders reagiert. Ich hatte überlebt, und wenn das bedeutete, dass ich ein paar meiner Ideale verloren hatte – gut. Aber was ich dadurch gewonnen hatte, war auch nicht zu verachten.

Ich hatte meinen Platz auf Liberty Hall gefunden, während Dickie eine Lektion erteilt wurde, die er nie vergessen würde. Dieses Wissen linderte mein Verlangen nach Vergeltung. Ich beobachtete Dickie, wie er zuckte und unter Lances erfahrenen Händen gegen seinen Willen eine Erektion bekam, und das war erst der Anfang.

Lance ließ sich Zeit und zog jede Unze Selbstbewusstsein aus Dickies hilflosem Körper. Aber als Lance fertig war mit ihm, hatte sich Dickies schlaffes Glied zu einem ordentlichen Schwanz entwickelt, und die behaarten Bälle darunter hatten sich nach oben gezogen.

»Jetzt«, murmelte Lance. Ich nahm einen tiefen Atemzug und versuchte, die Aufregung zu verdrängen, die meinen ganzen Auftritt zu ruinieren drohte.

Lance hatte gesagt, dass eine gute Domina zu jeder Zeit kühl, ruhig und gelassen bleibt. Ihre einzige Aufgabe, so Lance, besteht darin, Lust oder Schmerzen aus ihrem Opfer herauszuwringen. Dazu muss sie in der Lage sein, genau zu erkunden, was das Opfer wirklich will, selbst wenn es nicht in der Lage ist, seinen Wunsch zuzugeben.

Sie darf nie ihre eigene Lust zeigen – was in meinem Fall ohnehin der Kapuze wegen unmöglich war. Ich brach also erneut die Regeln, als ich mir ein Grinsen erlaubte und ein bisschen Schadenfreude. Ich griff in die Leinentasche, die Lance mitgebracht hatte. Dickie erkannte das Gewirr von Lederstreifen und Metallringen sofort. Seine Lippen öffneten sich in einem geräuschlosen Stöhnen.

»Ja, du kennst es schon«, sagte Lance. »Es ist ein Harnisch, in den wir auch deinen Schaft stecken. Sobald wir dich festgezurrt haben, können wir mir dir anstellen, was wir wollen, ohne uns sorgen zu müssen, dass du vorzeitig kommst und uns den Spaß verdirbst. Bevor wir mit dir fertig sind, wirst du uns anflehen, dich kommen zu lassen.«

»Bitte, verletzen Sie mich nicht«, wimmerte Dickie.

»Warum sollten wir das wollen? Keine Sorge, du wirst es genießen – wenn nicht sofort, dann etwas später.« Ich hatte Lance noch nie so gemein lächeln gesehen, und plötzlich wusste ich, dass ich leicht davongekommen war. Bei mir hatte Lance nur meine Tabus gebrochen, und selbst das, wusste ich heute, war ebenso ein Test gewesen wie eine Bestrafung.

Ich trat vor und berührte leicht die Spitze von Dickies Penis. Er mochte zwar verängstigt sein, aber er war auch so hart, dass ich glaubte, er würde auf der Stelle kommen. Das gehörte nicht zu unseren Plänen, deshalb zwickte ich ihn hart dicht unterhalb der Eichel.

Er heulte auf, und seine Erektion zerfiel. Aber nicht lange.

Ich zog ihm kurz ein Kondom über und zwängte die Metallringe über seine Latte. Ich muss gestehen, dass es mich nicht störte, wenn sie in seine Haut bissen. Ich ignorierte sein Stöhnen und sein Betteln. Ich befestigte die Lederstreifen und musste nur darauf achten, dass seine Hoden voneinander getrennt waren.

Er sollte nicht nur leiden wie ein Hund, dachte ich, bückte mich und nahm ihn in den Mund.

Ich konnte Dickies Gesicht nicht sehen, aber ich wusste, dass er mich beobachtete, und war ziemlich sicher, dass er sich der Agonie näherte. Seine Hoden waren steinhart, und sein Schwanz weinte in die Latexscheide.

Aber natürlich würden wir ihn nicht kommen lassen. Wir würden ihm den Orgasmus erst gönnen, wenn die Szene perfekt war. Sein Körper ruckte hin und her in der Absicht, zu ejakulieren, dann ließ er ein Schluchzen hören, das einen erbarmen konnte. Er blieb still liegen.

»Du hast es endlich begriffen«, sagte Lance, und ich stand auf und trat zurück. »Dieses Mädchen macht seine Lehre bei uns«, fuhr er fort. »Sie muss noch lernen, wie man einem Mann Lust bereitet. Ich schätze, du bist so nah dran, dass sie bei dir üben kann. Ich werde ihr ein paar Techniken erläutern, und du wirst mitmachen, okay, Dickie?«

»Das können Sie nicht tun«, protestierte Dickie ohne wirkliche Überzeugung. Es war eine dumme Bemerkung. Lance' Lächeln wurde viel breiter.

»Wirklich? Aber bisher habe ich doch alles richtig gemacht, oder nicht?«

Der Dialog schien direkt aus einem drittklassigen Film zu kommen, aber ich war zu sehr mit dem Studium von Dickies Gesicht beschäftigt, deshalb war mir die Qualität des Dialogs egal. Dickie sah entsetzt, erregt und erniedrigt aus, und am meisten natürlich hilflos. Der Mann, der die Reichen und

Berühmten manchmal mit einem Strich seiner giftigen Feder zur Strecke gebracht hatte, war von seinem eigenen verletzlichen Zustand angewidert.

»Zuerst muss sie lernen, ordentlich zu blasen, oder meinst du, dass sie das schon gut genug macht?«

Dickie antwortete nicht, und Lance gab mir ein Zeichen. Die Peitsche erwischte nur den Rand seines Schenkels, aber seinem Geschrei nach zu urteilen, müsste ich eine neunschwänzige Peitsche quer über seine Genitalien gezogen haben. Er schrie und heulte, rollte sich zu einem Ball zusammen, aber Lance hielt ihn fest und brachte ihn wieder steif auf den Rücken. Er befestigte eine Spreizstange zwischen seinen Beinen, damit er uns nicht entwischen konnte.

»Ich habe dir gesagt, du sollst uns nicht für dumm verkaufen«, sagte Lance. »Wirst du jetzt ruhig liegen bleiben?«

Ich muss es ihm lassen, Dickie hatte Mumm. Kein Hirn, aber Mumm. Er hob die Beine mit der Spreizstange an und versuchte, nach Lance zu treten. Lance wich aus, und ich hob die Peitsche.

»Der nächste Hieb trifft deinen Schwanz«, sagte Lance leise. Dickie verhielt sich absolut ruhig, auch, als Lance Lederstreifen rund ums Bett band, bis sich Dickie nicht mehr bewegen konnte, ganz zu schweigen, uns Schaden zuzufügen.

»So, wo waren wir? Ach so, ich habe dich gefragt, wie gut sie bläst.«

»Großartig«, Dickie sprudelte fast über. »Das beste Französisch überhaupt.«

Ich wusste, dass ich gut war, aber irgendwas sagte mir, dass sein Lob ein anderes Motiv hatte, was zu allem passte, was er tat. Aber diesmal würde es ihm keinen Vorteil bringen, denn Lance verzog das Gesicht.

»Jetzt zu Lektion zwei«, sagte er. »Ich will wissen, ob sie eine saftige Pussy hat.«

Ich reichte die Peitsche an Lance weiter und zog den Reißverschluss auf, der zwischen den Pobacken und meinem Geschlecht verlief. Dass der Zipper gegen meine Klitoris stieß, war ein zusätzlicher Bonus, als ich mich über Dickie kniete. Ich ließ seinen von Metallscheiben umgebenen Penis nur kurz in mir ruhen.

»Ist sie nass?«, fragte Lance.

Dickie nickte verzweifelt.

»Willst du sie haben?«

Wieder ein verzweifeltes Nicken.

»Bist du bereit, es ihr gründlich und hart zu besorgen, bis sie kommt?«

Dickie wusste nicht genau, was er davon halten sollte, aber er fand es relativ schnell heraus, als sich die Tür öffnete. Rupert, das Gesicht völlig unkenntlich hinter einer Mickey Mouse Maske, kam mit einer Steadicam herein.

Jetzt begriff Dickie. Seine eigene Videoproduktion würde zeigen, wie er hilflos und gefesselt auf dem Bett lag und eine anonyme Lederfrau mit Kapuze mit offensichtlichem Spaß vögelte. Lance war zwar leicht zu durchschauen, wenn man ihn kannte, aber er hatte ein gutes System drauf, jemanden zu kontrollieren, deshalb beschloss ich, ihm dieses eine Mal zu vergeben.

»Nein«, protestierte Dickie. »Das können Sie nicht machen. Ich will das nicht ...«

Lance gab sich nicht die Mühe einer Antwort, und ich blieb auch still. Ich ließ Taten sprechen und nicht Worte und ließ mich langsam auf ihm nieder. Ich musste laut aufstöhnen, als ich die mir nicht vertrauten Sensationen der kalten Metallringe in meiner heißen, glitschigen Pussy spürte.

Dickie stöhnte auch, und Rupert ging ganz nah heran, um eine Großaufnahme seines geröteten Gesichts im Kasten zu haben.

»Jetzt besorge es ihr richtig«, befahl Lance. Er trat aus dem Blickwinkel der Kamera, und ich wusste schon, dass seine Bemerkung nicht aufgenommen wurde. Man würde auch nicht die Peitsche sehen, mit der Lance drohte, wenn Dickie nicht schnell genug gehorchte.

Dickie schrie, und sein Körper bäumte sich unter mir auf. Er begann wild zu stoßen und stieß seinen Körper gegen die Ledergurte. Sie drückten sich wahrscheinlich schmerzlich in sein Fleisch ein, aber ich war weit von einem Mitleidempfinden entfernt.

Ich war auch mit anderen Dingen beschäftigt; zum Beispiel öffnete ich die Reißverschlüsse um die Körbchen des Bodys und ließ meine Brüste ins Freie. Ich knetete sie selbst, streichelte über die Nippel und sah, wie begehrlich Dickie zuschaute. Ich wollte, dass er seine Erektion behielt und eine einmalige Leistung aus ihm herausholen.

Eine solche Behandlung muss für einen Mann schlimmer sein als für eine Frau, schätze ich. Eine Frau kann wenigstens sagen, sie hätte einfach auf dem Rücken gelegen und es hingenommen, und die meisten von uns sind daran gewöhnt, von Männern ausgenutzt zu werden, lange bevor wir Mädchen mit dem Sex begonnen haben.

Diesmal war es Dickie, der genommen wurde – trotz all seiner Macht. Es spielte keine Rolle, was er wollte; sein Körper befand sich hart in meinem und füllte mich mit jedem Stoß. Er würde noch eine lange Zeit in diesem Zustand der Härte bleiben, weil ich es so wollte und dafür sorgen würde. Er liebte und hasste es gleichzeitig.

Die sich widersprechenden Emotionen rissen ihn auseinander, genau wie meine Welt wegen ihm auseinandergerissen worden war. Wenn er genug Verstand gehabt hätte, seinen Mund zu halten, hätte Lance keinen Grund gehabt, seine Spielchen mit ihm zu treiben. Und ich hätte nicht die Videokamera über mir hängen. Ich gehe davon aus, dass Sie sich ein Bild von meinem Zustand machen können: Ich hasste ihn, und ich hatte die Absicht, ihn leiden zu lassen.

Ich ließ mir Zeit und erarbeitete mir drei Orgasmen, ehe ich mich von ihm erhob. Sein Stöhnen, als sich die Metallringe nach oben zwängten und in sein geschwollenes Fleisch schnitten, ignorierte ich. Ich lehnte mich gegen die Wand, während ich versuchte, zu Atem zu kommen, und war dankbar für die Wasserflasche, die Lance mir reichte.

Rupert hörte auf zu filmen und wechselte das Band, und seinem Gesichtsausdruck nach erwartete Dickie, dass er zu hoffen begann, alles wäre nun vorbei. Er würde schockiert sein, denn ich kannte das Drehbuch.

»Und nun zum großen Finale«, sagte Lance und löste die Gurte, die Dickie ans Bett banden.

»Nein, bitte!«

Das schien alles zu sein, was Dickie jetzt sagen konnte, und erinnerte mich, dass es mir nicht anders ergangen war, als ich mich in seiner Situation befunden hatte. Vielleicht tat er mir in diesem Augenblick ein bisschen leid, aber es waren seine Entscheidungen gewesen, die ihn hergebracht hatten, deshalb tat er mir nur ein bisschen leid.

Diese Szene stand nicht auf meiner Liste der Einschränkungen, aber ich hatte sie auch noch nie gespielt, und bisher gefiel sie mir sehr gut.

Was danach folgte, war auch nach meinem Geschmack, aber weil Dickie so laut heulte, wurde mein Mitleid mit ihm stärker – bis er zu genießen begann, dass Lance ihn von hinten nahm. Rupert war mit der Kamera hautnah dabei, was wir auf dem Bildschirm genau verfolgen konnten.

»Der Höhepunkt unserer Darbietung wird sein, dass wir dir den Film zeigen. Wir haben schon einige Szenen, in denen du dem Zuschauer zeigst, wie sehr du es genießt, ausgepeitscht zu werden. Manchmal ist es sehr schwierig, den Unterschied zwischen Lust und Schmerz zu erkennen, nicht wahr?« Sein Lächeln wurde breiter. »Anschließend sieht der geneigte Betrachter, wie mein kleiner Freund hier in dich drängt und wie du kurz vor deinem Höhepunkt deine ganze Lust in die Welt hinausschreist. Was für ein schönes Ende dieses Films.«

Während ich zuhörte und auf den Monitor sah, wurde mir bewusst, dass Lance auch Dickie genau richtig eingeschätzt hatte. Dann hörte ich meinen Namen, und meine Aufmerksamkeit war wieder da.

»Fall du jemals ein Wort über Liberty Hall schreibst oder versuchst, Verbindung mit dem kleinen Luder Tess Morgan aufzunehmen, werde ich dieses Video an jeden Chefredakteur im Lande schicken. Hast du das verstanden?«

»Ja, ja, ja.«

Ich wandte mich ab, denn ich wollte ihn nicht ansehen müssen, wenn ihm bewusst wurde, dass er sich von nun an nie wieder über andere Menschen erheben konnte, dass seine Position in seinem Sonntagsblatt höchst gefährdet war und dass sein Schicksal meinem sehr ähnelte. Sein Erlebnis war meinem zu nahe, schätze ich. Außerdem hatte ich ureigenste Bedürfnisse, die mich unter dem Leder nass und klebrig zurückließen. Ich glaube nicht, dass ich irgendein Geräusch von mir gab, aber Lance drehte sich nach mir um.

»Ihr könnt euch absetzen«, sagte er zu Rupert und mir. »Geht ins Fitness Center.«

Das brauchte er mir nicht zweimal zu sagen, und Rupert war nicht weniger eifrig. Er löste die Schnallen, die die Steadicam hielten, und legte sie in eine Ecke, während Lance seinen Gefangenen wieder aufs Bett band. Dann befanden wir uns im Korridor und hatten Mühe, uns anzusehen.

Ich zog die Kapuze ab, und seufzend schüttelte ich meine

verschwitzten Haare frei. In meinem Outfit fühlte ich mich wie in der Sauna, aber nach diesem Erlebnis mit Lance und Dickie fühlte ich mich wie aufgedreht. Wenn ich mir Ruperts Erektion ansah, musste er sich auch irgendwie gut fühlen, aber er sah mich immer noch nicht an.

»Es tut mir leid«, murmelte er schließlich. »Ich wusste nicht, was Lance plante, als ich dich festgebunden habe, aber …«

Vielleicht hätte ich eine kleine Rede halten sollen. Ich hätte ihn verstanden und würde ihm vergeben. Tatsächlich hatte ich ihm schon vergeben. Was hätte ich auch sonst tun sollen? Hatte ich mich nicht gerade an Dickie vergangen?

»Vergessen wir's«, sagte ich und hob die Schultern. »Hat es dich scharf gemacht, mir zuzusehen?«

»Das ist nicht mein Ding.«

»Aber die Nacht davor hast du mich festgebunden, dass ich ganz hilflos war.« Und ich hätte nichts dagegen gehabt, wenn er es jetzt wieder getan hätte.

»Das war was anderes«, begann er, dann sah er mich an, und ich wusste, dass er meine Andeutung begriffen hatte. Er nahm meine Hand, als wir in die Gymnastikhalle gingen, und er schloss nicht nur die Tür ab, sondern zog auch den Balken vor, auf dem die Zwillinge mich bei ihrem ersten Besuch genommen hatten, quer vor die Tür, damit uns diesmal keiner unterbrechen konnte wie Lance damals in meinem Zimmer. Dann schaute er sich die verschiedenen Gerätschaften lange an.

»Das da ist genau richtig für uns«, sagte er und zerrte mich zu den Sprossen an der Wand, wobei ich nicht weiß, ob man von Zerren reden kann, wenn das Opfer bereitwillig folgt. Er öffnete den Gurt seiner Hose und faltete ihn um seine Hand.

»Du wirst hilflos sein«, sagte er, genau, wie er neulich in der Nacht gesagt hatte. Er packte verhältnismäßig sanft meine

Handgelenke, hielt sie mir über den Kopf und band sie mit seinem Gurt zusammen. Dann befahl er kurz und knackig: »Klettere zwei Sprossen hoch.«

Ich kletterte und wusste, dass meine Pussy sich nach zwei Sprossen auf einer Höhe mit seinem Schwanz befinden würde. Er befestigte den Gurt um den Balken. Meine Füße wurden von den Sprossen gestützt, deshalb befand ich mich in einer angenehmen Lage, und dazu kam, dass die Situation mich anmachte. Er öffnete die Reißverschlüsse um meine Brüste, legte sie frei und leckte die Nippel.

Dann, als ich wusste, dass ich zu schreien anfangen würde, wenn er nicht bald zur Sache käme, nahm er sich den Reißverschluss um meinen Schoß vor. Wie Lance verlor er keine Zeit dabei, sich auszuziehen, aber dieser Mangel an Finesse störte mich nicht. Ich wollte es so sehr wie er, deshalb schlang ich meine Beine um seinen Rücken, als er sich tief in mich versenkte, während ich mich an den Sprossen festhielt.

Seine Hände fühlten sich hart auf meinen Brüsten an, als er sich zu bewegen begann, aber sie waren nicht so hart wie sein Penis. Er stieß tief in mich hinein, vor und zurück mit jedem Stoß, und dabei versetzte er meinen Körper in Schwingungen.

Es kam mir leicht und schnell, und dann noch einmal, bevor er seinen Orgasmus hatte. Er befreite mich von seinem Gurt, denn im Gegensatz zu Lance ist er ein Gentleman. Wir gingen zurück auf mein Zimmer, wir duschten gemeinsam, dann fragte er mich mit ernstem Gesicht: »Was machst du denn jetzt?«

»Ich werde diese verdammten Artikel nicht schreiben!«, rief ich inbrünstig.

»Und der Rest? Wirst du zurück zur Uni gehen und das hier vergessen?«

»Nein. Das kann ich nicht. Ich bin anders geworden. Ich

glaube, ich habe Blut geleckt.« Das war das zweite Mal, dass ich Rupert gegenüber die Wahrheit zugab; das erste Mal sicher durch einen Zufall. Aber das lag daran, dass man so angenehm leicht mit Rupert reden konnte. Kein Wunder, dass so viele weibliche Gäste ihn beschäftigten. Er gab jeder Frau das Gefühl, dass sie die wichtigste Person in seinem Leben war.

Aber nun brauchte ich keine Rücksicht mehr zu nehmen; ich belastete nur mich, wenn ich sagte, dass ich Blut geleckt hatte. Ich liebte den Sex und das Geld und das Gefühl, in Kontrolle zu sein, auch wenn die Kunden das ganz anders sahen.

»Liberty sagt, es lohnt sich vielleicht, mich zu trainieren.«

»Sie hat Recht.« Er streichelte über meine Oberschenkel, nicht unbedingt aus sexuellen Gefühlen, sondern weil er nachdachte. »Imo ist ein Sado-Maso-Junkie; sie hat nichts von einer Sex-Königin an sich, wie du eine bist. Eines Tages wirst du hier die Chefin sein.«

Ich wusste nicht, ob das ein Kompliment war oder nicht, deshalb sagte ich nichts.

»Liberty Hall wird weiter bestehen«, sagte Rupert.

»Und du kommst als Gast zurück und ziehst deine Spiele durch?«, fragte ich und hoffte, dass er zustimmte. Wir hatten beide nichts für heiße Liebesschwüre übrig, aber er war ein guter Liebhaber, und er würde mir fehlen.

»Ja, werde ich. Und was ist mit dir?«

»Ich will mit meinen Spielen nicht aufhören«, sagte ich. Mir fiel Libertys Spruch ein: »Das Beste kommt noch.«

# *Dreizehntes Kapitel*

»Geh auf dein Zimmer und leg dich hin«, befahl ich Imo drei Monate später.«

Ich hatte gewusst, was sie haben wollte, als sie die Wohnung betrat, die wir uns jetzt teilten, und ich hatte meinen Spaß dabei, sie noch länger darauf warten zu lassen. Sie hatte das Essen gekocht, mich gewaschen, meine Haare gebürstet und mir beim Ankleiden geholfen, weil ich mich auf meine Verabredung vorbereiten wollte. Die ganze Zeit lief sie nackt und gefesselt herum, und natürlich war sie quälend unbefriedigt.

Ihr frisch rasiertes Geschlecht glänzte von ihren Sekreten, als sie herumlief, um meine Wünsche zu erfüllen, und ich lächelte. Sie dachte vielleicht, dass sie sich jetzt verzweifelt fühlte, aber das war nichts im Vergleich, wie sie sich fühlen würde, wenn ich mich erweichen ließ.

Ihr Zimmer war natürlich mit einem Doppelbett ausgestattet. Liberty erwartete nicht, dass wir wie Nonnen lebten, und das traf auch zu. Aber die Wohnung befand sich in einem leisen, exklusiven Wohnblock, außer Reichweite von Gerüchten, deshalb hatte uns auch noch niemand überführt.

Hinzu kam, dass Imos Zimmer schallisoliert war, sodass sie so laut stöhnen konnte, wie sie wollte. Aber im Moment stöhnte sie nicht. Sie lag auf einem Bett, das so aussah, als wäre es dem Märchen *Goldilocks und die drei Bären* entliehen. Aber Goldilocks hatte ihre vollen Brüste mit den roten Spitzen in die gefesselten Hände genommen.

»Lass mich kommen, bevor du ausgehst. Bitte, Tess.«

»Habe ich dir das Sprechen erlaubt?«, fragte ich und täuschte Gleichgültigkeit vor. Lance hatte in seiner Beurteilung Recht gehabt. Es machte mich an, Menschen zu dominieren. Nicht so extrem wie ihn, was ich für ein Glück hielt, aber der Anblick der hilflosen, verzweifelten Imo schickte angenehme, warme spannungsgeladene Kitzel durch meine Lenden.

Sie würden mir helfen, die vor mir liegende Nacht zu durchstehen. »Ich wette, du wärst heute Abend gern in meinen Schuhen«, murmelte ich, um es ihr noch schwerer zu machen. Lance hatte mir beigebracht, dass sich Sex ebenso im Kopf wie in den Genitalien abspielt. Ich hatte meine Lektion gut gelernt. Nach dem letzten Mal habe ich mir geschworen, es nie wieder mit ihm zu treiben.

Ich konnte mich immer noch an die Scham und die Demütigung erinnern, als die naive unschuldige Frau, die ich damals war, begriffen hatte, was sie tun musste, um zu überleben. Aber genau das war Imos Szene, und wenn ich ihr jetzt von Dirk erzählte, würde sie kochen, bis ich zurückkam. Deshalb setzte ich mich neben sie – immer darauf achtend, sie nicht zu berühren – und tat so, als spräche ich mit mir.

»Er hat mir gesagt, ich sollte mich ausziehen, und ich starrte ihn an. Ich konnte nicht glauben, dass es passierte, ausgerechnet an einem solchen Ort.« Jetzt konnte ich darüber lachen, aber damals war es alles andere als lustig gewesen. »Er sagte, ich müsste nett zu ihm sein, wenn ich den Kurs bestehen wollte.« Ich wusste, dass ich hätte davonlaufen können, um ihn den College-Fürsten zu melden, aber es wäre sein Wort gegen meins gewesen, und ich war nicht gerade die angesehenste Studentin des Ladens. Also akzeptierte ich das Unvermeidbare und zog mich aus. Ich versuchte mir einzureden, dass es so schlimm nicht war, aber das sollte sich als Irrtum erweisen.

»Er wies mich an, mich auf den Stuhl der Sekretärin zu setzen, der vor dem Computer in seinem Raum stand.«

Nachdem ich so lange vermieden hatte, darüber nachzudenken, fühlte es sich seltsam an, absichtlich an jede Einzelheit zu denken, aber es erinnerte mich auch, warum ich mich an diesem Abend daran erinnerte. Wenigstens wurde ich diesmal dafür bezahlt, aber das war nicht das Hauptmotiv.

Ich wollte Imo so sehr erregen, dass sie noch heiß sein würde, wenn ich zurückkam, und weil sie so auf Erniedrigung stand, würde sie vor allem erregt sein, wenn sie hörte, was mir widerfahren war.

»Er hat mir gesagt, ich sollte die Beine über die Arme legen. Ich fragte ihn, was für ein Perverser er denn wäre. Er sagte, er gehörte zu der Sorte, die den Unterschied machte zwischen dem Verbleib auf der Uni und zwischen dem Fliegen. Ich wusste, dass sich das bewahrheiten würde, deshalb gehorchte ich. Er konnte alles sehen, und ich sah, dass seine Erektion zu einer dicken Beule angewachsen war. Ich war sicher, dass er sie mir in die Öffnung schieben würde. Aber der Kerl war cleverer.«

Ich strich mit einem Finger über Imos Schenkel und wischte damit auch den Schmerz der Erinnerungen weg. Stattdessen erfreute ich mich des Lebens und wie gut es jetzt geworden war. Imo schüttelte sich bei meiner Berührung, und ich weiß, dass sie sich vorstellte, in der Bredouille zu stecken, in der ich gesteckt hatte.

»Er senkte seinen Stuhl, bis er fast auf seinen Füßen saß. Das üble Gefühl verstärkte sich noch. Mein Mund befand sich genau auf der Höhe seines Schwanzes. Er sagte mir, ich sollte ihm den Reißverschluss aufziehen.«

Noch ein Jahr später schmerzten die Erinnerungen. Ich hatte mich mies und beschämt gefühlt, und obwohl ich es damals geleugnet hätte, auch ein bisschen angemacht, als ich ihm die Hose aufzog. Ich wartete auf seinen nächsten Auftrag.

»Du weißt, was du jetzt zu tun hast.« Das Gefühl des Übelseins kehrte zurück, denn ich wusste, dass er es genoss, wie ich klein und erniedrigt auf dem Stuhl saß, aber ich wehrte mich immer noch nicht. Ich löste die Boxershorts, die er trug, sie waren marineblau mit einem feinen roten Streifen, und sein Schwanz war herausgesprungen, als hätte er ein eigenes Leben.

»Wenn du jemals einem was darüber verrätst, mache ich dich fertig«, sagte er freundlich.

Ich wusste, dass er das meinte, und ich hasste ihn so sehr, wie ich auch mich hasste, als ich ihn in den Mund nahm und zu lecken begann. Vielleicht war das der Moment, in dem ich im Kopf meine verdammte Liste ausarbeitete. Dinge, die ich niemals im Leben tun würde. Aber jetzt spielten sie keine Rolle mehr.

Ich hoffte, dass es ihm schnell kam. Er stöhnte, als ich meine Zunge unter seine Eichel schnellte, und er packte meine Haare und zog mich an sich heran. Aber das war noch nicht, was er im Sinn hatte.

Sein Schaft war nass und glitschig, als er ihn aus meinem Mund gleiten ließ, aber ich war noch so trocken wie zu Beginn meiner Nachhilfestunde. Aber das hielt den Bastard nicht zurück.

»Hat er dir wehgetan?« Imo zitterte, und ich fragte mich, wie es wohl wäre, wenn man sich nicht nur erniedrigt, sondern darin auch schwelgt. Vielleicht würde ich Lance eines Tages bitten, es mir zu zeigen.

»Nein. Der Bastard war zu clever dafür. Er nahm eine Tube

Gleitcreme aus seiner Schreibtischschublade, und da wurde mir bewusst, dass er das gründlich geplant hatte. Er bedeckte seine Finger damit, bis sie so glitschig waren wie sein Schwanz, dann hob er den Stuhl wieder an, bis meine Pussy auf einer Höhe mit ihm war.

›Alles, was ich tun muss‹, murmelte er und stieß seinen Schaft gegen meine Öffnung. Ich schüttelte den Kopf, und mir kam in den Sinn, ich sollte weglaufen.«

Nach Imos Gesichtsausdruck zu schließen, würde sie ihn um Erbarmen angebettelt und angeworfen haben, endlich weiterzumachen. Es war schade, dass sie nicht statt meiner ging, aber der Job ist eben der Job, wie Liberty das immer sagt, und sie hat natürlich Recht.

Dieser Mann, der auf mich wartete, war ein ganz besonderer Typ, und er würde ein paar Geister vertreiben.

»Aber er zog sich plötzlich zurück«, fuhr ich fort, »und begann, mit einem Finger um meine Muschi zu streichen, ohne einzudringen. Er verrieb die Gleitcreme um meine Schamlippen, aber davon hatte ich nichts.«

Ich war nicht scharf an diesem höllischen Abend, deshalb fühlte ich mich auch so gedemütigt. Aber als er fertig war, wäre ich nass genug gewesen, und er hätte alles mit mir anstellen können, ohne irgendeinen Schaden zu verursachen. Und wegen des Kondoms hätte er auch keine verräterischen Spuren hinterlassen. Wenn ich also wirklich bereit gewesen wäre, mein Privatleben durch den Schmutz zu ziehen, hätte es keinen Beweis für meine Anklage gegeben.

Aber dies waren überflüssige Einzelheiten, die Imo nicht zu wissen brauchte. Sie war jetzt schon ziemlich heiß, und mir lief die Zeit davon.

»Hebe deine Beine an«, sagte ich.

Gehorsam rollte sie auf ihren Hüften zurück, dann hob sie die Beine an. Ich wusste, dass sie es gern gesehen hätte, wenn ich jetzt die Peitsche eingesetzt hätte. Vielleicht würde ich das später tun, aber jetzt wollte ich sicher sein, dass sie heiß und bereit war für mich, wenn ich nach Hause kam.

»Lass sie jetzt hängen«, befahl ich und griff ihre Knöchel. Als sie sich bewegte, zog ich sie das Bett hinunter, bis ihre Füße auf dem Geländer lagen. Dann band ich die Gelenke fest, damit man zwischen die weit gespreizten Beine schauen konnte, bis hinauf zum dunklen, nassen Tunnel. Dann verband ich eine Kette mit den Gelenkmanschetten und befestigte sie an das Kopfbett. Jetzt war ich bereit, meine Arbeit zu beginnen.

Mein erster Job bestand darin, sie während meiner Abwesenheit bei Laune zu halten. Ich trieb einen Dreifach-Dildo auf, der alle möglichen Erinnerungen in ihr wachrufen würde, auch zum Beispiel die abgeschlossene Kiste unter ihrem Bett.

Sie saugte an den Enden, bis sie glänzten. Ich genoss ihre kleinen Schnaufer und das lüsterne Stöhnen. Ich legte das Ding aufs Bett und schob meine flache Hand dagegen. Der feine Stab glitt in ihren Anus, der Dildo quetschte sich in ihr nasses Geschlecht, und der kleine Pinguin schmiegte sich an ihre Klitoris.

Ich betrachtete meine Arbeit, dann legte ich ein paar Kissen unter ihre Hüften, um sicherzugehen, dass sie sich nicht selbst fertig machen konnte. Imos Augen weiteten sich unmenschlich groß. Ich schätzte, dass sie gerade herausgefunden hatte, was meine Absicht war.

»Du hast noch was vergessen«, riskierte sie zu sagen. Ich musste lächeln.

»Nein, habe ich nicht.« Ich ging zum abgeschlossenen Schrank, in dem Imos private Videoauswahl lag, und sah mir die einzelnen Titel an, bis ich den von der vergangenen Nacht gefunden hatte. Jetzt wusste ich genau, was ich wollte. Ich schob die Kassette in den Schlitz, drückte auf den START-Knopf und borgte mir ihren Kamm für meine unordentlichen Haare.

»Wir sehen uns später«, sagte ich fröhlich. »Und ich werde sehr, sehr böse sein, wenn ich herausfinde, dass du vor mir gekommen bist.«

Sie schauderte, biss auf ihre Unterlippe und erinnerte sich daran, was ich mit ihr tun konnte.

»Nur ein kleiner Orgasmus?«, bettelte sie und begann zu weinen. Ich gab immer nach und besorgte ihn ihr, dann erinnerte ich mich, wie sehr sie es genoss, auf mich zu warten. Solche kleinen Dinge erfreuen einen unterwürfigen Menschen und sind für eine Domina eine ständige Herausforderung.

»Denk an mich«, murmelte ich und rieb noch Salz in ihre Wunden, dann schloss ich die Schlafzimmertür ab und danach die Wohnungstür.

Sie war nun allein und hilflos, der einzige Begleiter ihr dreistündiges Video. Sie würde nicht wissen, wie lange das Band dauerte, aber ich wusste es. Und – noch wichtiger – Liberty wusste es auch.

Ich hatte einen Job zu erledigen, deshalb hatte ich Vorsorge treffen müssen. Zuerst war ich im Zweifel gewesen und noch ein bisschen mehr verärgert. Dann kam ich bei dem Punkt an, bei dem sich die Freier meistens irren. Sie glauben, weil sie das Geld haben, haben sie auch die Macht. Ja, die Flöhe mögen sie haben, aber wir haben die Erinnerungen.

Und diese Erinnerungen bedeuteten, dass ich nach dem heutigen Abend mein Diplom in der Tasche hatte, und dieses Diplom war die Vorbedingung für eine freie Mitarbeit bei einer angesehenen Zeitung, wofür Libertys Kontakte gesorgt hatten.

Trickie Dickie war Redakteur bei einer anderen Zeitung

geworden und schien kein Interesse mehr daran zu haben, einen Sexskandal zu entlarven. Mehr noch – er hat sich im nächsten Monat für ein Wochenende in Liberty Hall eingebucht. Was immer er also über sich selbst gelernt hatte, konnte so schlimm nicht gewesen sein.

Aber ich wollte keine Zeit vergeuden, über ihn nachzudenken, wenn ich mich auf Dirk, den Dozenten, konzentrieren musste. Er wollte ein besonders gemeines Spiel, gemein sogar nach meinen neuen liberalen Werten. Aber ich habe nun begriffen, dass ich kein liebes Mädchen bin, deshalb freute ich mich sogar auf diese ungewöhnliche Begegnung.

Ich strich über meinen knielangen Kilt. Freiwillig hatte ich so ein Ding noch nicht getragen. Ich lächelte dem Portier zu, als ich das Haus verließ.

Mein Mantel hing offen um meine Schultern, ein Twin Set darunter. Ich wusste, dass ich so aussah wie eine der betuchten Studentinnen. Früher war ich dumm genug, sie zu beneiden. Wie ich erwartet hatte, stand Dirks Auto vor der Tür. Er langte quer hinüber zur anderen Tür.

»Danke fürs Abholen«, sagte ich und warf den Mantel auf den Rücksitz.

»Kein Problem«, gab er lächelnd zurück, drückte auf die Zentralverriegelung und drehte Tony Bennett lauter.

Das große schwarze Auto schnurrte die Straße entlang. »Fahren wir nicht zurück zu deiner Wohnung?« Ein paar Minuten später täuschte ich Überraschung vor, als wir aufs Land fuhren. »Ich dachte, ich hätte wieder eine Nachhilfestunde.«

»Wirst du auch. Eine ganz spezielle Nachhilfe.« Als er lächelte, brauchte ich mir nichts vorzumachen; ich schüttelte mich, denn sein Gesichtsausdruck erinnerte mich an einen Piranha. Oder an Lance. Oder an beide, und keine Spur von Menschlichkeit zwischen ihnen. Und nur mit einem Plan in ihrem Kopf: Sie wollten sich nehmen, was sie haben wollten, und zur Hölle mit dem Rest der Welt.

»Was ist mit den Büchern?« Ich hielt mich genau ans Drehbuch und musste mich bemühen, nicht zu lächeln.

»Vergiss die Bücher! Ich habe genug von dir und deinem Aschenputtel-Image. Du redest übers Leben, als wüsstest du über alles Bescheid, du und dein Haufen Geld und deine glänzende Karriere, die vor dir liegt.«

Oh, Himmel, dachte ich, während er weiterschwätzte. Jemand hasst seine Studenten, was? Ich konnte verstehen warum. Ruhm und Vermögen waren ihm versagt geblieben, aber ich würde anders sein.

»Was machst du mit mir?«, fragte ich, als er von der Hauptstraße in eine dunkle Landstraße einfuhr und das Auto in die Einfahrt eines dunklen, nicht beleuchteten Hauses abstellte.

»Ich will dich bumsen, wie du noch nie gebumst worden bist«, fauchte er mich an.

»Das geht doch nicht«, flüsterte ich und griff nach meinem Sitzgurt.

Er war eher da als ich, und gleichzeitig hielt er ein Messer in der Hand. Er hielt es mir an den Hals, und ich bekam es mit der Angst zu tun. Liberty hatte mir gesagt, dass dies seine liebste Rolle wäre, und wenn er eine Studentin hatte, die es für ihn spielte, würde das noch besser für ihn sein.

Aber was war, wenn sie nicht erkannt hatte, wie sehr sich seine Phantasie mit dem wahren Leben überschnitt? Als ich zu blinzeln begann, zog er die Hand mit dem Messer zurück, und da wusste ich, dass die größte Angst vorbei war. Er würde mich vielleicht ›vergewaltigen‹, aber er würde darauf achten, dass ich mein Vergnügen dabei hatte.

Er würde seine wunderbare männliche Macht über mich ausspielen und nicht ahnen, dass ich auf seine Phantasie flog, dann zu meiner hilflos gefesselten Zimmergenossin nach Hause ging und scharfe Dinge mit ihr anstellte, die ihm sein Gehirn ausblasen würden.

»Tu mir nicht weh«, wimmerte ich wie aufs Stichwort.

»Zwing mich nicht dazu«, gab er zurück und strich mit dem Messer am gestrickten Pullover entlang. Er fiel auseinander und Dirk lächelte, als er die Hälften lässig von den Brüsten zurückzog. »Du bist so schön. Ich habe dich begehrt, seit ich dich das erste Mal gesehen habe, aber du hast mich überhaupt nicht beachtet, nicht wahr?«

Natürlich hatte ich ihn nicht zur Kenntnis genommen. Es geschieht nur in Märchen, dass die Prinzessin den Frosch küsst, und diese Geschichten habe ich nie geglaubt.

»Du hast deine Beine für jeden pickligen Studenten gespreizt, aber mich hast du nicht einmal angeschaut. Nun, heute Abend wirst du eine Menge mehr tun, als mir nur deine gespreizten Beine zeigen.«

Er schnitt durch meinen BH, und ich war froh, dass ich nur einen alten angezogen hatte und keinen der neuen aus Seide und Spitze, die ich von Dickies Geld gekauft habe. Dirk streifte mir meine Weste aus und nahm zugleich den Pullover mit. Den BH ließ er hängen; ich nehme an, er wollte bei mir ein Gefühl der Hilflosigkeit auslösen.

Er öffnete den Kilt, und ich wusste, dass ich den Einsatz erhöhen musste. In seinen Phantasien war das Mädchen zu Anfang immer ein bisschen zögerlich, aber dann wurde es durch seine männliche Kraft bezwungen, um die purpurne Prosa zu benutzen, die er so gern hörte. Ich würde ihm diesen Gefallen nicht tun – noch nicht.

Bevor er reagieren konnte, war ich aus dem Auto und rannte in die Nacht hinaus. Ich trat meine Schuhe ab, damit ich schneller laufen konnte, aber nicht zu schnell.

Eigentlich wollte ich gar nicht weg, aber die Aufregung

der Jagd fand ich sehr spannend. Im Laufen hüpften meine Brüste, und der Kilt war schon nach unten gerutscht. Ich trug nur noch die Reste meines Büstenhalters und einen anständigen Schlüpfer in der Art, die Bridget Jones bekannt gemacht hatte.

Ich wusste, dass meine Strümpfe Maschen warfen, und außerdem war er mir dicht auf den Fersen, also waren die Strumpfmaschen mein geringstes Problem. Bald würde ich mich von ihm einholen lassen, aber vorher wollte ich noch wissen, wo ich war.

Einiges sprach dafür, dass wir auf einem Privatgrundstück standen, denn er würde sich auf einem öffentlichen Grundstück nicht erwischen lassen. Aber ich wollte erwischt werden, deshalb verlangsamte ich mein Tempo. Sekunden später hatte er mich durch eine rüde Rugby-Attacke zu Boden gebracht. Ich fiel in eine mit Laub gefüllte Mulde, und er kniete über mir. Ich konnte seine Erektion spüren, die in meinen Rücken presste, und er keuchte lauthals.

»Du hast geglaubt, du könntest davonlaufen, was?« Er war schon vorher erregt gewesen, aber jetzt war er in Hochstimmung. »Du hast geglaubt, du kannst mir entkommen? Jetzt muss ich dir eine Lektion erteilen.«

Ich musste Lance danken, dass Dirk mir nichts mehr beibringen konnte. Ich blieb ruhig liegen und zurrte meine Strumpfhose hinunter. Sein Knie in meinem Rücken beendete meine Bewegungen. Das Messer blitzte auf, als er die Strumpfhose in der Mitte durchschnitt und jede Hälfte benutzte, um meine Hände zu fesseln.

»Und du hast gedacht, du könntest mir entkommen«, wiederholte er, von sich selbst überzeugt, während er meine Fußgelenke zusammenband und mit der anderen Hälfte meine Handgelenke.

Ich wimmerte, wie er es von mir erwartete. Ich mahlte

meine Schenkel zusammen und genoss die Stimulierung, die mich daran erinnerte, wie sehr sie sich vom letzten Mal unterschied. Es war mir zuwider gewesen, und ich hatte Rache geschworen, während er mich benutzte.

Heute Abend würde es ganz anders verlaufen. Heute Abend würde ich seine schmutzigste Phantasie sein, und am Morgen würde ich ihn an jedes Detail erinnern, und dann würde ich nie wieder Probleme mit ihm haben!

Ich wimmerte vor mich hin, als hätte ich zu viel Angst, verständliche Wörter über die Lippen zu bringen. Er lachte nur. Das Messer schlitzte durch die Seiten des Baumwollschlüpfers, dann war ich nackt bis auf den BH, der zwischen den Körbchen aufgeschlitzt war.

»Bitte, tu mir nicht weh.«

Er brach ab, und ich fragte mich, ob ich es übertrieben hatte und er zu Verstand gekommen wäre. Er nahm das Knie aus meinem Rücken und kniete sich neben meinen Kopf. Er starrte mich an, die Augen weit, das Gesicht gerötet im langsam sterbenden Licht.

»Bitte?«

Als mein Mund sich wieder öffnete, stopfte er den Schlüpfer hinein. Die abgeschnittenen Seiten benutzte er, um die Kordeln hinter meinem Kopf festzuzurren. Ich konnte mich in meinem Höschen riechen.

»Ich werde nur eine Minute weg sein«, sagte er über die Schulter und machte sich auf den Weg zu seinem Auto. Ich war mir ziemlich sicher. Er hatte meine Strumpfhosen streng angezogen, aber sie waren nicht so eng, dass sie schmerzten. Als Lance mich trainiert und gebunden hatte, war ich stundenlang gefesselt geblieben. Auch dieser nächste Trick war nicht schlecht. Er trug zwei lange Fackeln heran, die man verwendet, wenn der Strom ausfällt. Er stellte eine Fackel auf die Höhe meines Kopfs, die andere zu meinen Füßen.

»Du wolltest es doch rau haben«, sagte er, als wollte er meine Hausaufgaben kritisieren.

Ich habe immer noch nichts für Schmerzen und Demütigung übrig, aber ich fühlte mich nicht gedemütigt. Ich hatte meinen Spaß. Hat nicht jeder mal davon phantasiert, gefesselt und hilflos zu sein, als Gefangene einem geheimnisvollen Fremden ausgeliefert, der nichts anderes vorhatte, als dir dein Gehirn wegzuvögeln?

Jetzt würde ich das erleben, und er kam mir als Mann vor, der viel Aufwand in seine Szenarien steckte. Er würde dafür sorgen, dass ich immer wieder kam. Er rollte mich auf den Rücken, schob den Kopf zwischen meine Schenkel und begann seine Arbeit.

»Du bist nass«, wisperte er und hob den Kopf, um mich anzuschauen. Sein Kinn war nass von meinen Säften, deshalb weiß ich nicht, warum er etwas feststellte, was verdammt offenbar war. Aber er zahlte, also drehte ich den Kopf von einer Seite zur anderen und jammerte, um ihm klarzumachen, dass ich alles so haben wollte. Er lachte ausgelassen.

»Du willst es! Gib es zu, du kleine Hure! Du willst es so haben!«

Lance hatte dasselbe Script eines drittklassigen Films benutzt, und ich begann mich zu fragen, ob es tatsächlich so ein Buch gab – also der Führer durch die Welt der Beherrscher –, und wenn nicht, ob ich eines schreiben sollte.

Dann hörte ich auf zu denken. Dirks Kopf befand sich zwischen meinen Schenkeln. Sein Mund schlürfte an meinem Kitzler, und die Zunge huschte weiter in den Kanal und in das Geschlecht. Ich stöhnte laut, diesmal nicht protestierend, sondern wedelnd und näher, und er wusste es.

Seine Hände hielten sich auf meinen Hüften fest, und da wusste ich, dass er beschlossen hatte, mich sofort zum Orgasmus zu bringen, ganz egal, was ich mir vorgestellt hatte. Mir passte das gut in den Kram, aber ich ließ ihn immer noch dafür arbeiten. Ich ruckte meinen Körper von einer Seite zur anderen, als wollte ich ihm ausweichen.

Seine Zunge nuckelte auf und ab und rein und raus. Ich wurde nasser, meine Brüste wurden härter, und mein Bauch begann sich zusammenzuziehen. Ich quietschte, als er zwei Finger in mich hineingleiten ließ. Sie pressten hart gegen meinen G-Punkt. Ich kam, meine Hüften spannten sich um seinen Hals und hielten ihn in Position. Dann, bevor ich den Orgasmus auskosten konnte, kniete er über mir und befreite mich vom Knebel.

»Nun mach schon. Gib es zu. Du willst mich!«

Ich wollte ihn, das stimmte, aber er hatte nicht mal richtig angefangen, und ich fand es schade, dass ich sein ganzes Repertoire nicht kennen gelernt hatte. Liberty hatte mir gesagt, dass er ein wirklich beeindruckender Liebhaber war. Wenn seine Persönlichkeit nicht das menschliche Gegenstück eines glitschigen Ölstabs gewesen wäre, hätten die Mädchen bei ihm Schlange gestanden.

Selbst unter diesen Umständen hatte er eine gefesselt und hilflos im Bett liegen, für die er bezahlen musste, auch wenn er noch nicht wusste, wie viel ich ihn kosten würde.

»Nein.« Ich stieß einen schaudernden Schluchzer aus und achtete darauf, dass meine Brüste sich hoben.

Er lächelte. »Das wolltest du so haben, nicht wahr?«

»Du hast mich dazu gebracht«, wimmerte ich und schloss die Augen, als könnte ich ihn nicht länger ansehen.

»Ich werde dich dazu bringen, immer wieder zu kommen, du kleine Schlampe.« Er zog seine Kleider aus und wandte mehr Tempo als Finesse an. In einem Haufen ließ er sie neben mir fallen, dann kniete er sich über mich und knetete meine Brüste um seinen Schaft. Ich wusste, dass er dieses Spiel schon öfter gespielt hatte, denn er wollte einen schnellen Orgasmus haben.

»Ich werde über deinen Brüsten kommen«, grunzte er und zwickte an den Nippeln, als wären es Knöpfe an seinem Stereogerät im Auto.

»Nein, bitte nicht.«

Diejenigen von uns, die auf Erniedrigung stehen, sind seltsame Menschen. Dass ich ihn bat, nicht an meinen Brustwarzen zu drehen, gab den Ausschlag, den er brauchte. Als ich meinen Mund öffnete, um aufzufangen, was er auszuspucken hatte, dachte ich, er würde entweder sofort noch einmal kommen oder einen Herzanfall erleiden. Aber er begriff sehr schnell, schwang seinen Körper herum, und ich stöhnte, als wäre es eine Demütigung zu viel gewesen.

»Du wirst es lieben«, schwor er lachend, dann drehte er mich auf den Bauch und begann mich in langen, trägen Streichen zu massieren.

Ich habe es immer geliebt, massiert zu werden, aber ich erinnerte mich, protestierend zu stöhnen, als er begann, die duftende Creme um meinen Anus zu reiben.

»Sch«, flüsterte er. »Du wirst es wirklich genießen.« Ich klemmte meine Arschmuskeln zusammen, damit er es nicht zu einfach hatte. Er begann zu keuchen. »Sag mir nicht, du hast es nie im Arsch gehabt?«

Ich habe es ihm nicht gesagt, weil Liberty nicht mag, dass wir unsere Kunden belügen. Ich schluchzte nur und wehrte mich und starrte ihn hämisch an, weil ich wusste, dass ich ihn genau da hatte, wo ich ihn haben wollte.

»Nein, hast du nicht, was?« Sein Penis fand zu einem neuen Leben, und sein Atem kam schneller. Ich schüttelte den Kopf. »Niemand hat dich bisher da gehabt.« Er hörte sich so heiß an wie Lance in seinen schlimmsten Zeiten. Aber diesmal hatte ich keine Angst.

»Tu's nicht«, wisperte ich. »Ich mache alles, was du willst, aber nicht das.«

Er war nicht der Einzige, der seine Phantasie belebte. Ich war eine naive Studentin, die wahrscheinlich für ihn schwärmte. Ich hatte gehofft, dass er mich heute Abend lieb und zärtlich liebte. Das Letzte, was ich von ihm erwartete, war eine Fahrt aufs Land, wo er sich wild verausgaben konnte.

Ich wehrte mich, um mich von ihm zu befreien, aber ich wusste natürlich nicht, wohin ich laufen konnte, um mich zu befreien. Aber er fing mich trotzdem ein. Jetzt wollte er etwas Unaussprechliches mit mir tun, und ich konnte nichts unternehmen, um ihn abzufangen.

Mir gelang sogar ein echtes Schluchzen, als es ihm endlich gelang, einen Finger in meinen fest verkrampften Anus zu schieben.

»Nicht«, wisperte ich wieder, aber er zog ihn nicht zurück. Stattdessen wartete er, bis sein Finger mich quälend festhielt. Ich fühlte, wie die vertraute dunkle Lust begann. Nicht, dass ich ein Zeichen zu erkennen gab. »Bitte nicht. Ich kann das nicht. Du bist zu groß«, protestierte ich stattdessen.

»Doch, du kannst. Du brauchst dich nur zu entspannen, dann bringe ich es dir bei.«

»Bitte.«

Der Vorteil bei Szenen mit dominanten und demütigen Beteiligten bei einer Sexszene besteht darin, dass man nicht viel Text zu lernen braucht, aber mein Wimmern klang sehr überzeugend. Teils sterbende Hoffnung, teils Horror, ein bisschen garniert mit dem Anklang von Scham, der ihn ermutigen sollte.

»Ich mache es dir gut«, versprach er, da wusste ich, dass er mir auf den Leim gegangen war. Er glaubte wirklich, dass mich noch niemand da gehabt hatte, und ich fragte mich, was er sagen würde, wenn ich ihm über meine Initiation erzählte. Er würde sich amüsieren, aber er würde es nie erfahren. Er würde glauben, dass er mich gefesselt und gezwungen hatte, und ich würde davon profitieren.

»Ich will dich nicht wieder knebeln«, sagte er, aber das hielt ihn nicht davon ab, es doch zu tun, als ich mich zu wehren begann. Dann kniete er auf mir, hielt mich mit seinem Gewicht nach unten gedrückt und tauchte wieder in seine Phantasie ein.

Das wollte ich nicht. Ich wollte nichts anderes als fliehen, aber das warme männliche Gewicht auf mir machte das unmöglich. Ich konnte nur da liegen, während er den Finger in mich hineingleiten ließ. Er hob mich langsam an, damit er den Finger der anderen Hand über die Klitoris reiben konnte.

Ein Finger rieb den Kitzler, zwei weitere trieben in mich hinein. Ich stöhnte gegen den Knebel. Ich wollte auf diese Weise nicht kommen, aber ich war so hilflos, und er war so kräftig. Ein zweiter Finger gesellte sich zum ersten im Anus. Ich wandte den Kopf zur Seite und hielt die Augen fest geschlossen. Er lachte.

»Es fängt an, dir zu gefallen.«

Ich stöhnte, weil er Recht hatte. Er streckte sich, und zu meiner Erleichterung zog er ein Kondom aus seiner Tasche. Er war so high in seinem kranken kleinen Spiel versenkt, dass ich mich schon gefragt hatte, ob er daran denken würde. Und was würde ich tun, wenn er sich (und mich) nicht schützte?

Es gibt eine ganze Fülle von Risiken, die ich nicht eingehen will, damals nicht und heute nicht.

»Ich werde dich nicht verletzen«, sagte er wieder. Ich glaube, er hatte vergessen, dass dies nicht real war, was mir perfekt in den Plan passte. Dies hatten wir eigens aus dem

Originalhandel ausgeschlossen, aber ich schätzte, dass ich die ganze Zeit damit gerechnet hatte, so etwas könnte passieren.

Er zwängte seine Schenkel zwischen meine Knie, drückte sie auseinander, damit er zwischen meinen Beinen liegen konnte, wobei die gefesselten Fußgelenke gegen seine Waden pressten. Ich konnte seine behaarten Beine spüren, als sein Schaft gegen meinen Anus stieß. Nun stand für mich fest, dass er es tun würde, und zum Teufel mit meinem Bitten und Flehen.

Ich stöhnte und kämpfte nicht nur gegen meinen eigenen Körper an, sondern auch gegen seinen, denn ich wusste, dass ich es nicht zu einfach machen durfte für ihn. Aber verdammt, die Situation hatte etwas an sich, was mich wirklich antörnte. Er war so sicher, dass er die Kontrolle ausübte, dass ihm gar nicht in den Sinn kam, er könnte sie mit jedem Atemzug verlieren.

Er ließ seine Finger wieder in mich hineinschlüpfen und begann, meine Klitoris mit langen, langsamen Strichen zu reiben, und meine Säfte tropften ins Gras. Dann, als ich unverständlich gegen den saftgetränkten Slip, der mich knebelte, zu stöhnen begann, während ich mich dem Orgasmus näherte, setzte er die Eichel seines kurzen, dicken Schwanzes an meinen engen hinteren Eingang an und begann zu stoßen.

Ich schrie auf, aber mehr aus Wirkung als aus Schmerz, und dann erhielt ich die Belohnung. Er hielt inne, als sein Schaft gerade mal zwei Zentimeter in mir steckte, dann begann er an meiner Klitoris zu arbeiten. Sein Atem kam hart, und ich wusste, dass er um seine Kontrolle rang.

Der Trieb, wie ein Tier zu kämpfen, rang mit seinem Image des großen Liebhabers. Er nahm einen tiefen, rauen Atemzug, dann steckte er drei Finger in mich hinein, bis mein Stöhnen und mein Schluchzen nicht mehr vorgetäuscht waren. Er spreizte die Finger, bis ich gedehnt war. Der Finger auf meiner Klit verbreitete seinen Zauber bis zum Bauch, und ich spürte, dass ich jeden Moment kommen musste. Ich wimmerte still vor mich hin, und diesmal bettelte ich sogar mit ihm.

»Bald«, flüsterte er und hielt die Finger einen Moment lang still. »Entspanne dich, dann mache ich es dir besonders gut.«

Ich gab ein schluchzendes Seufzen von mir, als ob ich ans Ende meiner Reserven gekommen wäre, und tat so, wie er mir riet. Er grunzte und schob sich nach Hause, und ich wimmerte, kaum in der Lage, meine Überraschung zu verstecken. Der Bastard war gut in dem, was er tat. Mir gefiel die Fülle, die er in mir bewirkte, das Wissen, dass er auf mir fertig wurde und dass ich auf ihm fertig wurde.

Für eine kleine Weile lag er reglos da, nur die Finger massierten noch auf meiner Klitoris. Dann, als ich gegen ihn ruckelte, begann er sich auch zu bewegen. Langsam zuerst, dann, als ich mich ihm nicht länger widersetzte, rutschte er in meinen glitschigen Kanal, während seine Finger in mir vibrierten. Ich hob meinen Po, um ihm zu begegnen, und überließ mich ganz den Sensationen, die er auslöste.

Volles, schmutziges, dunkles Vergnügen. Ich konnte die Eichel gegen die dünne innere Membran spüren, und ich fühlte mich gestöpselt und hilflos. Ich begann unentwegt zu stöhnen und trieb ihn wortlos an.

Er gab ein gutturales Grunzen des Entzückens von sich, und die Finger in mir ließen mich in die Höhe gleiten. Als er meinen G- Punkt erwischte, war mir egal, dass er ein Bastard war, der mich einmal zu Tränen beschämt hatte. Ich heulte vor Lust, als mein Po auf seinem Schaft steckte – oder umgekehrt –, und diese enge Verbindung brachte ihn zum Orgasmus und mich auch, Sekunden später.

Ein Orgasmus ging in den anderen über, und selbst Lance wäre stolz darauf gewesen. Als er mich schließlich losgebunden hatte und ich die Außenwelt wieder wahrnahm, warf er meinen Mantel über mich.

»Ist alles in Ordnung mit dir?« Seine Stimme hatte sich geändert; der Jubel passte nicht mehr dazu. Ich wusste, dass er erst jetzt begriff, was er getan hatte. Sodomie mit einer Studentin; tiefer konnte man gar nicht in der Scheiße stecken.

»Das war so nicht abgemacht.« Ich erinnerte mich an die Tränen der Scham, die er zuvor schon von mir erzwungen hatte, aber diesmal waren es geheuchelte Tränen. »Ich hab deinem Spiel zugestimmt, aber davon war nicht die Rede.« Ich würgte tief, und wenn ich das Wort auch nicht herausbrachte, war das Würgen viel lauter.

»Ich habe dir nicht wehgetan«, protestierte er.

»Das kannst du leicht sagen.« Tatsächlich hatte er mir nicht wehgetan, warum sollte man ein gutes Spiel mit der Wahrheit verderben? Wer wusste es schon, wenn ich vielleicht ein paar Tränen herausquetschte, würde die Furcht vor Gott ihn dazu bringen, dieses Spiel mit anderen Studentinnen nicht mehr zu spielen. Ich wäre ihre große Wohltäterin, auch wenn sie es nicht wussten.

»Ich habe gesagt, dass das neu war für mich und dass ich es nicht wollte.« Ich war jetzt mitten in der Szene drin und weinte so hart, dass ich kaum verständliche Worte über die Lippen bringen konnte. »Und du hast einfach ...«

»Dir hat es gefallen«, sagte er, aber es klang schuldbewusst, und ich weinte noch ein bisschen lauter.

Mein Körper schmerzte mit den Nachwirkungen einer guten Nummer, und ich hatte viel Geld auf der Bank. Bald, wenn er schuldbewusst genug war, würde ich mich von ihm trösten lassen. Er würde zusehen, dass ich durchs letzte Unijahr kam. Den Rest seiner Karriere würde er über die Schulter schauen und auf die Anschuldigung der Vergewaltigung warten. Das endlich würde meine Rache sein. Aber, um ehrlich zu sein, erhielt ich viel mehr als das.

Zu Hause wartete auf mich – inzwischen ziemlich verzweifelt – Imo. Wenn ich zurückkam, würde ich ihr alles erzählen, was ich getan hatte. Ich ließ sie mich beneiden. Vor uns lagen die Ferientage auf Liberty Hall. Ich würde jede Sekunde davon lieben.

*Ende*